書下ろし

偽証(ガセネタ)

警視庁特命遊撃班

南 英男

祥伝社文庫

目次

第一章　元刑事の死

1

　不審な男が雑居ビルの中に消えた。

　JR飯田橋《いいだばし》駅近くにある古ぼけたビルだ。六階建てだった。割に大きい。

　六月上旬のある日の午後だ。三時半を回っていた。曇天だった。

　風見竜次《かざみりゅうじ》は、雑居ビルに足を踏み入れた。

　有楽町《ゆうらくちょう》駅前で東日本大震災被災地救援のカンパを募《つの》っていた二十六、七の細身の男は、エレベーター・ホールにたたずんでいる。募金箱を抱えていた。

　その箱の中には、通行人たちから詐取《さしゅ》した義援金がたっぷりと入っているはずだ。男は募金詐欺《さぎ》集団の一員である。

風見は数日前から、細身の男をマークしていた。職務ではない。私的な内偵捜査だった。

三十八歳の風見は、警視庁の刑事である。捜査一課特命遊撃班のメンバーで、職階は警部補だ。大卒の一般警察官《ノンキャリア》だった。まだ結婚はしていない。

特命遊撃班は、警視総監直属の隠密捜査機関だ。

警察関係者以外は、その存在さえ知らない。本庁に設《もう》けられた特殊遊撃捜査隊『TOKAGE《トカゲ》』とは別組織である。班長を含めてメンバーは五人しかいない。揃《そろ》って異端のはみ出し者だった。

特命遊撃班は本庁の桐野徹《きりのとおる》刑事部長の指令で、捜査本部事件の側面支援要員として駆り出されている。

都内で殺人事件など凶悪な犯罪が発生すると、所轄署の要請で警視庁は捜査本部を設置している。捜査一課強行犯《きようこうはん》捜査殺人犯捜査係の面々が出張《でば》り、地元署の刑事とともに事件の解明に乗り出すわけだ。

殺人犯捜査係は、第一係から第十係まである。第一・二係は実働部隊ではない。

所轄署に詰めるのは、第三係から第十係のいずれかのチームだ。各係は十数名で構成されていて、二班に分かれている。

第一期と呼ばれる三週間以内に加害者が逮捕されれば、風見たち特命遊撃班の出番はない。捜査が難航したり、長期化した場合に限って出動指令が下る。

第二期に入ると、所轄署の刑事たちは各自の持ち場に戻る。

代わって本庁殺人犯捜査係から、十数人の支援要員が追加投入される。難事件になると、百人前後の捜査員が警視庁から派遣《はけん》されることもある。

特命遊撃班は、専従の捜査員たちと競《きそ》い合う形になる。いわば、各殺人犯捜査係のライバルだ。

当然、すでに捜査本部に送り込まれた本庁殺人犯捜査係たちには疎《うと》まれる。露骨に邪魔者扱いされることも珍しくない。

それでも、特命遊撃班は過去二年間で十件以上の難事件を解決に導《みちび》いた。それほど優秀なチームだ。ただし、あくまでも非公式な支援捜査機関である。

風見たち五人の活躍が公《おおやけ》にされることはない。毎回、表向きには捜査本部が事件の真相を摑《つか》んだことになっている。

五人に特別な手当がつくわけではないが、メンバーは〝黒衣《くろこ》〟に甘んじて殺人事件捜査そのものを愉《たの》しんでいる。全員、出世欲はなかった。

風見は、神奈川県の湯河原《ゆがわら》で生まれ育った。都内にある私立大学を卒業すると、警視庁採用の警察官になった。

別段、青臭い正義感に衝《つ》き動かされて警察官になったわけではなかった。単に平凡な勤め人になりたくなかったからにすぎない。ただ、なんとなく刑事に憧《あこが》れていたことは事実だ。

風見は一年ほど制服を着ただけで、幸運にも刑事に抜擢《ばってき》された。

配属されたのは、新宿署刑事課強行犯係だった。殺人や強盗事件の捜査を担《にな》っている強行犯係の職務は想像以上にハードだった。

だが、凶悪犯に迫る緊張感はスリルに満ちていた。男の闘争本能も搔《か》き立てられ、充足感も味わえる。いつしか仕事にのめり込んでいた。

風見は二十代のうちは新宿署、池袋署、渋谷署で強行犯係を務《つと》め、ちょうど三十歳のときに四谷《よつや》署刑事課暴力犯係になった。職務に励み、荒くれ者たちを数多く検挙した。

その功績が評価され、二年後には本庁組織犯罪対策部第四課に異動になった。二〇〇三年まで捜査四課と呼ばれていたセクションが母体になった新部署だ。略称は組対《そたい》である。

暴力団のさまざまな犯罪を摘発している組対の捜査員たちは、強面《こわもて》が多い。体格にも恵まれた者が目立つ。やくざに間違われる刑事が大半だ。

風見は優男《やさおとこ》である。甘いマスクで、ファッション・センスも悪くない。そのせいか、無法者たちには侮《あなど》られやすかった。

風見は色男だが、決して軟弱ではない。性格は男っぽく、腕っぷしも強かった。柔剣道の有段者で、射撃術は上級だ。

風見は憤《いきどお》りを覚えると、別人のように顔つきが変わる。涼《すず》やかな目は狼《おおかみ》のように鋭くなり、凄《すご》みを帯びる。他人に威圧感を与えるだけではなかった。

風見は、狡猾《こうかつ》な犯罪者には平気で手荒なことをする。反則技を使い、違法捜査も厭《いと》わない。アナーキーな一面があった。そんなわけで、風見は自然に組員や同僚刑事から一目置かれる存在になっていた。

チンピラやくざは遠目に彼の姿を見ただけで、慌《あわ》てて逃げ出す。逮捕したアウトローは数え切れない。幾度も警視総監賞を受けている。

しかし、風見は一年四ヵ月前に運に見放された。

内偵捜査の対象者だった銃器ブローカーに発砲され、思わず相手の男を半殺しにしてしまった。自分に牙を剝《む》く悪党には手加減しない主義だった。

風見は過剰防衛を問われ、特別公務員暴行致傷罪で告発されそうになった。当然のことだろう。

だが、意外にも懲戒免職にはならなかった。告訴も免《まぬか》れ、三ヵ月の停職処分で済んだ。それまでの働きぶりが考慮されたようだ。それはそれで、ありがたいことだった。

しかし、風見は自宅謹慎中に名状しがたい虚《むな》しさに襲われた。暴力団係の刑事が体を張って職務にいそしんでも、市民を脅《おびや》かす荒っぽい犯罪者たちの数はいっこうに減らない。それどころか、逆に暴力団組員の累犯率《るいはんりつ》は高まっている。長引いている不況のせいだろうか。

自分が命懸《が》けでやってきた仕事は無意味だったのかもしれない。そんな徒労感がいたずらに膨《ふく》らみ、ひどく気が滅入った。むろん、士気《しき》は下がりっ放しだった。

もともと風見は、警察社会の閉鎖的な空気には馴染《なじ》めなかった。

千数十人の警察官僚《キャリア》が、およそ二十九万人もの巨大組織を支配しているシステムそのものに問題があると考えていた。組織の統率を保《たも》つことは大事だ。

とはいえ、軍隊そっくりな階級社会は前近代的すぎる。弊害《へいがい》ばかりだ。腐敗し切った組織は再生できないだろう。

だが、個人の力は哀《かな》しいほど非力だ。自分ひとりで改革を叫んだところで、状況は何も変わらないにちがいない。一般警察官の大半は骨抜きにされていて、羊のように従順そのものだ。同調する者はいないだろう。

風見は依願退職して、生き直す気になった。

事実、職場に復帰した日から密《ひそ》かに再就職口を探しはじめた。しかし、希望に適《あ》った働き口は容易に見つからなかった。そうこうしているうちに、人事異動の内示があった。

転属先は、二年前に結成された特命遊撃班だった。特殊チームを束《たば》ねている成島誠吾《なるしませいご》警視とは旧知の仲だ。

風見は数年前から年に四、五回、成島と酒を酌《く》み交わしていた。捜査一課の元管理官だった班長は口こそ悪いが、侠気《おとこぎ》のある好人物だ。他人の悲しみや憂《うれ》いに敏感な人情家である。

風見は成島警視に自分が引き抜かれたと知り、大いに悩んだ。

敬愛している成島には協力したかった。だが、ためらわせるものがあった。特命遊撃班の評判はよくなかった。

はみ出し者の吹き溜《だ》まりと陰口をたたかれていた。それだけではない。窓際部署と蔑《さげす》まれ、墓場とすら言われていた。

まだ四十前だ。人生を棄《す》てるには早すぎる。

風見は辞表を懐《ふところ》に忍ばせて、特命遊撃班の刑事部屋に顔を出した。すると、メンバーの中に若くてセクシーな美人警視がいた。

十一歳年下の警察官僚だが、みじんの驕《おご》りも感じさせない。きわめて謙虚で、実に清々《すがすが》しかった。

それでいながら、どこか凛《りん》としていた。知的でありながらも、充分に色気があった。好みのタイプだった。

女好きの風見は紅一点のメンバーにたちまち魅《み》せられ、その場で転職する考えを捩《ね》じ伏せた。こうして彼は、特命遊撃班入りしたのである。それから一年が経《た》つ。

風見は美しいキャリア刑事とペアを組み、冗談めかして言い寄った。

だが、相手にされていない。軽くいなされ通しだ。

去年の暮れから親しく交際している女性がいるからか、最近は相棒を別の目で眺《なが》めはじめている。年齢の離れた妹か、従妹《いとこ》に接しているような気分になりつつあった。

エレベーターの扉《とびら》が左右に割れた。

白い募金箱を持った男が先に函《ケージ》に乗り込んだ。風見は男に倣《なら》った。五階のランプが灯《とも》っている。

ケージが上昇しはじめた。

「ボランティア活動で、義援金集めか。偉いな」

風見は、横に立った男に話しかけた。

「ええ、そうなんです。東日本は千年に一度という巨大地震に見舞われ、大津波に襲われましたんでね。その上、福島の原子力発電所も破壊されましたでしょ？」

「ああ、大災害だったよな」

「およそ一万五千人の被災者が亡《な》くなられて、行方不明者も一万人近くいるわけですから、何かしなければという気持ちに駆られたんですよ」

「立派な心掛けだね。こっちも万札ぐらいカンパするか」

「ぜひご協力を……」

　男が募金箱を差し出した。

「やめておこう。ケチるわけじゃないが、募金詐欺が横行してるからな。おれがよく行く日比谷の『春霞《はるがすみ》』って小料理屋の女将《おかみ》や板前たちが募金詐欺に引っかかって、カンパした金を騙《だま》し取られちゃったんだ」

「世の中には、悪い奴がいるもんですね」

「役者だな」

「えっ⁉」

「おれは知ってるんだよ。そっちが募金詐欺グループのメンバーだってことをな」

　風見は男の片腕を荒っぽく摑《つか》んで、ＦＢＩ型の顔写真付き警察手帳を呈示《ていじ》した。

「刑事さんだったんですか⁉」

「そうだ。おまえらが銀座、有楽町、日比谷界隈で募金詐欺を働いてることは内偵捜査で調べ上げてる。所轄署も、じきに動きだすだろう」

「えっ……」

男は顔面蒼白だった。

エレベーターが停止した。五階だった。風見は、男をケージから押し出した。相手が体を小さく震わせはじめた。

「五階にアジトがあるんだな？」

「反省しますから、今回だけ勘弁してくれませんか。お願いします」

「それじゃ、質問の答えになってないっ」

風見は膝頭で、相手の太腿《ふともも》を蹴った。

細身の男が呻《うめ》いて、顔を歪《ゆが》めた。募金箱を落としそうにもなった。

「仲間はどこにいるんだ？」

「奥の事務所に四、五人いると思います。自分と同じで、バイトで募金をしてるんですよ。ぼくらは日給二万円で雇われてるだけなんです」

「雇い主は何者なんだ？」

「よくわかりません。黒崎《くろさき》って名乗ってる四十年配の男がネットカフェやハローワークの前で金のなさそうな奴に声をかけて、人を集めてるようです。自分は歌舞伎町のネットカフェから外に出たとき、黒崎さんにバイトをやらないかと半月ぐらい前に誘われたんですよ」

「まともな募金活動だと思って、協力したわけじゃないんだろ？　詐欺と知ってて、バイトをつづけてたんだな？」

風見は確かめた。

「それは……」

「はぐらかすなっ」

「日払いで二万円貰えるって話だったんで、悪いこととは知りながらも誘いを断れなかったんですよ。すみません」

「黒崎という奴は毎日、アジトに現われてるのか？」

「はい。いつも午後四時から五時の間に姿を見せます。ぼくらが集めた義援金を回収して、バイト代を払ってくれてるんです」

「そっちの名を聞いておこう」

「白石《しらいし》です。白石賢次《けんじ》といいます。ずっと派遣で自動車部品工場で働いてたんですけど、去年の秋に解雇されちゃって、アパートの家賃も払えなくなってしまったんです」

「そうか」

「それでネットカフェやカプセルホテルを転々としてたんですけど、所持金がなくなりそうになったんで、危《ヤバ》いバイトをする気になったわけです」

「アジトに案内してくれ」

「はい」

白石と称した男が歩きだした。案内されたのは、端の事務所だった。

十五畳ほどの広さで、細長いテーブルと六、七脚のパイプ椅子しか置かれていない。事務机はおろか、固定電話機すら見当たらなかった。

四人の男がテーブルに向かって、所在なげに坐り込んでいた。いずれも二、三十代だろう。彼らの前の卓上には、募金箱が載《の》っている。

「ぼくの横にいる方は、警視庁の方なんだ」

白石がアルバイト仲間に告げた。四人の男が一様《いちよう》にうろたえ、相前後して中腰になった。

「逃げたら、詐欺容疑で手錠を掛けることになるぞ。四人とも坐るんだ！」

風見は男たちに命じた。

四人が顔を見合わせながら、次々に腰を椅子に戻す。白石も椅子に腰かけた。

「おまえらは、最低の人間だ。市民の善意を踏みにじったんだからな」

風見は五人をひとりずつ睨《にら》みつけた。誰もが疚《やま》しさを感じているらしく、一斉にうなだれた。

「おれは別にモラリストじゃないし、優等生でもない。けどな、さもしい人間にはなるまいと思ってる。善意の義援金を騙し取ったりしたら、いつか罰《ばち》が当たるぞ」

「そうでしょうね」

白石が応じた。

「おまえらをぶん殴ってやりたい気持ちだよ。しかし、人間は誰も愚《おろ》かで弱い。誰にも過《あやま》ちはあるもんさ。今回は大目に見てやろう」

「ありがとうございます」

「ただ、おまえらを使って小狡《こずる》く儲けてる黒崎って野郎はどうしても赦《ゆる》せない。取っ捕まえて、所轄署に引き渡す。そっちは、黒崎の携帯のナンバーを聞いてるんじゃないのか？」

「教えてもらってません。彼は自分のことは何も喋《しゃべ》ってくれなかったんですよ。黒崎と名乗ってるけど、おそらく偽名でしょうね」

「そうだろうな。ほかの連中はどうなんだ？」

風見は、残りの四人に問いかけた。男たちが無言で首を横に振る。

「黒崎がここに来たら、身柄を確保する。五人には証人になってもらうぞ」

「協力は惜《お》しみません。しかし、ぼくらが証人になったら、所轄署は自分ら五人も詐欺容疑で逮捕する気になるでしょう」

白石が言った。

「そうだな。それじゃ、黒崎本人が来たと確認できたら、五人はリリースしてやろう」

「ぼくひとりいれば、黒崎が来たことは教えられます。ほかの四人は先に無罪放免ってことにしてもらえませんか」

「仲間思いじゃないか。案外、そっちはいい奴なんだな」

「人々の善意を台無しにしたわけですから、少しは何かいいことをしませんとね」

「わかった。いいだろう」

風見は白石の頼みを聞き入れ、ほかの四人を先に帰らせた。居残った白石と一緒に黒崎を待つ。

事務所のドアが開けられたのは、午後四時五十分ごろだった。

入室してきたのは四十二、三の男で、口髭《くちひげ》を生やしていた。中肉中背だ。やくざ者ではなさそうだが、どこか荒《すさ》んだ印象を与える。

「黒崎さん、どうも！」

白石がことさら大声で雇い主に挨拶した。風見は黒崎に話しかけた。

「警視庁の者だが、募金活動のことでちょっと確かめたいことがあるんだ」

「てめーっ、おれを売りやがったな」

黒崎が白石に喚《わめ》き、急に身を翻《ひるがえ》した。

逃げる気なのだろう。風見は、すぐに黒崎を追った。黒崎は廊下に出ると、エレベーター乗り場とは逆方向に走った。その先には非常口がある。

風見も駆けはじめた。黒崎の逃げ足は、驚くほど速《はや》かった。若いころは、短距離ランナーとして目立ったのではないか。

黒崎は非常階段の踊り場に飛び出すなり、勢いよくステップを下《くだ》りはじめた。

風見も非常階段を駆け降りた。一階まで一気に下ったが、すでに黒崎の姿は掻《か》き消えていた。

風見は急いで雑居ビルの前の通りに走り出た。左右に目をやったが、黒崎はどこにもいなかった。やみくもに追っても、見つからないだろう。

忌々《いまいま》しいが、諦《あきら》めるほかない。

風見は雑居ビルの中に戻り、エレベーターで五階に上がった。募金詐欺集団のアジトに駆け込む。

なんと白石の姿も消えていた。どさくさに紛《まぎ》れて、非常階段を使って逃亡したようだ。

風見は自分の甘さを嘲《あざけ》り、上着の内ポケットから携帯電話を取り出した。丸の内署に内偵捜査情報を流し、代わりに何か手がかりを得たくなったのだ。

しかし、期待は裏切られた。まったく手がかりは得られなかった。先方を喜ばせただけだった。

「特命遊撃班の刑事《デカ》部屋に戻るか」

風見はモバイルフォンを折り畳み、声に出して呟《つぶや》いた。

2

誰かに背中を軽く叩かれた。

警視庁本部庁舎の一階のエレベーター乗り場である。午後五時半過ぎだった。

風見は振り返った。

ほぼ真後ろに八神佳奈《やがみかな》が立っていた。相棒の美人刑事だ。佳奈は軽装で、大きなリュックサックを背負っていた。彼女は十日間の休暇を取って、岩手県釜石《かまいし》市の被災地にボランティア活動に出かけていたのである。

「釜石から戻ったとこなんだ？」

「ええ、そうです」

「ちょっと見ない間に、なんだか逞《たくま》しくなった感じだな。陽灼《ひや》けしたようだが、きょうもビューティフルだよ。大学時代の友達は元気だったかい？」

風見は訊《き》いた。

「巨大地震で親の水産加工会社のオフィス、工場、従業員寮が全壊した直後はさすがに落ち込んでましたが、いまは復興をめざして頑張ってます」

「向こうの友達は、確か跡取り娘だって話だったよな？」

「そうなんですよ。独《ひと》りっ子だから、自分が家業を再建しなければならないと気持ちを奮《ふる》い立たせてるんです」

「八神と同《おな》い年だというから、まだ二十七歳か。父親が大津波に呑《の》まれてしまったんじゃ、自分が頑張るほかないんだろうが、これから何かと苦労するだろうな」

「でしょうね。でも、お母さんの怪我は治ったようだから、母娘は二人三脚で水産加工会社を再建できると思います」

「だといいな。それにしても、八神のボランティア精神は尊敬に価《あたい》するよ。義援金をカンパする者は少なくないが、被災地まで自費で出向いて炊《た》き出しや後片づけの手伝いをする人間はそう多くないようだからな」

「被災地には、全国から駆けつけたボランティアの方たちがたくさんいましたよ。若い人ばかりではなく、五、六十代の男女もね」

「そうか。みんな、優しいな。おれも被災者たちに心の中でエールを送ってるんだが、現地でボランティア活動をするだけの隣人愛は……」

「それでいいんだと思うわ。不良の風見さんがスタンドプレイめいたボランティア活動をすることには、やはり抵抗があるでしょ？」

「まあな。おれが善人ぶったりしたら、なんか嘘っぽくなる。それ以前に照れ臭いよ」

「風見さんは露悪《ろあく》趣味があるけど、根は優しい男性《ひと》だから」

「よせやい。そんなこと言われたら、小っ恥《ぱ》ずかしくなるだろうが。八神がスカートを穿《は》いてたら、その中に顔を隠せたのに。おい、なんでパンツ・ルックなんだよ」

「大人の男性がそんなふうに照れると、ちょっと母性本能をくすぐられるな」

「なら、おれは八神の子供になって、おっぱい吸わせてもらうか」

「いつもの下卑《げび》たジョークですね」

佳奈が微苦笑《びくしょう》した。

風見たちは中層用エレベーターに乗り込んだ。本部庁舎は地上十八階建てで、エレベーターは十九基もある。

一万人近い警察官や職員が働いているが、誰もが顔見知りというわけではない。エレベーターは低層用、中層用、高層用に分かれている。利用階数が異《こと》なれば、めったに庁舎で顔を合わせることはなかった。

ケージの扉が閉まると、佳奈が口を開いた。

「わたしが休暇を取ってる間、出動指令はありませんでしたよね？」

「ああ。あんまり退屈なんで、おれは個人的に募金詐欺集団のことを調べてたんだ。ほら、『春霞』の女将や板前たちが義援金を騙し取られたろ？」

「ええ、そうでしたね」

「だからさ、個人的に内偵してたんだ。で、アジトを突き止めたんだが……」

風見は経過を手短に語った。

「黒崎と名乗ってる男を見つけ出して、とっちめてやりましょうよ。特命遊撃班《うちはん》の守備範囲じゃないけど、募金詐欺は悪質だもの」

「そうだな。成島さんに言って、チームで少し動いてみるか」

会話が途切《とぎ》れた。

風見は佳奈の横顔を盗み見た。

並の女優よりも美しい。相棒刑事は綺麗《きれい》なだけではなかった。

東大法学部出身で、国家公務員試験I種合格者だった。つまり、二十代の警察官僚である。早くも職階は警視だ。

地方の所轄署なら、署長になれる階級だった。超エリートと言ってもいいだろう。

佳奈は警察庁長官官房の総務課勤めのころに有資格者《キャリア》の上司の思い上がりを手厳しく詰《なじ》り、警視庁捜査二課知能犯係に飛ばされてしまった。出向先でも、彼女は理不尽な命令や指示には従わなかった。

そんなことで、佳奈は転属以来、生意気な女というレッテルを貼られ、職場で浮いていた。厄介者扱いされ、いじめの標的にもされていたようだ。

特命遊撃班のボスは、反骨精神の旺盛な人物を高く評価している。異端者を庇《かば》う気質でもあった。成島警視は佳奈を逸材《いつざい》と見て、特命遊撃班で引き取った。前例のない人事だった。

佳奈は高校を卒業するまで札幌《さっぽろ》で暮らしていたのだが、いわゆる社長令嬢だった。父親は大きな洋菓子メーカーの二代目社長で、佳奈の実兄も役員を務めている。

だが、彼女は父や兄とは肌合いが違う。親の財力を当てにするような生き方を嫌って、我が道を歩いているわけだ。若いながらも、軸のある生き方をしていた。その点も好ましい。

エレベーターが六階に達した。

風見たちはケージを出た。六階には、刑事部長室、刑事総務課、捜査一課、組織犯罪組対四・五課、捜査一課長室がある。特命遊撃班の刑事部屋は、エレベーター・ホールから最も遠い場所にある。給湯室の並びだった。

プレートは掲《かか》げられていない。

ドアにも室名は記《しる》されていなかった。九階にある記者室に詰めている新聞社やテレビ局の記者たちに覚《さと》られることを警戒しているわけだ。

風見たちは廊下を進んだ。

「八神、疲れてるんだろうから、麻布十番の自宅マンションに帰ればよかったのに」

「被災地で買ったお土産をみんなに分けたかったんですよ。風評被害で東北四県の特産物の売上が激減したんで、いろいろ買い込んできたんです」

「思い遣《や》りがあるな」

「困ったときは、扶《たす》け合わなきゃ。わたしたちだって、いつか被災者になるかもしれない

「んですから」

「そうだな。八神は本当に気立てがいいね。惚れ直したよ」

「そういうことを軽々しく言わないの！　風見さんは、根上智沙さんとつき合ってるんですから」

「智沙とつき合ってるが、男と女の関係はどうなるかわからない」

「わたしはスペアですか？」

「そういうわけじゃないが……」

「わたし、気の多い男性はノーサンキューです。風見さんとは気が合いますけど、異性として意識したことはないんですよ」

「そうだったのか。てっきり八神はおれに気があると思ってたがな」

「ちょっとイケメンだからって、自信過剰じゃないのかしら？」

「でも、気は合うんだよな？」

「ええ、まあ。価値観が似てますからね、わたしたち」

「だったら、体も合いそうだな。八神、いっぺん夜を共にしてみるか」

「その下品な冗談、もう聞き飽《あ》きました」

佳奈が足を速《はや》め、先に特命遊撃班の小部屋に入った。

風見は肩を竦《すく》めて、相棒の後《あと》につづいた。

刑事部屋は二十五畳ほどのスペースだ。出入口の近くに四卓のスチール・デスクが据《す》えられ、正面の奥に班長席がある。その斜め前にソファ・セットが置かれていた。五人掛けだった。

出動指令が下されなければ、特命遊撃班には特に職務はない。

それでも原則として、メンバーは平日は登庁することを義務づけられていた。登庁時刻までは定められていなかったが、午前九時半までに小部屋に顔を出す者が多い。退庁時刻は、まちまちだった。

成島班長はコーヒーテーブルを挟《はさ》んで、部下の佐竹義和《さたけよしかず》巡査部長と談笑していた。五十四歳のボスは、チームが結成されるまで捜査一課の管理官だった。ノンキャリア組の出世頭だったことは間違いない。

捜査一課を仕切っているのは、もちろん一課長だ。ナンバーツゥが理事官である。その理事官の下に八人の管理官がいて、それぞれが各捜査係を束《たば》ねている。

捜査一課の課員数は三百五十人を超えている。管理官に昇格できる者は限られているわけだから、成島は順調に出世してきたと言えよう。

しかし、管理官時代に連続殺人犯のふてぶてしい態度に腹を立て、相手を張り倒してしまった。その不始末で、成島警視は降格になった。

だが、当の本人は少しも意に介していない。それどころか、現場捜査に携《たずさ》われることを喜んでいる。

神田で生まれ育った成島は、江戸っ子そのものだ。

何よりも粋《いき》を尊《たっと》び、野暮《やぼ》を嫌う。実際、いなせだった。竹を割ったような性格で、権力や権威にひざまずくことを最大の恥と思っている。物欲に囚《とら》われることもなかった。

ただし、外見は冴《さ》えない。

ブルドッグを連想させる顔立ちで、ずんぐりむっくりとした体型だ。短く刈り込んだ頭髪はだいぶ薄い。酒気を帯びると、べらんめえ口調になる。短気で、喧嘩《けんか》っ早かった。

お世辞は言わない。めったに部下たちを誉《ほ》めることもなかった。

だが、いつも肚《はら》の中は空っぽだった。親分肌で、頼りにもなる。ジャズと演歌をこよなく愛している変わり者だ。

およそ三年前に妻と死別している。現在は、文京区本郷《ほんごう》三丁目に自宅がある。二十七歳の息子や二十五歳の娘と一緒に分譲マンションで暮らしていた。長男は予備校講師で、長女はスタイリストだ。

「色男、昼過ぎから姿が見えなかったが、まさか八神警視をどこかで待ち伏せして、口説《くど》いてたんじゃないだろうな？」

　成島がからかった。

「一階のエレベーター乗り場でたまたま八神と一緒になったんですよ。それより班長は例によって、佐竹に古典落語の面白さをレクチュアしてたんでしょ？　志ん生《しんしょう》の型破りな一生のエピソードを交《ま》じえてね」

「ま、そうだが、何か問題があるか？」

「班長の話、結構愉《たの》しかったですよ」

　佐竹が先に応じた。成島に拾われる形でチーム入りしたから、班長の立場を悪くしたくなかったのだろう。風見は佐竹に笑顔を向けた。

　三十二歳の佐竹は、かつて本庁警務部人事一課監察室の室員だった。要するに、元監察官だ。監察官たちは、警察官の不正や犯罪に目を光らせている。

　彼らは警察庁の特別監察官と力を合わせて、毎年五、六十人の悪徳警官を摘発している。懲戒免職者のことは、ほとんどマスコミに取り上げられない。警察の上層部が威信《いしん》を保ちたくて、不祥事を伏せることが多いからだ。

　佐竹は監察官の任に就《つ》きながらも、警察学校で同期だった所轄署風紀係刑事の収賄の事実を意図的《いとてき》に問題視しなかった。監察官としては、致命的な失点だ。

同期の刑事は管内の性風俗店やストリップ劇場に手入れの情報を事前に漏《も》らし、そのつど数十万円の謝礼を受け取っていた。刑事失格である。

賄賂《わいろ》を貰っていた風俗刑事の父親は、町工場を経営していた。だが、倒産寸前だった。息子は両親の生活費を捻出《ねんしゅつ》したくて、つい手を汚してしまったらしい。気のいい佐竹は、ついつい情《じょう》に絆《ほだ》されてしまったようだ。しかし、罪は罪である。弁解の余地はない。

本来なら、佐竹は懲戒免職になっていたはずだ。幸か不幸か、たまたま前年度の免職者の数が突出して多かった。そうした裏事情があって、佐竹は刑事総務課に預けられることになった。

だが、特に仕事は与えられなかった。明らかに陰湿な見せしめだ。上層部は、佐竹が自主的に辞表を書くよう仕向けたのだろう。

成島班長は見かねて、佐竹を特命遊撃班に入れた。

佐竹は私腹を肥《こ》やしていたわけではない。間違った友情を発揮しただけだ。ある意味では、人間味がある。成島は佐竹の人柄には救いがあると判断したのだろう。

佐竹は、確かにお人好しだ。結婚詐欺に引っかかっても、相手を憎み切れない。好漢は好漢である。

佐竹は背が高い。大学時代はバスケットボール部の主力選手だったという。新宿区内にある単身者用官舎で暮らしている。

未婚の警察官は原則として、待機寮と呼ばれている公務員住宅に入らなければならない。門限などがあって、快適な生活は望めなかった。そんな理由で、もっともらしい口実で民間のアパートやマンションに移る者が増加する一方だった。

風見も二十代の半《なか》ばに待機寮を出て、ずっと中目黒の賃貸マンション住まいだ。湯河原の実家には年に数回しか帰省していない。

両親は健在だが、跡取りの兄とは気が合わなかった。次男ということもあって、実家にはあまり顔を出していない。兄とは反目し合うことが多いが、なぜか義姉とは話が合う。それが、兄には癪《しゃく》の種《たね》なのだろう。

佳奈も独身だが、何年か前に国家公務員住宅を出てしまった。いまは港区内のマンションで独り暮らしをしている。

「八神さん、お疲れさまでした」

自席で思想書をひもといていた岩尾健司《いわおけんじ》警部が犒《ねぎら》って、ソファ・セットに歩み寄ってきた。

四十六歳で、哲学者めいた風貌だ。物静かだった。自制心もある。

岩尾は三年前まで、本庁公安部外事一課に属していた。

公安刑事としては、だいぶ有能だったと聞いている。岩尾は三十代のとき、ロシア漁業公団の下級船員になりすました大物スパイの正体を見破り、根室《ねむろ》市内で検挙した。大手柄だ。

しかし、その後がいけない。岩尾はロシアの美人工作員ナターシャの色仕掛け《ハニー・トラップ》に嵌《は》まり、公安関係の重要機密を不用意に漏らしてしまった。取り返しのつかないミスだ。岩尾は、なんと本庁捜査三課のスリ係に飛ばされた。露骨な左遷《させん》だった。上層部は、岩尾が自発的に依願退職すると読んでいたのだろう。

だが、岩尾のほうが一枚上手だった。死んだような表情で、淡々と職務をこなしていたらしい。成島班長は岩尾をスリ係で終わらせるのはもったいないと考え、自分の部下にしたそうだ。

岩尾は美人スパイとの一件を妻に勘づかれ、我が家から叩き出されてしまった。後ろめたさがあって、開き直ることはできなかったのだろう。

仕方なく岩尾はビジネスホテルやウィークリー・マンションを転々と泊まり歩いていたという。サウナで朝を迎えたこともあるようだ。そんなことで、口さがない連中は岩尾のことをホームレス刑事《デカ》と呼んでいた。

風見がチーム入りした一年前、岩尾の表情はひどく暗かった。他人を寄せつけないような気配を漂わせていた。ロシアの女スパイにまんまと騙され、人間不信の念を拭《ぬぐ》えなかったのではないか。

岩尾は風見の挨拶にも、実に素っ気ない応じ方をした。無礼だと感じたほどだ。てっきり岩尾は人間嫌いだと思い込んでしまったが、後に単なる社交下手だということがわかった。

そもそも岩尾は、人見知りするタイプらしい。自分から進んで他人に声をかけることはできないという。打ち解《と》けてみれば、岩尾は思い遣《や》りのある好人物だった。

公安関係の捜査員の多くは抜け目がなく、猜疑心《さいぎしん》が強い。しかし、岩尾にはそうした面はまったくなかった。温《あたた》かさを感じさせ、常に理知的だった。

岩尾夫妻はしばらく別居生活をしていたが、去年の十月によりを戻した。ひとり娘が父母に離婚する意思がないことを感じ取り、わざと無断外泊したのだ。

両親は慌《あわ》てふためき、協力し合って娘の行方を追った。

ひとり娘は父方の伯母宅に身を寄せていた。夫婦は娘の仕組んだ芝居にまんまと引っかかり、元の鞘《さや》に収まった次第だ。現在、岩尾は自宅で妻子となごやかな日々を送っている。

「何かお土産にと思って、岩手の特産品を買ってきたんですよ」

佳奈が背のリュックサックを床《ゆか》に下ろし、中身を次々に取り出した。コーヒーテーブルに並べられたのは水産加工品、銘菓、地酒などだった。かなりの量だ。

「八神警視に散財させちまったな。こっちはもう子育てを終わってるから、代金はそっくり持つよ」

成島が佳奈に言った。

「班長の気っぷのよさは知ってます。でも、そういう気遣いはよくないですよ。わたしの気持ちなんですから、素直に受けてほしいですね」

「お嬢は社長令嬢だから、銭《ぜに》には不自由してないんだろうけどさ、こちとら江戸っ子だ。一方的に奢《おご》られるのはみっともないからな」

「班長、わたしに喧嘩売ってるんですかっ」

佳奈が頬を膨らませた。

「え？」

「わたしのことをそんなふうに呼ばないでと何度もお願いしたはずです」

「おっと、そうだったな。うっかり忘れてたよ。ごめん、ごめん！　けどさ、そっちは間違いなく社長令嬢なんだから……」

「わたしは洋菓子屋の娘です。父の会社に従業員が何千人いたって、ただのケーキ屋ですよ。お嬢なんて呼ばれたりすると、逆に小馬鹿にされてるようで、わたし、厭《いや》なんです」

「わかった。今後は気をつけるよ。それはそうと、代金の半分をせめて持たせてくれないか」

「それも駄目です。買ってきた岩手の地酒、とってもフルーティーなんですよ。特産品を肴《さかな》にして、みんなで飲みましょう」

「それじゃ、ご馳走《ちそう》になるか」

成島が相好《そうごう》を崩した。

そのすぐあと、班長席の警察電話が鳴った。一瞬、室内が沈黙に支配された。

「召集の電話かもしれないな」

成島がソファから立ち上がって、自分の机に走り寄った。立ったまま、受話器を取り上げる。

風見は聞き耳を立てた。電話の遣り取りから、相手は桐野刑事部長とわかった。

去る五月十二日の夜、元刑事の日暮克臣《ひぐれかつおみ》が渋谷の裏通りで何者かに射殺された。享年四十六、だった。

本庁機動捜査隊初動班と渋谷署刑事課が数日間、地取り捜査と鑑取りを行なった。しかし、被疑者は絞り切れなかった。渋谷署に捜査本部が置かれ、本庁殺人犯捜査第三係の十数人が出張《でば》った。

それから二十一日が経過しているが、いまだに犯人の割り出しもできていない。被害者は岩尾と警察学校で同期で、佳奈はかつて捜査二課知能犯係で一緒に働いていた。

殺害された日暮は二年前に大手商社の贈賄容疑を捜査中に車の轢《ひ》き逃げ事件を起こしたとして、上層部から依願退職を強《し》いられた。

日暮は逃げてはいないことを強く訴えたが、結局、事件は示談になった。日暮は自分の言い分を信じようとしなかった上司に絶望し、自ら職を辞した。

妻子は子供じみた辞め方をした日暮に呆《あき》れ、彼の許《もと》を去っていった。日暮は警備保障会社に再就職し、スーパーの保安係として派遣されたり、家電量販店の倉庫の警備をしながら、元ダンサーと同棲中だった。

風見は生前の被害者と面識はあったが、個人的なつき合いはなかった。それでも、元刑事が撃ち殺された事件には関心を寄せていた。

成島が電話を切った。

「日暮殺しの事件《ヤマ》の側面支援要請だったんでしょ?」

風見は班長に訊《たず》ねた。

「ああ、そうだ。桐野さんから呼び出しがかかった」

「やっぱり、そうだったか。募金詐欺グループをチームで追い込もうと成島さんに提案しようと思ってたんだが、それどころじゃないな」

「酒盛りも後回しにして、五人打ち揃って刑事部長室に行こう」

成島が部下たちに言った。風見は大きくうなずいた。

3

顔半分が潰《つぶ》れている。

痛《いた》ましい死に顔だった。被害者の鼻は欠《か》けていた。血みどろだ。

風見は一瞬、鑑識写真から目を逸《そ》らしそうになった。

刑事部長室である。特命遊撃班の五人は横一列に並んでいた。ソファ・セットは十人掛けだった。

桐野刑事部長は、成島の真ん前のソファに腰を落としている。まだ五十六歳だが、髪はロマンス・グレイだった。

刑事部長は、国家公務員試験II種を通った準キャリアだ。一種有資格者に次ぐエリートだが、〝準キャリ〟の数は少ない。もちろん、一般警察官よりも数倍は早く昇進する。

「被害者は背後から頭部に銃弾を浴びせられたんですね？　射出孔《しゃしゅっこう》のある顔面の損壊が目立ちますから」

　風見は桐野に顔を向けた。

「そうなんだ。後頭部の射入孔《しゃにゅうこう》は小さいんだが、貫通弾が大脳と片方の眼球をぐちゃぐちゃにしたんで……」

「管理官が集めてくれた捜査情報によると、ライフル・マークから凶器はノーリンコ59と判明したようですね。それは間違いないんですか？」

「ああ。犯行に使われたのは、中国でパテント生産されてるマカロフだった。旧ソ連で設計されたダブル・アクションの中型ピストルだね。中国軍や警察で採用されてる拳銃だが、十年以上も前からノーリンコ59は日本の裏社会に流れ込んでる。そのあたりは、組対《そたい》にいた風見君のほうが精《くわ》しいだろう」

「ええ、まあ。それ以前は中国でパテント生産されたトカレフが黒星《ブラック・スター》という名で闇社会に出回ってたんですが、ノーリンコ59が次第に多くなったんですよ」

「そうらしいね。暴力団組員だけじゃなく、堅気のガン・マニアも裏ネットを利用して密かに手に入れてるそうだ。だから、犯人《タマ》はやくざとは限らないわけだよ」

「そうですね」

「みんなに渡した捜査資料にも記載されてるが、被害者《ガイシャ》の死亡推定日時は五月十二日の午後十時四十分から同十一時の間とされた。犯行を目撃した者はいなかったが、複数の人間がその時間帯に銃声を聞いてるんだ」

「そうみたいですね。現場は円山町《まるやまちょう》のラブホテル街の裏手だったから、目撃者はいなかったんだろうな」

「初動捜査班はもちろん、捜査本部に出張った三係の連中も地取りの聞き込みには力を入れたらしいんだが、目撃証言は残念ながら……」

「得られなかったんですね？」

「そうなんだ。射殺された日暮克臣は二年前まで本庁の捜二《そうに》にいた。もう現職じゃなかったわけだが、身内みたいなもんだ。早く加害者を捕まえて、成仏させてやらないとな」

桐野がいったん言葉を切って、岩尾に声をかけた。

「きみは、被害者と警察学校で同期だったそうだね？」

「はい。日暮は熱血漢でしたよ、若いころから。彼は正義感が強かったんですが、いわゆる点取り虫ではありません。犯罪そのものは憎んでましたが、過ちを本気で悔いてる者に対しては決して冷淡ではありませんでしたね」

「被害者は、その通りの方でした」

岩尾の語尾に、佳奈の声が重なった。

「八神警視は、知能犯係で日暮と一緒に働いていたことがあったんだったな」

「はい。同じ事件を担当したことは二、三度しかなかったんですが、日暮さんの人柄は知ってます。まっすぐな生き方をしてましたね」

「そうかね。管理官や第三係の滝《たき》係長の報告によると、被害者は日東物産の贈賄容疑の内偵捜査中に覆面パトカーで轢き逃げ事件を起こしたことで、依願退職せざるを得なくなったそうじゃないか」

「刑事部長、日暮さんは罠に嵌《は》まってしまったんだと思います。仕組まれた轢き逃げ事件の犯人に仕立てられた疑いがあるんですよ」

佳奈が言った。

「ちょっと待ってくれ。日暮は被害者の男との和解に応じたと聞いてるぞ」

「日暮さんは、上層部にそうすることを強要されたんですよ。車道に急に飛び出してきた被害者に気づいて急ブレーキをかけたみたいなんですが、間に合わなかったそうです。被害者はボンネットに撥《は》ね上げられて、車道に落ちたらしいんです」

「それは日暮の供述なんだね？」

「ええ、そうです。日暮さんは捜査車輌を降りて、すぐに被害者に駆け寄ったらしいんですよ。被害者はどこも痛めてないからと立ち去ったそうです」

「しかし、被害者の男の言い分はそうじゃなかった。日暮は被害者を置き去りにして、急いで現場から遠ざかった。被害者はそのことに腹を立て、医者の診断書を持って警察に駆け込んだ。全治一週間の打撲を負っただけなので、和解に応じたという話だったらしいじゃないか。和解を受け入れたとき、被害者は日暮を退職させてくれと条件を付けたみたいだぞ」

「そうらしいですね。上層部は被害者側の条件を受け入れ、日暮さんに辞表を書かせたようです」

「現職刑事が轢き逃げをしたとマスコミで報じられたら、警察のイメージ・ダウンになる。それで、日暮克臣を依願退職に追い込んだことが事実なら、由々《ゆゆ》しきことだ。その件は、捜二の理事官にでも調べてもらおう」

「ぜひ、そうしてください」

「わかった」

桐野が口を結んだ。一拍置いて、佐竹が佳奈に話しかけた。

「日東物産が贈賄容疑で立件されたという記憶はないんだが……」

「証拠不十分ということで、地検送致は見送られたの。日暮さんは確証を摑んでたと思うんだけど」

「なんか妙だな。日東物産が周辺をうるさく嗅《か》ぎ回ってる日暮刑事を轢き逃げ犯に仕立てて、贈賄容疑を立件できないよう仕組んだ疑いもありそうだな」

「ええ、そうね。そうだとしたら、日東物産の関係者が殺し屋《プロ》に日暮さんの口を封じさせたとも考えられるな」

「それはどうかね」

成島班長が異論を唱《とな》えた。

「わたしの推測は間違ってますか？」

「そう断言はできないが、日暮が贈賄の件で動いてたのは二年も前のことなんだ。日暮に危《ヤバ》い証拠を握られていたとしたら、日東物産の関係者はとうに被害者を始末してたと思うよ」

「そうか、そうでしょうね」

佳奈が口を閉じた。風見は鑑識写真の束をコーヒーテーブルの上に置き、事件調書のファイル《アイル》にざっと目を通した。

被害者の日暮は依願退職をしてから約一年後に東西警備保障株式会社に再就職し、都内の大型スーパーの保安係として派遣されたり、首都圏にある家電量販店の倉庫の警備業務を担当していた。その間、馴染みのスナックで知り合った元ショー・ダンサーの女性と同棲するようになった。

「被害者は警察を辞めてから、すぐ働き口を探しはじめたわけじゃないようですね？」

風見は桐野に確かめた。

「捜査資料にはそのあたりのことは記述されてないが、被害者は職を失っただけじゃなく、妻子に背を向けられたことがショックだったようだね。しばらく自宅に引きこもって、真っ昼間から酒を飲んでたそうだよ」

「そうだったんですか」

「だけど、いつまでも塞《ふさ》ぎ込んでるわけにはいかないんで、求人誌を買い集めたり、ハローワークにも通うようになったらしい。しかし、もう四十六だ。なかなか仕事にありつけなかったようだな」

「そうでしょう。元刑事は潰《つぶ》しが利かないし、もう若くないから」

「そうだね。そんなことで、日暮は不本意ながらも、関東竜神会の企業舎弟で示談交渉係を三、四カ月務《つと》めたみたいだよ。喰《く》うためとはいえ、そこまで堕落するのはみっともないと思い直し、そのフロントとは縁を切ったそうだ」

「短い間でも企業舎弟の手伝いをしてたというなら、日暮克臣が闇社会の揉《も》め事に巻き込まれて、誰かに逆恨みされてた可能性もあるな。その企業舎弟の名は？」

「赤坂五丁目にオフィスを構えてる『ドラゴン・エンタープライズ』だよ。社長は関東竜神会の二次組織の鳥越《とりごえ》組の組長だ。鳥越琢郎《たくろう》という名で、五十二だったかな」

「そうですか。当然、捜査本部《チョウバ》の連中は『ドラゴン・エンタープライズ』にも聞き込みに出向いたんでしょ？」

「滝係長は、捜査班に二度も行かせたと報告してきた。しかし、普通の民間会社じゃないからね。聞き込みが甘かったのかもしれない。やの字は暴力団係《マルボウ》刑事には一目置いてるが、ほかの捜査員は軽くあしらう傾向がある。組対四課にいた風見君には、まともな受け答えをするだろう。念のため、『ドラゴン・エンタープライズ』にも探《さぐ》りを入れてくれないか」

「わかりました」

「それから被害者と同棲してた郡司由里《ぐんじゆり》、三十五歳にも新たに聞き込みをしてほしいんだ。日暮は、ステージから転落して大腿部《だいたいぶ》の骨を折って引退せざるを得なくなった元ショー・ダンサーには心を許してたようなんだよ。どちらも志 半《こころざしなか》ばで〝退場〟させられたんで、わかり合える部分があったんだろう。被害者が由里と暮らしていた現住所は変わっていないはずだよ」

桐野が言って、脚を組んだ。そのすぐあと、成島警視が捜査資料から顔を上げた。

「日暮は四カ月前に家電量販店の倉庫を荒らした窃盗団グループのリーダーら三人を取り押さえて、地元署に突き出してるな。それで、残党が日暮に仕返しをする動きがあると綴《つづ》られてるが、被害者は袋叩きにされそうになったんだろうか」

「成《なる》さん、そうじゃないんだ。リーダーに目をかけられてた二十一歳の坊やが被害者の派遣先に現われて、狩猟用の強力パチンコで鋼鉄球を……」

「鋼鉄球で頭部か顔面を狙ったわけですね？」

「そうなんだが、日暮には一発も命中しなかった。そいつは持丸貴之《もちまるたかゆき》というんだが、人を殺すだけの度胸はないと思うな。まだチンピラだからね」

「そうなんだろうが、逮捕《パク》られたリーダーとホモ関係にあったとしたら、人殺しもやりかねないんじゃないだろうか」

「リーダーは病的な女たらしなんだそうだ。持丸が同性愛者だったら、グループには入れないでしょ？」

「そうだろうな。話を戻すようですが、日暮は日東物産の誰をマークしてたんです？」

「成さんは、八神警視と同じ筋の読み方をしてるのかな？」

刑事部長が確かめた。

「そういうわけじゃないんですよ。ただ、少しでも疑わしい人物のことは頭に入れといたほうがいいと思ってね」

「そういうことだったのか。日暮は、日東物産の天野直規《あまのなおのり》専務をマークしてたんだ。五十五歳の専務は輸入品のチェックを省略してもらいたくて、東京税関の幹部職員たちに袖の下を使った疑惑を持たれてたんですよ」

「そうですか。しかし、立件するだけの証拠が揃わなかったんで、専務は検挙《アゲ》られなかったわけか」

「そうなんだよね。八神警視の推測にケチをつける気はないが、日暮が退職後に贈賄の物証を仮に摑んでいても、捜査二課の課長は日東物産の専務を任意で呼ぶ気にはならないんじゃないかな。地検送りできなかった汚職を蒸《む》し返したりしたら、キャリアの出世に響くでしょ？」

「捜査二課の課長のポストには、はるか昔から必ず警察官僚が就いてきた。特命遊撃班《うち》の八神は違いますが、キャリアの大半はてめえの出世のことしか考えてない。昔の事件を捜査し直すことになったら、課長は無能と評価されるでしょう」

「だろうね。日暮が在職してたころの捜二の課長は別のセクションに異動になってるが、同期のキャリアよりも大幅に出世が遅れるはずだ。現課長はそのことがわかってるにちがいないから、わざわざ日東物産の贈賄容疑を調べ直す気にはならないと思う」

「ええ、そうでしょう。となると、たとえ日暮克臣が退職後に立件材料を揃えたとしても、天野専務は少しも不安がる必要はないわけだ」

「成さんの言った通りだね。日東物産の専務が誰かに被害者を射殺させたとは考えにくいと思う」

「そんなふうに予断を持たないほうがいいでしょう」

風見は桐野に言った。

「捜査に予断は禁物だが、天野専務は容疑者リストから外しても問題ないんじゃないのかね？」

「いや、まだわかりませんよ。もしも贈収賄の物的証拠を日暮克臣が東京地検特捜部に持ち込んだら、日東物産は危《あや》ういことになります。それにしても、退職してもでき納得のできない事件《ヤマ》の真相に迫ろうとする正義感と執念は尊敬に価しますね。実際、リスペクトしたくなるな」

「そうだね。きみは、ただの女たらしじゃないな。見直さないといけないね」

「桐野部長、人聞きの悪いことを言わないでくださいよ。こっちは確かに女好きですが、単なるスケベじゃないんです。理想の女性がきっとどこかにいると信じてるロマンチストなんですよ」

「ロマンチストなのかね、女性関係の派手なきみがさ」

「こと恋愛に関しては、真面目そのものですよ。ロマンチストという言い方が嘘っぽく聞こえるなら、恋愛至上主義者と言い換えてもいいな」

「風見君、話が脱線しかけてるぞ」

岩尾が笑顔で注意した。佐竹が同調する。佳奈はにやついていた。

「とにかく、日東物産の専務が東京税関の幹部職員たちに鼻薬を嗅がせたとしたら、日暮の動きは気になるはずです」

「そうだね。被害者が東京地検特捜部に日東物産の抱き込み作戦を告発したという情報はまだ届いてないが、そうする気でいたのかもしれないな」

「ええ。あるいは、日暮克臣はマスコミの力を借りて大手商社の不正を暴《あば》く気でいたのかもしれません」

「ああ、それも考えられるね。風見君が言った通りだな。日東物産の天野専務をシロと断定することはできないね」

「ええ」

風見は口を閉じた。すると、佳奈が桐野に問いかけた。

「捜査本部は誰を重要参考人と目してたんでしょう？」

「所轄の刑事課長と本庁《うち》の三係長は、窃盗犯グループの持丸貴之を最も怪しんで捜査班のメンバーをずっと貼りつかせてたようだ。しかし、持丸には事件当夜、れっきとしたアリバイがあったというんだよ」

「それでしたら、実行犯ではありませんね。リーダーにかわいがられていたという持丸が何らかの方法で、ノーリンコ59を入手したということはなかったんでしょ？」

「ああ、それはね。それから、実行犯らしい人物と接触した様子もなかったらしいよ」

「それなら、持丸貴之は重参（重要参考人）とは言えませんね」

「ああ、そうだね。きょうから、五係の文珠敦夫《もんじゅあつお》が自分の部下たちと一緒に捜査本部に詰めはじめてる」

「そうですか。先発の滝さんもそうなんですが、五係の文珠係長も特命遊撃班を目の敵《かたき》にしてるんですよ。ちょっとやりにくいわ」

「二人ともプライドが高いから、支援チームが側面捜査することが面白くないんだろうが、妙な遠慮はしなくてもいい」

「はい」

「きみらは非公式なチームだが、正規捜査員たちに十回以上も花を持たせてやってるんだ。堂々としてればいいさ。滝や文珠が捜査妨害をするようだったら、担当管理官や理事官ではなく、わたしにダイレクトに言ってくれないか。三係と五係の連中をそっくり引き揚げさせ、六係と八係を渋谷署に出張らせるから」

「そこまでしていただかなくても……」

「いや、きみらのほうが大切だ。公式チームに格上げになるまで、もう少し辛抱してくれないか」

「ええ」

「それはそうと、支援捜査に取りかかる前に一応、捜査本部に詰めてる滝と文珠に仁義を切っといてくれな」

「わかりました」

「それでは捜査資料を読み込んだら、早速、動いてくれないか。頼むよ」

桐野が五人のメンバーのひとりひとりに握手を求めた。風見は刑事部長の右手を握り返すと、ソファから立ち上がった。

4

怒りが爆《は》ぜそうだ。

風見は両の拳《こぶし》を固め、捜査本部の扉を睨《ね》めつけた。渋谷署の六階だった。広い会議室が捜査本部に充《あ》てられていた。優に四十人は収容できそうだ。

午後七時近い。

風見たち四人は本庁で捜査資料を読み込んでから、渋谷署に挨拶《あいさつ》に訪れた。受付で来意を告げたのは、二十数分も前だった。

しかし、誰も応対に現われない。いつもの厭《いや》がらせだろう。

「ふざけやがって。いつまで待たせる気なんだっ」

風見は聞こえよがしに声を張った。かたわらの佐竹も、不快感を露《あらわ》にしている。岩尾と佳奈も懸命に腹立たしさを抑《おさ》えている様子だ。

第一期の捜査を担当していた殺人犯捜査第三係を率いている滝孝行《たかゆき》警部は、普段から特命遊撃班に敵愾心《てきがいしん》を剝《む》き出しにしていた。四十三、四だが、どこか子供っぽい性格だった。そして、かなりの自信家だ。

「もう我慢の限界だ。滝係長を引きずり出してやる」

風見は息巻いた。

「そんなふうに反応したら、向こうの思う壺《つぼ》じゃないかしら？」

「八神、どうしてそんなに冷静なんだよっ。いや、冷静でいられるわけない。じっと憤《いきどお》りに耐えてるんだろう。そうだよな？」

「愉快じゃありませんよ、わたしだって。でも、ここで捜査本部に怒鳴り込んだら、大人げないでしょ？」

「東大出は、世渡りがうまいな。他人とぶつかることを避《さ》けなきゃ、敵を多く作ることになる。学校秀才どもは、そういう計算を無意識にしちまうんだろうな。ガキのころから、ずっと優等生だったからさ」

「そういう見方は偏《かたよ》ってますね。先入観に囚《とら》われてますよ。出身大学で人間を色分けするなんて、風見さんらしくないわ」

「そうだね」

岩尾が佳奈の肩を持った。すると、佐竹が口を開いた。

「八神さんも岩尾さんも、大人すぎるな。うちのチームは非公式な組織ですが、捜査本部の連中に手柄を譲《ゆず》ってきたんですよ。彼らは妙な対抗意識なんか捨てて、われわれに感謝すべきだと思うな」

「しかし、特命遊撃班はあくまでも支援チームだから。主役は正規メンバーだから、脇役に徹すべきなんじゃないのか？」

岩尾が佐竹に言った。

「あなたは、いつも控え目な物言いをする。殺人犯捜査各係の係長よりも年上だし、階級は同じ警部なんですから、滝係長や五係の文珠さんにもっと強く出てくださいよ。怒鳴りつけてもいいと思うな」

「わたしは公安畑が長くて、殺人捜査はズブの素人だからね。きみや八神さんも強行犯係はやってこなかった」

「そうですが、班長は殺人事件を数多く手がけてきたし、風見さんも新宿署、渋谷署、池袋署で強行犯係をやってたんです。だから、別に素人集団じゃない。殺人犯捜査各係は、もっと特命遊撃班に敬意を払うべきですよっ」

佐竹が言い募《つの》った。仲間割れを誘発したのは自分だ。

風見は目顔《めがお》で、佐竹をなだめた。

佐竹は何か言いたげな表情を見せたが、言葉は発しなかった。

「ちょっと大人げなかったな。八神、勘弁してくれ」

風見は相棒に謝った。

「気にしないでください。これだけ待たされたら、いい加減に焦《じ》れますよね?」

「ああ。でも、怒ったら、ガキっぽい?」

「ええ、まあ」

佳奈が余裕たっぷりに笑った。男は、死ぬまで大人になりきれないのかもしれない。それに引き換え、順応性《じゅんのうせい》のある女はたいがい世の中や他者と折り合いをつけられるようになる。

風見はそう考えながらも、別に自分の稚《おさな》さを恥じる気持ちにはなれなかった。ある種の子供っぽさは、むしろ男の誇りなのではないか。そうした無器用さは、いつまでも保ちつづけたいものだ。

「あと三分経《た》ったら、わたしが捜査本部《チョウバ》に入るよ」

岩尾が誰にともなく言った。

そのとき、滝警部が現われた。職階が自分より高い佳奈には目礼したが、風見たち三人を完全に黙殺した。

「滝さん、また特命遊撃班《うち》がお手伝いさせてもらうことになりました。よろしくお願いします」

岩尾が年下の第三係長に仁義を切った。滝はむっつりとしたままだった。

「その態度はないんじゃないのかっ」

風見は滝に喰《く》ってかかった。

「おまえ、いつから警部《オブケ》になったんだ？」

「え？」

「まだ警部補《ホ》のくせに、偉そうなことを言うんじゃない」

「警部だからって、でかい面《つら》すんじゃねえよ」

「なんだと⁉　きさま、何様のつもりなんだ。警察は階級社会じゃないか。位《くらい》の下の者が、そんな口を利いてもいいのかっ」

「職階に拘《こだわ》るなら、八神警視に少しは敬意を払え！　警部の分際《ぶんざい》で、警視を何十分も廊下で待たせるなんて、思い上がってるぜ。八神が女だからって、舐めたことをするな！」

「取り込んでて、すぐ応対できなかったんだ。八神警視が女性だからといって、軽く見てたわけじゃない」

「取り込んでたって？」

「そうだよ。容疑者を特定できそうなんだ」

「いつものはったり《ブラフ》か」

「風見、口を慎《つつし》め！」

滝が額《ひたい》に青筋を立てた。風見は反射的に目に凄みを溜《た》めた。

「二人とも冷静になってください」

佳奈が仲裁に入った。風見は半歩退《さ》がった。

「被害者が四カ月前に所轄署に突き出した窃盗グループのリーダーが目をかけていた若い男のアリバイが崩れたんですよ」

滝が佳奈に告げた。

「その彼は持丸貴之、二十一歳ですね？」

「ええ。捜査資料を読まれたようですね。日暮が射殺された晩、持丸は群馬県前橋市内にある母方の実家にいたと言ってたんですが、実は事件当夜、渋谷にいたんですよ」

「それは間違いないんですね？」

「ええ。持丸は、円山町にあるクラブで午後九時過ぎから十時半ごろまで女友達と踊ってたんです。クラブといっても、ホステスのいる酒場じゃありません。DJのいるダンス・クラブです」

「ええ、わかります。店の名前は？」

「『クラブJ』です。ファッションホテルの地階にあるんですが、ドラッグに溺《おぼ》れてる客が多いんで、渋谷署《ここ》の生活安全課がマークしてる店なんですよ。持丸は、どうも覚醒剤《スピード》をやってるみたいなんです。それから、以前、改造銃を持ち歩いてたという情報もありますんで、持丸がどこかでノーリンコ59を入手して、日暮克臣の頭《ペテン》を撃《ハジ》いた疑いが濃くなってきたんですよ」

「捜査本部は、持丸に任意同行を求めるつもりなんですね？」

佳奈が問いかけた。

「いや、別件で明朝、持丸をしょっ引くことになりました。先月、持丸は『クラブJ』で客の男と喧嘩して、相手の顔面を二発殴ったことがわかったんです」

「傷害容疑で身柄を押さえて、本件に関与してるかどうか取り調べるわけね？」

「ええ、そうです」

「引きネタで落とそうなんて、邪道だな」

風見は滝に言った。

「状況証拠で持丸はクロっぽいんだ。高飛《ジャンプ》びされる恐れもあるんで、やむなく別件で逮捕しようってことになったんだよ。外野が、ごちゃごちゃ言うな！」

「物証があるわけじゃないのに、そこまでやっちまうのはどうなのかね。持丸がシロだったら、おたくは所轄に飛ばされそうだな」

「持丸は真犯人《ホンボシ》だよ。奴が慕《した》ってた窃盗団のリーダーを日暮が警察に引き渡したことで、だいぶ恨んでたからな」

「二十一のガキがそこまで執念深くなれるかね。それに、人を殺すほどの度胸はないと思うな」

「覚醒剤《シャブ》で頭が少しイカれてるんだろうよ、持丸はさ」

「そうとは思えないね」

「ただの助っ人要員が、そこまで言うかよっ。思い上がるな！」

滝が色をなした。

ちょうどそのとき、五係の文珠係長が捜査本部から出てきた。

「おたくら、まだいたのか。もう容疑者はわかってるんだ。特命遊撃班がしゃしゃり出ることはないだろうが！」

「持丸貴之を別件でしょっ引いたら、後で恥をかくことになるんじゃないのかな」

風見は文珠に言った。

「三係も五係も殺人犯捜査のエキスパートばかりなんだ。おれたちがポカをやるわけないじゃないか」

「自信たっぷりだな。これまでに何度もポカをやってるでしょ？」

「き、きさま！」

文珠が両手で風見の胸倉を掴み、ぐいぐいと押しまくってきた。

風見は体を躱《かわ》し、文珠の足を払った。空気が縺《もつ》れた。

文珠が前のめりになって、廊下に両手をついた。不様な恰好《かっこう》だった。風見は文珠の脇腹を蹴りたい衝動を抑《おさ》え、後方に退がった。

「くそーっ」

文珠が傷ついた闘牛のように頭から突進してきて、風見の腰に組みついた。

風見は軽く文珠の胸板を膝で蹴り上げた。文珠は短く呻いたが、離れようとしない。

「やめたほうがいいって」

滝がそう言い、文珠を風見から引き離した。

「風見の野郎が先にこっちを倒したんだ」

「先に仕掛けてきたのは、あんたじゃないか」

「おまえが無礼なことを言ったからだ」

「無礼なのは、あんたのほうだろうが！」

風見は言い返した。その直後、佳奈が風見の片腕を軽く掴んだ。

「子供の喧嘩じゃないんだから……」

「男はいくつになっても、ガキなんだよ。ほっといてくれっ」

「それなら、二人とも気が済むまでファイトすれば？　どうせなら、殺し合えばいいわ」

「八神警視は過激なんだな」

　文珠が驚いた顔つきになった。

「警部、デス・マッチに挑《いど》みます？　風見さんは、やる気があるみたいだわね。どうします？」

「風見に殺《や》られたら、死んでも死に切れない。やめときますよ」

「それじゃ、引き分けってことで手を打ってください」

「いいよ。いいえ、かまいません」

「風見さんは？」

「手を打つよ」

「それじゃ、これでジ・エンドね」

「うん」

　風見は、思わず幼児のように素直な答え方をしてしまった。文珠は、きまり悪げだった。

「目障《めざわ》りだろうが、われわれは任務を遂行《すいこう》させてもらう。気に入らないんだったら、警視総監か刑事部長に文句を言ってくれ」

岩尾が別人のような口調で、滝と文珠に言い放った。二人の係長は顔を見合わせ、すごすごと退散した。

滝たち二人の姿が見えなくなると、佐竹が拍手した。

「岩尾さん、カッコよかったですよ。ちょっと見直しました。いや、ちょっとじゃないな。大いに見直しました。岩尾さんも、やるときゃやるんですね」

「滝と文珠があまりに生意気に映ったんで、つい感情が激してしまったんだ」

「二人を呼び捨てにしましたね。それでいいんだと思います。どっちも、岩尾さんよりも年下なんですから」

「そんなことよりも、これで仁義を切ったわけだ。われわれも早速、捜査を開始しよう」

「ええ、そうですね」

「佐竹君とわたしは、被害者の元奥さんと娘に会うことにしよう。何か手がかりを得られるかもしれないからね。それから、日暮と同棲してた郡司由里からも話を聞いてみようよ」

「そうしましょう」

「風見君たちペアには、関東竜神会の企業舎弟に行ってもらうか」

岩尾が言った。風見は、佳奈とほぼ同時にうなずいた。

四人はエレベーター・ホールに向かい、地下の車庫まで下《くだ》った。

佐竹が灰色のプリウスの運転席に入り、岩尾が助手席に坐る。佳奈がいつものように黒いスカイラインに乗り込もうとした。風見は、それを押し留《とど》めた。

「八神は釜石から戻ったばかりで疲れてるんだ。きょうは、おれが運転する」

「でも、わたしは駆け出しの刑事ですんで……」

「いいから、助手席に回ってくれ」

「それでは、お言葉に甘えさせてもらいます」

美人警視がスカイラインを回り込む。

風見は運転席に腰を沈め、エンジンを始動させた。

セレクト・レバーに手を掛けたとき、上着の内ポケットで私物の携帯電話が着信音を発した。

「悪い！」

風見は相棒に断って、懐からモバイルフォンを摑み出した。

ディスプレイに視線を向ける。発信者は交際中の根上智沙だった。

智沙は二十六歳で、息を呑《の》むほど美しい。単に美貌に恵まれているだけではなかった。

彼女は聡明《そうめい》でもある。

　出会いはドラマチックだった。去年の秋のある晩、風見は銀座の裏通りで柄の悪い男に追いかけられている智沙を庇《かば》ってあげた。その後、思いがけない形で彼女と再会した。

　去年の四月に智沙の父親が殺害されたのだが、所轄署は病死と判断した。風見は別の殺人事件の捜査中に智沙の父の死の真相を知ることになり、それがきっかけで二人は急速に接近した。

　昨年の暮れに親密な間柄になって以来、週に二度は会っている。以前、智沙は翻訳プロダクションで働いていた。

　いまは無職だ。独りっ子の智沙は癌で入院中の母親の世話をしなければならなくなって、仕事を辞めたのである。世田谷区桜《さくら》三丁目の実家で暮らしていた。もっぱら最近は、智沙の自宅で会っている。彼女の母親には内緒で泊まったりもしていた。

「いま、話せる？」

「声が沈んでるな。どうした？　おふくろさんに何かあったのか？」

「実は、そうなの。きょう、担当ドクターに母の肺の癌細胞はとても小さくなったと言われたんだけど、肝臓に新たな影が……」

「そうか」

「いつか転移するかもしれないと覚悟はしてたんだけど、もう少し先だと勝手に思ってたんで、すごくショックでね」

「だろうな」

「余命は一年弱だろうと言われてしまったの。いまよりも強い抗癌剤を使えば、もう少し延命は可能らしいんだけど、副作用があるんですって。延命できても、母を苦しませたくないのよ」

「そうだな」

「いっそホスピス病院に移して、痛みのない日々を送らせてやりたい気もするけど、モルヒネ類を多用すると、どうしても死期が早まるでしょ？　わたし、どうすればいいかわからなくなっちゃって……」

「すぐにも駆けつけてやりたいが、あいにく出動指令が下って、これから聞き込みがあるんだよ」

「そうなの」

「でも、今夜中にはきみの家に必ず行く。何時になるかわからないが、絶対に会いに行くよ」

「無理をしないで。お仕事のほうが大事だもの」

「とにかく、顔を出す。それじゃ、後でな」

風見は電話を切った。すると、助手席で佳奈が言った。

「別に聞き耳をたてていたわけじゃないんですけど、通話内容には察しがつきます。風見さん、すぐに智沙さんの家に行ってあげたほうがいいんじゃないかしら？　わたしだけで、『ドラゴン・エンタープライズ』に行きますよ」

「八神の気遣《きづか》いはありがたいと思うよ。しかし、公私のけじめはつけないとな」

「でも……」

「心配するな。行くぞ」

風見は、覆面パトカーを慌《あわ》ただしく走らせはじめた。渋谷署を出ると、宮益坂《みやますざか》を登って青山通りに入った。

目的の企業舎弟を探し当てたのは、およそ二十分後だった。

『ドラゴン・エンタープライズ』は、雑居ビルの七階にあった。風見は捜査車輌を雑居ビルの前の路上に駐《と》め、佳奈と七階に上がった。

刑事部長に手渡された捜査資料によると、『ドラゴン・エンタープライズ』は投資顧問会社のようだ。投資家や企業から預かった金を各種のベンチャー・ビジネスに提供し、ハイリターンを得ているらしい。

企業舎弟の受付嬢に身分を明かし、鳥越社長に取り次いでもらう。風見たちは待つほどもなく奥の社長室に通された。

鳥越は一見、遣り手の商社マン風だ。だが、目の配り方は筋者特有だった。それでも、物腰は柔らかい。

風見は、佳奈と重厚なソファに並んで腰かけた。鳥越が風見の正面に坐り、心得顔で喋りはじめた。

「先日に亡くなられた日暮さんは、ここには四ヵ月弱しかいませんでしたよ。クレーマーたちの対応をしてもらってたんで、それなりの高給を差し上げてたんですがね。自分の性《しょう》に適《あ》わないとおっしゃって、お辞めになったんです」

「この会社に集まってくる金の多くは、やくざマネーなんだね？」

風見は単刀直入に訊いた。

「隠したところで仕方ないんで、否定はしません。全国の大小の組織やブラックがかった投資家の金を若手起業家たちの会社に貸し付けてるんです。うちの会社は出資者から数パーセントのコミッションをいただいて、細々とビジネスをやってるんですよ」

「リターンの数十パーセントを貰ってるんじゃないの？」

「そんな暴利を貪《むさぼ》ったら、わたしは死人《マンジュウ》にされちゃいますよ。出資者は、素っ堅気じゃないわけですから」

「ま、いいさ。日暮が示談にうまく持ち込めなかったクレーマーもいたんじゃないのか？」

「さあ、どうだったかな」

「捜査に協力する気がないんだったら、こっちの出方も違ってくるぜ。おれは以前、組対四課にいたんだ。あんたたちは誰も叩けば、必ず埃《ほこり》が出る。場合によっては、社長を埃まみれにしてもいいんだぜ」

風見は威《おど》した。佳奈は、はらはらしている様子だった。

「協力しますよ。捜査本部の方たちには教えなかったんですが、日暮さんは名古屋在住の経済やくざが出資先の決算書に納得できない点があるとクレームをつけてきて、出資金の倍返しを求めてきたんで、本庁の元刑事であることを明かしたんです」

「それで？」

「相手はビビるどころか、逆に日暮さんをバックの中京会《ちゅうきょうかい》に始末させると凄み返したんですよ」

「そいつのことを詳しく教えてくれないか」

「えーと、名前は蛭田友彦《ひるたともひこ》だったな。年齢は四十八で、名古屋市千種区《ちくさ》に自宅があるはずです。愛知県と岐阜《ぎふ》県一帯を仕切ってる中京会の会長に目をかけられてるみたいだね」

「そう。で、蛭田という奴は日暮克臣に何か仕掛けたのかな？」

「日暮さんがここを辞める数日前に短刀《ドス》を持った男にいきなり襲われたことがありましたが、通行人に騒がれたんで、そいつはすぐに逃げたようです」

「そういうことは、それ一度きりだったんですか？」

佳奈が訊《たず》ねた。

「ええ、そのはずですよ。東西警備保障に入ってからは蛭田に雇われた人間に命《タマ》を狙われたこともないようだから、名古屋の経済やくざは捜査本部事件には関わってない気がするな」

「そうなのかもしれないが、ちょっと調べてみよう。邪魔したな」

風見は鳥越に礼を言って、相棒に目配せした。

二人は、ほとんど同時に腰を上げた。

第二章　狙われた理由

1

頭が重い。

前夜は、ほとんど眠れなかった。瞼《まぶた》も垂れ気味だ。

風見は寝床で腹這《ば》いになって、キャビンをくわえた。午前七時過ぎだった。

根上宅の階下にある客間だ。十畳の和室だった。二組の夜具が並んでいるが、智沙の姿は見当たらない。朝食の支度をしてくれているのだろう。

昨夜、風見は『ドラゴン・エンタープライズ』での聞き込みを終えると、職務を切り上げた。母親の余命を担当医師から宣告された智沙のそばに少しでも長くいてあげたくて、この家に駆けつけたのである。

智沙は涙ぐみながら、何度も礼を言った。だが、いたく落ち込んでいた。ドクターの診《み》立《た》てが間違っていないと確信しているにちがいない。

風見は智沙とともに、彼女の母親を五度ほど見舞っている。病院を訪れるたびに、智沙の母は痩《や》せ細っていた。まだ五十四歳だが、六十代に見える。素人目にも死期が迫っていることは感じ取れた。

娘が席を外したとき、母親はわが子の花嫁姿を見られないうちに寿命が尽きるのが残念だと寂しげに語った。そのときの情景は鮮明に脳裏にこびりついている。

風見は、智沙を特別な他人だと思いはじめていた。

とはいえ、男女の関係になって七ヵ月目である。まだ智沙との結婚は考えていない。しかし、彼女の母の親心はよくわかる。智沙が望むなら、妻にしてもいいという気持ちになる。

だが、二人のつき合いはなにしろ短い。一年も経《た》っていないのに、互いのことを知り尽くしているとは言えないのではないか。感傷に引きずられて、衝動的に結婚してもいいものだろうか。迷いは消えなかった。

きのう、二人は午前零時前に寝具に潜《もぐ》り込んだ。風見は、智沙と睦《むつ》み合う気はなかった。智沙も最初は風見と肌を重ねるつもりはなかったにちがいない。

しかし、そう遠くない日に肉親の命の灯が消えると思うと、ひどく心細くなったのだろう。智沙は午前二時過ぎに風見の寝具に移ってきた。全身でしがみつくなり、狂おしく風見の唇を貪《むさぼ》った。

そうまでされたら、欲情を抑えるのは困難だ。風見は熱く応《こた》えた。

二人は獣のように求め合った。

智沙は裸身を震わせ、幾度も極《きわ》みに達した。愉悦《ゆえつ》に溺れることで、母親の死のイメージを遠ざけたかったのだろう。

風見は、ほんの一刻《ひととき》でも智沙の不安や怯《おび》えを取り除いてあげたかった。彼は朝まで三度、智沙の肉体を求めた。

疲れ果てた智沙は眠りに落ちた。だが、風見はいっこうに寝つけなかった。煙草《たばこ》が短くなった。

風見は喫《す》いさしのキャビンを灰皿の底で揉《も》み消し、半身を起こした。ちょうどそのとき、客間の襖戸《ふすまど》が開いた。

「朝食の用意ができたの」

智沙は身繕《みづくろ》いをして、薄化粧を施《ほどこ》していた。きょうも魅惑的だ。

「悪いな。寝不足なんだろう？」

「ええ、少しね。でも、大丈夫よ。竜次さんこそ、あまり眠れなかったんじゃない？　わたしが、あなたの蒲団《ふとん》に忍び込んじゃったから」

「少しは寝てるよ」

「本当に？」

「ああ。それより、少しは気持ちを切り替えられたかな？」

「ええ、おかげさまで。わたし、薄情な女なのかもしれないわ」

「なぜ、そう思ったんだい？」

「あなたに抱かれてる間、母のことはすっかり忘れてたの」

「おれがテクニシャンだと誉《ほ》めてくれてるわけだな」

風見は軽口をたたいた。智沙が曖昧《あいまい》に笑った。

「顔を洗ったら、ダイニングに行くよ」

風見は掛け蒲団を撥《は》ねのけた。

智沙が襖戸を閉めて、ダイニング・キッチンに向かう気配が伝わってきた。

風見はざっと寝具を畳み、パジャマ姿で洗面所に向かった。パジャマは智沙が今月の春先に用意してくれた物だ。

風見は洗顔を済ませ、食堂に回った。ダイニング・テーブルには、ハム・エッグス、グリーン・サラダ、コーヒーなどが載《の》っていた。二枚のトーストも用意されている。

「和食にするつもりだったんだけど、めざめた時間が遅かったんで、パン食にしちゃったの。これで、我慢してね」

「上等だよ。遠慮なくいただくな」

「どうぞ召し上がって」

二人は食卓についた。差し向かいだった。

「そのうち、おふくろさんを安心させてやらないとな」

風見はコーヒーを啜《すす》ってから、さりげなく言った。

「どういうことなの？」

「おれは、遊びで智沙とつき合ってるわけじゃないってことをおふくろさんに言うつもりだよ。つまり、将来は結婚も考えてるってことさ」

「病室で母があなたに何か言ったのね？」

「いや、別に何か言われたわけじゃない」

「嘘！　母は入院してから、わたしが嫁《とつ》ぐまでは死ぬに死ねないって口癖のように言ってたの。きっと竜次さんにも、そんなことを言ったのね」

「おふくろさんに何か言われたわけじゃないが、智沙となら、いつか結婚してもいいと思いはじめてるんだよ」

「本当にそう思ってくれてるんだったら、とても嬉しいわ。わたしも、あなたとは長くつき合いたいと思ってる。でも、まだ交際してから一年も経ってないのよ。お互いにもっと深く知り合う必要があるわ。母のことを考えてくれるのはありがたいけど、そういう気遣いは無用よ」

「心の負担になるなら、おふくろさんにはまだ何も言わないでおこう」

「ええ、そうして。わたしたちが結婚を前提にして交際してるなんて言ったら、母はひと安心して、病魔と闘う気力も萎《な》えちゃう気がするの」

「そうなったら、まずいな。わかったよ。余計なことは言わない」

「ええ、お願いね。わたし、きのうはドクターの話を聞いて取り乱してしまったけど、もう平気よ。だから、あなたは仕事に専念してほしいの」

智沙がバター・トーストを千切《ちぎ》りながら、笑顔で言った。風見はナイフとフォークを手に持って、ハムを切り分けた。

朝食を摂《と》り終えたのは、十数分後だった。

風見はシャワーを浴び、髪と体を洗った。髭も剃《そ》り、身仕度をする。トランクスと靴下の替えは、智沙の家に預けてあった。

上着、シャツ、スラックスは前日と変わらない。外泊したことは職場の仲間たちには見抜かれてしまうだろう。しかし、いつものことだった。気にはしていない。

やがて、風見は智沙に見送られて根上家を出た。バスと私鉄を利用して、登庁する。

特命遊撃班の小部屋に入ったのは、午前九時過ぎだった。成島班長しかいなかった。

「こんなに早く登庁か。珍しいこともあるもんだ。きのうと同じ服装だな。例によって、ワンナイト・ラブを愉《たの》しんだんだ？」

「いや、智沙の家に泊めてもらったんですよ。彼女、ちょっと落ち込んでたんでね」

風見は外泊した理由を話した。

「お母さんの癌が肝臓に転移してたのか。それじゃ、ひとり娘としてはショックだっただろうな」

「ええ。でも、智沙はショックから立ち直ると思います」

「できるだけ彼女の力になってやれよ」

「そうしてやるつもりです。それはそうと、岩尾さんと佐竹君は、日暮克臣の元妻と子供に会えたのかな？」

「ああ、聞き込みはできたそうだ。しかし、これといった手がかりは得られなかったという話だったよ」

「そうですか」

「ま、坐れよ」

成島がコーヒーテーブルの上の朝刊を端に寄せた。風見は班長の前のソファに坐った。

「被害者の元妻は、日暮のかつての上司の娘だったんだよ。別れた奥さんは日暮の出世を強く望んでたようだが、当の旦那には上昇志向がまるでなかった。だから、いまは大学生の娘が生まれて間もなく夫婦仲はうまくいかなくなったようだな」

「それだから、日暮克臣が警察を辞めたとき、奥さんは離縁を申し出たんですね」

「そうらしい。母親の影響なのか、ひとり娘も父親にはどうも距離を感じてたようだな。両親が離婚してから、父親とはまったく会おうとしなかったそうだよ。もちろん、元妻のほうもな」

「轢き逃げ犯に仕立てられて依願退職を迫られた被害者は、妻子にドジな男と思われてたんでしょうね」

「そうなんだろうな」

「日暮克臣に同情したくなりますね。そういえば、岩尾・佐竹班は、元ショー・ダンサーの郡司由里と接触できたのかな？」

「旗の台《はただい》の被害者宅に岩尾君たちが行ったんだが、彼女は外出してて会えなかったらしい。八神が来たら、一緒に日暮の自宅マンションに行ってもらえないか。岩尾君たち二人には、捜査本部の動きを探《さぐ》ってもらうことになってるんだ。数十分前に窃盗団グループの一員だった持丸貴之を傷害容疑で逮捕したという情報が管理官に入ったんだよ」

「そうですか」

「岩尾君たちには面通《めんとお》し室《しつ》から取り調べの様子をうかがうよう指示しておいた」

「滝と文珠は、特命遊撃班《うちはん》のメンバーが面通し室に入ることを認めますかね？」

「二人とも渋ると思ったんで、管理官に先に話を通してある」

「それなら、三係と五係の係長も佐竹君たちを閉め出せないだろう」

「ああ。捜査本部は持丸を別件でしょっ引いたわけだが、本件に関与してるのかね。アリバイを偽証して、事件当夜、現場近くのクラブにいたことは怪しいといえば、怪しいんだが……」

「おれの勘では、持丸貴之はシロですね。元刑事が窃盗団のリーダーたち幹部数人を倉庫荒らしとして四カ月前に所轄署に引き渡したんで、逆恨みしてたことは間違いないんでしょう。そうだからといって、日暮克臣を殺害する気になるとは考えにくいですよ」

「そうなんだが、ガン・マニアで、改造拳銃を持ち歩いてたって話がちょっと気になるな」

「ええ、そうですね。しかし、持丸はグループの使いっ走りみたいな存在だったんでしょう。そんなガキがノーリンコ59をどこかで手に入れて、元刑事をシュートするだけの度胸はないと思うがな」

「そうとも思えるんだが……」

「滝係長は五係が追加投入されたのに被疑者の割り出しもできてないと思われたくなくて、持丸を重参にすることにしたんじゃないのかな」

「そうなのかもしれないが、持丸がシロだったら、かえって減点になるじゃないか」

「そこまで知恵は回らなかったんでしょ、滝警部は。取りあえず、疑わしい人物を容疑者扱いして、お茶を濁したかったんじゃないのかな」

「そこまで言っちゃうか」

「ええ、言っちゃいます。滝も文珠も殺人犯捜査のベテランぶってますが、ポカの連続でしたからね」

「おまえさんの勘は正しいのかもしれないな」

二人の間に沈黙が落ちた。

数十秒後、佳奈が刑事部屋に入ってきた。成島が岩尾・佐竹班に指示したことを佳奈に説明し、付け加えた。

「そっちは風見君と一緒に被害者の自宅マンションに行って、郡司由里に改めて聞き込みをしてくれ。きのう、元ショー・ダンサーはずっと外出してたらしいんだよ」

「そうなんですか。わかりました」

「由里から話を聞き終えたら、きみらは名古屋に向かってくれないか。被害者が『ドラゴン・エンタープライズ』で働いてたときに採めたという経済やくざの蛭田友彦もちょっと気になるからな」

「ええ、そうですね」

「行ってきます」

風見はソファから立ち上がって、佳奈とともに小部屋を出た。

エレベーターで地下三階の車庫に降り、スカイラインに乗り込む。相棒の運転で、品川区旗の台に向かった。

日暮の自宅マンションに着いたのは、およそ三十五分後だった。

七階建ての賃貸マンションは、東急池上《いけがみ》線の旗の台駅から数百メートル離れた場所にあった。あたりは民家や商店が密集していて、下町っぽい。

表玄関はオートロック・システムにはなっていなかった。常駐の管理人室も見当たらない。

風見たち二人は、エレベーターで六階に上がった。

被害者宅は六〇四号室だ。歩廊《ほろう》をたどりながら、佳奈が小声で話しかけてきた。

「捜査本部のメンバーは東西警備保障からは特に手がかりを得られなかったわけですけど、日暮さんが心を許してた女性は何か事件を解明するヒントを知ってるかもしれませんね」

「そうだといいが、初動の聞き込みでは郡司由里は特に手がかりになるようなことは喋ってない。だから、あまり期待しないほうがいいだろう」

「わかりました」

「それはそうと、日暮の葬儀は郷里の福井県で営《いとな》まれたんだったよな？」

「ええ、捜査資料にはそう書かれてましたね。確か日暮さんは三男で、実家はご長男が継がれてるはずです。東京周辺に墓を求めたという話は聞いてませんので、遺骨は実家のお墓に納められることになるんじゃないかしら？」

「そうなんだろうか」

風見は六〇四号室の前で立ち止まった。

表札を見る。日暮のプレートの真下に、マーカーで小さく郡司と書き加えられている。

佳奈がインターフォンを鳴らした。

　ややあって、女性の声で応答があった。郡司由里だった。佳奈が刑事であることを明かして、捜査に協力を求めた。

　姿を見せた由里は個性的な美人だった。元ダンサーだけあって、プロポーションは悪くない。右脚をわずかに引きずっていた。

　由里は佳奈が故人の元同僚と知ると、二人の来訪者を部屋の中に請《しよう》じ入れてくれた。

　間取りは2LDKだった。由里は風見たちをリビング・ソファに坐らせると、手早く緑茶を淹《い》れてくれた。そして、佳奈と向かい合う位置に浅く腰かけた。

「日暮さんは事件当夜、誰かと会う約束でもあったんでしょうか？」

　風見は本題に入った。

「わかりません。彼は口数が少ないほうでしたから、仕事のことはもちろん、ほかのこともほとんど話そうとしなかったんです。おそらく思い出したくないことが多かったんでしょう」

「かもしれませんね。事件現場は、円山町のラブホテル街の近くです。日暮さんにあなた以外に親しくしてた女性は？」

「いなかったと断言してもいいと思います。彼は女性に対してまめなほうじゃありませんでしたから、二股を掛けるようなことはしてなかったはずです。よくわかりませんが、彼は誰かを尾行してて、ラブホテル街の裏通りに入ったんじゃないのかしら?」

「誰を尾《つ》けてたのか心当たりは?」

「ありません」

由里が即座に答えた。

「日暮さんが不本意な形で依願退職させられたことは聞いてますでしょ?

「大雑把《おおざっぱ》な話はね。だから、詳しいことは知らないんですよ」日東物産が東京税関の幹部職員に袖の下を使ってた疑いがあるとわかったとき、人身事故の加害者に仕立てられたと言ってました。被害者と称してる相手はいきなり捜査車輛の前に飛び出してきて、故意に撥ねられたようだとも言ってました」

「そのほかに言ってたことは?」

「彼は覆面パトカーから降りて、相手に怪我はないかと訊いたそうです。どこも痛《いた》めてないという返事なんで、車を走らせたと言ってましたね。それなのに、相手は轢き逃げされたと医者の診断書を持って地元署に駆け込んだというんですよ」

「そうですか」

「彼、日暮さんは事実ではないと所轄署の交通課の人たちや本庁の偉い方たちに訴えたみたいなんですけど、警察のイメージ・ダウンになると困るから、依願退職してほしいと上司の方たちに説得されて、渋々、辞表を書いたんだと悔《くや》しそうに語ってました」

「退職後、すぐには働き口が見つからなかったみたいですね？」

　佳奈が話に加わった。

「そうだったらしいわ。その上、奥さんに別れてくれと言われて、お嬢さんは母親と一緒に去ってしまったというの。日暮さんは自暴自棄になって、暴力団の息のかかった投資顧問会社で示談屋めいたことをするようになったんですよ」

「その会社は、『ドラゴン・エンタープライズ』ですね？　関東竜神会の企業舎弟なんですよ」

「ええ、そんな社名だったわね。でも、三カ月か四カ月しか勤めなかったと聞いてるわ。闇社会の人間を利《り》するような仕事をつづけてたら、早晩、精神が腐ってしまうと思ったみたいよ」

「日暮さんは真面目な方だったし、正義感も強かったんで、耐えられなくなったんだと思います」

「多分、そうなんでしょうね」

「そのころ、名古屋在住の経済やくざとの示談がうまくいかなくて、相手に逆恨みされ、命を狙われたことがあるようなんですが、そういう話を聞いた記憶はありません？」

「いいえ、ないわ。わたし、昔、プロのダンサーだったのよ。片脚が不自由になってからは、すっかり自信をなくして、日暮さんに縋《すが》って生きてきたの。彼は心優しい男性《ひと》だったから、わたしが不安がるようなことは一切《いっさい》言わなかったんですよ」

「日暮さんらしいわ。ところで、東西警備保障に就職してから、日暮さんが何かトラブルに巻き込まれたことは？」

「そういうことはなかったと思うわ。給料はよくなかったけど、スーパーの保安の仕事や倉庫警備業務を生き生きとやってたから」

由里が答えた。佳奈が短く迷ってから、日暮が倉庫を荒らした窃盗団グループの幹部たちを警察署に引き渡したことを伝えた。むろん、残党のひとりに日暮が逆恨みされていた話も伝えた。

「リーダーにかわいがられてた持丸とかいう若者が彼を射殺したの？」

「まだ何とも言えません」

「そうなの。犯人がどこの誰でも早く捕まえてちょうだい。日暮さんは、わたしの大事な男性《ひと》だったのよ。酔いどれ女のわたしをいつも見守ってくれてた。彼、わたしの人生の突っかい棒になってくれてたの。あんな善人は、どこにもいないわよ。これから、わたしは誰を頼りに生きていけばいいの⁉　どうすればいいのかわからないわ。途方に暮れちゃってるのよ」

　由里の声が涙でくぐもった。

「この部屋は引き払わなきゃならないんでしょ？」

　風見は訊いた。

「ええ、そうなの。昔のダンサー仲間が赤羽《あかばね》で惣菜屋《そうざいや》をやってるんだけど、その彼女が住み込みで働かせてくれるって言ってくれてるのよ。そうさせてもらおうと思ってるわ」

「そうですか。当分、お辛いでしょうね。しかし、生きてれば、いつかきっといいことがありますよ。そのうちに日暮さんみたいな男と出会えるかもしれません」

「ううん、彼のような善い男性《ひと》なんかどこにもいないわ。日暮さんは男前じゃなかったけど、漢《おとこ》の中の漢だったわね」

「そうなんでしょう。ところで、日暮さんは休日を利用して、何かを調べてる様子はありませんでした？」

「そういえば、彼、休日にはよく出かけてたわね。気分転換にパチンコをしてくると言ってたけど、帰りはいつも遅かったわ。刑事時代の未解決事件を民間人になっても、ひとりでこつこつと調べ回ってたのかな」

　由里が呟くように言った。

風見は無言でうなずき、湯呑《の》み茶碗を持ち上げた。日本茶を半分ほど飲んだら、暇《いとま》を告げるつもりだ。

2

名古屋市千種区に入った。

午後一時半を回っていた。東京を発《た》ったのは、およそ二時間二十分前だ。

風見はスカイラインの助手席に坐っていた。

「経済やくざの蛭田友彦は、北千種町の自宅にいるかしら?」

佳奈がハンドルを捌《さば》きながら、声を発した。

「家《ヤサ》にいなかったら、中区栄《さかえ》三丁目にあるオフィスに行ってみよう」

「ええ。東名の豊田IC《インター・チエンジ》を通過してから、風見さんは蛭田の犯歴照会をしてましたよね?」

「ああ。A号照会で、蛭田に恐喝、私文書偽造の前科《マエ》があることがわかった。しかし、中京会のどの組織にも足《ゲソ》はつけてなかったな」

「準構成員なんでしょうね?」

「いや、そんなチンピラじゃないはずだ。中京会の梅川義海《うめかわよしみ》会長の影のブレーンなんだろう。蛭田は有名私大の商学部出だから、かなり前から中京会本部のプール金の財テクを任されてたんだろうな」

「やくざマネーを関東竜神会の企業舎弟に回したのは、最初っから難癖をつけて高配当をせしめるつもりだったんですかね？」

「おそらく、そうだったんだろう。関東竜神会は首都圏で六番目にランクされてるが、組員数は中京会のほうがやや多い。勢力はほぼ互角だが、中京会は関西の最大組織の系列《スジ》だ」

「ええ、そうですね」

「関東御三家の企業舎弟を軽く見たら、東西戦争の火種《ひだね》になる。中京会はさすがに住川会、稲森会、極西会のフロントを虚仮《こけ》にすることはできないんで、関東竜神会の企業舎弟から少し銭をぶったくろうとしたんだろうな。ところが、『ドラゴン・エンタープライズ』の揉め事処理係をやってた日暮克臣が元刑事であることを明かして、蛭田の要求を突っ撥《ぱ》ねた」

「だから、蛭田は匕首《あいくち》を呑んだ男を差し向けて、日暮さんを始末させようとした。でも、それは果たせなかったってことですよね？」

「そういう推測はできるんだが、腑に落ちない点もあるよな？」

「ええ、そうですね。いまになって、どうして蛭田は日暮さんを亡き者にしなければならなかったのか。そういう素朴な疑問は感じます」

「八神の言う通りだ。今回の事件の被害者は『ドラゴン・エンタープライズ』で三、四カ月働いてただけで、その後は東西警備保障に移ってるからな。蛭田が日暮に悪感情を懐《いだ》いてたとしても、報復するには時が経《た》ち過ぎてる」

「そうなんですよね」

「しかし、蛭田は堅気《ネス》じゃない。すぐに日暮に仕返しをしたら、捜査関係者に自分が疑われることを知ってるはずだ。それで、わざと月日が流れてから、ヒットマンを放ったとも考えられなくはないな」

「その可能性はゼロではないと思いますけど、穿《うが》ちすぎかもしれませんよ」

「確かに少しこじつけっぽいな。空振りに終わるかもしれないが、一応、蛭田を揺さぶってみる必要はあるだろう。無駄を重ねることを嫌ったら、いい結果は出ない」

風見は口を結んだ。

ほとんど同時に、上着のポケットで官給品の携帯電話が着信音を発した。風見はモバイルフォンを取り出した。発信者は岩尾警部だった。

「少し前に持丸貴之の取り調べが中断されたんだ。彼は『クラブＪ』で客の男を殴ったことはあっさり認めたんだが、殺人《コロシ》については強く否認しつづけてた」

「そうですか」

「三係の滝係長は持丸を真犯人《ホンボシ》にしたがってる様子だったが、筋の読み方が間違ってるね。佐竹君も、そう感じたと言ってるんだ」

「こっちも持丸が犯行《ヤマ》を踏んだとは読んでなかったんだが、なぜアリバイを偽装したんだろうな。その点がちょっと引っかかってたんです」

「それについては、こう供述してた。自分に目をかけてくれてた窃盗グループのリーダーを所轄署に突き出した日暮を憎んでたんで、殺したと疑われるんじゃないかと思って、事件のあった日は東京にはいなかったと嘘をついたんだ。持丸は何度もそう繰り返した。目に涙を溜めて懸命に訴えてたから、芝居をしてたわけじゃないんだろう」

「でしょうね。滝はおれたちに先に容疑者を割り出されるのは面白くないんで、とにかく重参を誰か絞りたかったんじゃないのかな。五係の文珠も同じ気持ちだったんで、持丸貴之を別件容疑で検挙《アゲ》たんでしょう」

　風見は言った。

「そうなんだろう。持丸の傷害罪を大目に見てやれとは言わないが、引きネタを使うのは邪道だね」

「おれも同感です」

「そう。成島さんから聞いたんだが、郡司由里に接触できたんだって？」

「ええ」

「元ダンサーは、日暮が休日のときに何かを調べてたようだと言ったんだってね？」

「そうなんですよ。被害者《ガイシャ》は自分が担当してた事件で起訴にならなかった犯罪《ヤマ》を個人的に洗い直してたんじゃないんですかね？　岩尾さん、どう思います？」

「それ、考えられるね。日暮は若いころから、はっきりと黒白《こくびゃく》をつけたがるタイプだったんだよ。証拠不十分で地検に送致できなかったり、起訴処分になった事件も灰色だと感じてたら、彼は民間人になっても、とことん調べ直してみる気になるだろう。執念深いというより、ＯＢになってからも刑事の習性が抜けなかったんだと思うね。刑事魂《デカだましい》は脈々と生きつづけてたんじゃないだろうか」

「そうなんだろうな。立派ですよ。見習いたいな。それはともかく、日暮克臣が最も釈然としない事件といえば、日東物産の贈賄容疑でしょう。その事件の捜査中に被害者は轢《ひ》き逃げ事件の犯人に仕立てられ、上層部たちから依願退職をすることを強要されたわけだから、大手商社が東京税関の幹部職員に鼻薬を嗅がせた証拠を集めて、なんとしてでも汚職を暴《あば》きたくなるだろうな」

「その事件が立件されなかった事実に引っかかるね。風見君、日東物産が警察の上層部を抱き込んで、贈賄容疑を揉み消してもらったとは考えられないだろうか」

「残念なことですが、考えられないことじゃないですね。有資格者《キャリア》に限らず出世した警察幹部はたいがい大物政財界人や各界の名士と親しくなって損はないと思ってるからな。そうした成功者たちに貸しを与えておけば、後々《のちのち》、何らかのメリットがあると算盤《そろばん》を弾くんでしょう」

「だろうね。超大物の政治家やエリート官僚の圧力に屈することは惨《みじ》めだが、殺人など凶悪犯罪以外の経済事案《じあん》、汚職、交通違反の揉み消しなら、さほど良心は疼《うず》かない。そういう犯罪に目をつぶる偉いさんはいるはずだよ」

「ええ、いるでしょうね。そうだったんなら、日暮克臣を轢き逃げ犯に仕立てることを思いついたのは、日東物産の天野直規専務か警察関係者なんだろう」

「後者だとは考えたくないな。そうなら、哀《かな》しすぎる。もちろん、憤りも覚えるよ」

「そうですね。どっちが日暮を陥《おとしい》れる絵図を画《か》いたにしろ、轢き逃げ事件の被害者の石黒将太《いしぐろしょうた》の交友関係を洗えば、雇い主の顔が透《す》けてくるな」

「そうだろうね」

「岩尾さんたち二人は、石黒将太の交友関係を調べてくれます？　おれたちは蛭田の自宅の近くまで来たんですが、まだ経済やくざを揺さぶってないんですよ」

「わかった。佐竹君と石黒将太の背後関係を洗ってみよう」

岩尾が通話を切り上げた。

風見は携帯電話を二つに折り、佳奈に岩尾との遣《や》り取《と》りをかいつまんで話した。

「そういうことなら、持丸貴之は本部事件には関わってないんでしょうね」

「日東物産の贈賄容疑は立件されなかったわけだが、日暮が轢き逃げ犯に仕立てられたことと汚職の揉み消しはつながってると思うか？」

「大手商社と警察首脳部の誰かが共謀して、日暮さんを罠に嵌めたんだったら、この世も末ですね。そこまで腐り切ってるとは思いません。ううん、正確には思いたくありませんよね」

「優等生っぽい答え方だな」

「警察の上層部は日暮さんが歩行者を捜査車輌で撥ねて、そのまま走り去ったという被害届が出たんで、警察のイメージが悪くなることを恐れただけなんじゃないのかしら？」

「つまり、日東物産に抱き込まれて、贈賄の事実を揉み消したわけじゃないということだな？」

「ええ、そうです。轢き逃げ事件がマスコミに取り上げられるのは困るんで、なんとか示談に持ち込んで、日暮さんに辞表を書かせたんじゃないですか？」

「そうなんだろうか。元ダンサーの郡司由里は日暮克臣が休日には何かを調べてたようだと言ってた。おれは、本件の被害者は自分を轢き逃げ犯にした人間が汚職をうやむやにしようと画策したと睨み、そのあたりのことを時間をかけて調べてたんじゃないかと思ってる。多分、岩尾さんもそう推測したんだろう」

「大先輩のお二人がそう推測したんなら、そうなのかもしれません。わたし、わからなくなってきました」

佳奈が言いながら、覆面パトカーを路肩《ろかた》に寄せた。すぐ横に豪邸が建っていた。

風見はパワー・ウインドー越しに門柱の表札を見た。

蛭田という姓だけが記《しる》されている。ひときわ目を惹《ひ》く邸《やしき》だった。敷地は五百坪近くありそうだ。庭木が多い。奥まった場所に白い洋館が見える。

「経済やくざはアンフェアな方法で汚れた金をしこたま集めて、贅沢《ぜいたく》な暮らしをしてやがるんだろう。なんだか腹立たしいね。火を放ってやるか」

風見は低く呟いた。

「それ、冗談ですよね？」

「半分は本気だよ」

「まずいですよ、それは。気持ちはわかりますけど、わたしたちは警察官なんですから」

「際《きわ》どい冗談だったか」

「もう！　びっくりさせないでくださいよ。わたし、蛭田が自宅にいるかどうか確かめてみますね」

佳奈がスカイラインを降り、蛭田邸の大きな門扉《もんぴ》に駆け寄った。インターフォンを鳴らし、蛭田の妻と短く言葉を交わした。経済やくざは出かけているようだ。

ほどなく相棒は車の中に戻った。

「栄町の事務所のほうにいるそうです。オフィスは、中区役所の斜め裏にある『エンゼル第二ビル』の十階にあるとのことでした」

「警察のデータ通りだ。会社名は『蛭田コンサルティング』だったかな」

「ええ、奥さんはそう言ってました」

「八神、蛭田の女房に身分を告げたのか？」

「はい。まずかったですか？」

「ま、いいさ。チンピラやくざってわけじゃないんだから、かみさんから電話があっても、こそこそと逃げ出したりしないだろう。車を栄町に回してくれ」

風見は指示した。佳奈が捜査車輛を走らせはじめた。

住宅街を抜けて、国道六〇号線を名古屋駅方面に進む。中央本線千種駅のガードを潜《くぐ》り、道なりに走った。新栄町、東新町を越え、東急デパートの先を左折する。

中区栄町界隈は、名古屋市の中心地だ。デパートや大型ファッションビルが連《つら》なり、南北に個性的な店が集まっている。ホテルの数も多い。

『エンゼル第二ビル』は造作なく見つかった。

風見たちは車ごと地下駐車場に潜《もぐ》り、エレベーターで十階に上がった。蛭田の事務所は、さほど広くなかった。事務系の社員が十人ほどいた。

応対に現われた中年男性に警察手帳を見せ、蛭田に取り次《つ》いでもらう。風見たち二人は数分待たされたが、社長室に通された。

蛭田友彦はパターの練習をしていた。上着は羽織っていなかった。服にも腕時計にも金をかけていたが、どこか貧相な感じだ。小柄で、色黒のせいか。金壺眼《かなつぼまなこ》は、いかにも抜け目がなさそうに見える。

三人は名乗り合ってから、総革張りのソファに落ち着いた。

「コーヒーも茶も出さんで。わし、警察好《す》かんのよ。勘弁してちょ」

蛭田が風見の顔を見据《す》えながら、挑戦的に言った。

「それで結構だ。『ドラゴン・エンタープライズ』で苦情係をやってた日暮克臣のことは忘れてないな?」

「もちろん、覚えとるで。投資した金の配当が少なかったんで、文句をつけたことがあるんでな。わしは正当な要求しただけやった。けど、元刑事《デコスケ》の日暮はわしの言動は脅迫罪に当たるとぬかしおった。わし、おみゃあさんが言うとることはおかしい言ってやったわ」

「で?」

「あん男がお巡りを呼ぶと言いはじめたんで、わしをなめたら、いかんで。そう言い返したんよ。そうしたらな、日暮は『中京会の会長でも誰でも連れて来い』とキレおった。だからな、わし、中京会の用心棒《ケツモチ》は神戸連合会だと凄んだわけさ。それで、話が決裂したっちゅうことよ」

「あんたは頭に血を昇らせて、刃物《ヤッパ》を持った男を東京に送り込んで、日暮を殺《や》らせようとした。そうだな?」

「そこまでわかっとるんやったら、シラを切っても意味ないわな。その通りや。広島から名古屋に流れてきた元極道を放ったんだが、役立たずな男やった。人目を気にして、わしが頼んだことをやらんかったんよ。着手金の三十万を持って、どこかに逃げおった」

「だから、今度は腕っこきの殺し屋《プロ》を雇って、五月十二日の夜、そいつに渋谷の裏通りで日暮克臣を射殺させたわけか？」

　風見は揺さぶりをかけてみた。蛭田は少しも動揺しなかった。

「どうなんです？」

　佳奈が蛭田に訊いた。

「わしは子供のころから、いつも損得を考えて生きてきた。日暮がわしの言い分を聞こうとしなかったことには、それは腹が立ったわ。だから、皆藤《かいどう》という流れ者に百万くれてやるから、日暮を始末してくれと頼んだわけや。でもな、本気で元刑事を殺させる気はなかったわ。腹か太腿を刺してくれるだけで充分だと思っとった。皆藤も、それはわかってたと思うで。だから、たったの百万の成功報酬で仕事を引き受けたんだろう」

「何百万円も払ってまで、日暮さんを殺させる気はなかったというんですね？」

「考えてみてちょ。高い金を払って日暮を始末させて、わしになんの得がある？　さっきも言うたけど、わし、損することはしない主義なんよ」

「参考までに五月十二日は、どこで何してました？」

「中京会の梅川会長のお供で、イタリアに行ってたわ。渡航記録を調べてもらえば、わしが事件にタッチしてないことはわかるはずや。わざわざ名古屋まで来てもろうたわけやが、税金の無駄遣いやで」

蛭田が勝ち誇ったように笑った。風見は、むっとした。チョーク・スリーパーで蛭田を気絶させたい気分だったが、いったん引き下がることにした。

「どうします?」

佳奈が問いかけてきた。風見は返事の代わりに黙って腰を浮かせた。

3

相棒が箸《はし》を置いた。

とうに風見は、名古屋名産のひつまぶしを平らげていた。

『エンゼル第二ビル』のそばにある鰻屋だ。

客は二人だけだった。午後三時過ぎという中途半端なせいだろう。遅い昼食だった。

「一服させてもらうぞ」

風見は佳奈に断ってから、煙草をくわえた。

火を点け、深く喫《す》いつける。食後の一服は格別にうまい。

「東京に戻りましょうか。渡航記録をチェックして、蛭田が五月九日から十四日まで中京会の梅川会長一行と一緒にイタリア国内に滞在してたことがはっきりしたわけですから。

それから、元広島のやくざの皆藤は着手金を持ってドロンしたという話でしたでしょ？」

「いや、まだ東京には戻らない」

「どうしてですか？」

「蛭田が損得勘定をしながら、小狡く生きてきたことは間違いないだろう。もちろん、奴が実行犯とは思っちゃいない」

「ええ、そうですよね」

「しかし、皆藤という元極道が逃《フケ》げたという話が事実かどうかわからない。ひょっとしたら、皆藤が日暮克臣をシュートしたのかもしれないぜ」

「そうなんでしょうか」

「おれは組対にいたから、無法者たちが二つのタイプに分かれていることを知ってるんだよ。片方は国家権力とつながってる警察に擦り寄る。もう一方は反対にとことん反発するんだ。蛭田は警察嫌いだと明言して、お茶一杯出そうとしなかったよな？」

「ええ、そうでしたね」

「蛭田は金銭欲が強いんだろうが、警察に対して嫌悪感を懐《いだ》いてる。これはおれの想像なんだが、あの男は若い時分に制服警官か刑事に端《はな》から犯罪者扱いされたことがあるんだろう。それで、警察嫌いになったんだと思うよ」

「警察官の中には、市民に高圧的な態度をとる者が結構いますからね」

「そうだな。日暮は蛭田と揉めたとき、本庁の元刑事であることを口にした。その一言が、蛭田の神経を逆撫《さかな》でしたとも考えられる。敵意が募《つの》ったら、損得はどうでもよくなるんじゃないのか？」

「ええ、そうかもしれませんね。それで、経済やくざは皆藤という奴を雇う気になったのかな？」

佳奈が考える顔つきになった。

「蛭田は百万の成功報酬で皆藤に本部事件の被害者の腹か太腿を刺させる気だと言ってたが、本当はもっと多くの謝礼を払って、葬《ほうむ》らせる気でいたんじゃないだろうか」

「しかし、皆藤は人目があるんで、日暮さんを殺さなかった？」

「そうなんだろう。蛭田はイタリア旅行に出かけている間にもう一度、皆藤に日暮克臣を狙わせたのかもしれない」

「そうだったんなら、皆藤が姿をくらましたという話は嘘だったことになりますね？」

「ああ。皆藤は、まだ名古屋周辺にいるんじゃないのかな。おれは、そんな気がしてるんだ。皆藤が日暮を殺したんだとしたら、蛭田は焦《あせ》ったにちがいない」

「でしょうね」

「で、蛭田は皆藤って野郎に逃亡資金を渡して、高飛びさせるかもしれないと思ってるんだよ」

「風見さんの推測通りなら、蛭田はどこかで皆藤という男と接触するんじゃない？」

「と思うね。車に戻って、しばらく張り込んでみよう」

風見は煙草の火を消し、卓上の伝票を手に取った。

「すみません。わたし、ちょっとルージュを引き直したいんで、先に出ててもらえますか」

「わかった」

「長くは待たせません」

佳奈が立ち上がり、化粧室に足を向けた。

風見はレジに向かい、支払いを済ませた。ひつまぶしは一人前千七百円だった。釣り銭と領収証を受け取り、そのまま店を出る。

スカイラインの鍵《キー》は、相棒が持っていた。風見は覆面パトカーの横にたたずんだ。

そのとき、成島班長から電話がかかってきた。

「蛭田はどうだった？」

「実行犯じゃないですね。しかし、第三者に日暮克臣を殺《や》らせた疑いはまだ完全には消えてません」

風見は経過を報告した。

「蛭田に警察アレルギーがあるんなら、元刑事であることを明かして優位に立とうとした被害者に悪感情を持ちそうだな」

「ええ。しばらく蛭田の動きを探《さぐ》ってみますよ」

「ああ、頼む。さっき丸の内署の副署長から電話があってね、例の募金詐欺集団のメンバーが一斉に都内から消えたそうだ。そっちが飯田橋のアジトに踏み込んだんで、危《ヤバ》いと思ったんだろう」

「でしょうね。一味は首都圏を離れて地方都市で、義援金を騙《だま》し取る気なのかもしれないな」

「ああ、考えられるね。丸の内署の連中に自称黒崎の行方を追ってもらってるんだが、まだ居所はわからないんだ。日当二万円を黒崎から貰って募金集めをしてた白石という奴の潜伏先も摑めてない」

「そうですか。忌々《いまいま》しいな」

「『春霞』の友紀《ゆき》ママや板さんたちのカンパ金を騙し取った連中は絶対に赦《ゆる》せんよ」

「班長、点数を稼ぐチャンスじゃないですか」

「え？」

成島が空とぼけた。班長は、和服の似合う美人女将に好意を寄せていた。三十代半《なか》ばの友紀は日本的な美人だ。奥二重の切れ長の目は、妖《あや》しいほど色っぽい。

「いまさら、わざとらしいな。友紀ママにぞっこんなくせに」

「そうなんだが、ママは店の常連客のマドンナだからな。抜け駆けなんかしたら、みんなに袋叩きにされるよ」

「でも、友紀さんと再婚したいと思うほど惚れちゃってるんでしょ？」

「ああ、それはな。けど、こっちは醜男《ぶおとこ》のおっさんだしな」

「男は外見じゃないですよ」

「はっきり言うなあ」

「あっ、傷ついちゃいました？」

「いいさ。その通りなんだから、怒らないよ」

「友紀ママも、成島さんのことを憎からず想《おも》ってるんじゃないのかな」

「そう見えるかい？」

「ええ。一度、本気でママを口説《くど》いてみたら？」

「デートに誘って断られたら、ショックで寝込みそうなんで、やめておくよ」

「臆病だな。十代の坊やじゃないんだから、もっと図太くならなきゃ」

「おい、あんまりけしかけないでくれ。友紀ママは、谷間の百合《ゆり》でいいんだ。手折《たお》りたい気持ちはあるが、遠くから眺めているだけのほうがいいんだよ。店で彼女と目が合っただけで、若いころみたいに胸がときめくからね。それで、充分さ。大人のプラトニック・ラブも悪くない」

「なんか負け惜しみに聞こえるな」

「痩せ我慢は男の美学だよ」

「切ない話ですね。おれが、そのうち友紀ママに班長の熱い想いを伝えてやりますよ」

「余計なことはしないでくれ。いまのままでいいんだって。『春霞』には退官しても、ずっと通いたいと思ってんだからさ。そっちがキューピッドめいたことをしたら、わたしとママの関係がぎくしゃくしちゃうかもしれないじゃないか」

「成島さんがそれでいいなら、二人を黙って見守ることにしますよ」

「ああ、そうしてくれ。そうだ、持丸貴之は明日の午後に身柄を東京拘置所に移されることになったらしいよ」

「そうですか」

「滝と文珠は傷害罪だけじゃなく、持丸には日暮を射殺した疑いもあると言いつづけてたようだが、担当管理官が地検送致させたんだそうだ」

「二人とも面子《メンツ》に拘《こだわ》ってるんだろうが、悪あがきだな」

「そうだね。何か動きがあったら、報告を上げてくれ」

「了解！」

風見は終了キーを押し込み、携帯電話をポケットの中に戻した。そのすぐあと、佳奈が鰻屋から出てきた。

風見は成島から聞いた話を相棒に教えてから、スカイラインの助手席に腰を沈めた。佳奈が車に乗り込み、ギアをR《リヴァース》レンジに入れた。スカイラインは『エンゼル第二ビル』から数十メートル後退した。

張り込みの開始だ。

風見たちは捜査対象者が動きだすのをひたすら待った。張り込みは自分との闘いである。

逸《はや》る気持ちをぐっと抑えて、じっと待つ。焦《じ》れて不用意に動いたら、必ずマークした相手に張り込んでいることを見破られてしまう。愚直なまでに待ちつづけることが大事だ。

陽《ひ》が傾き、暮色《ぼしょく》が拡《ひろ》がりはじめた。

『エンゼル第二ビル』の地下駐車場から黒塗りのセルシオが走り出てきたのは、午後六時過ぎだった。風見はドライバーを見た。

セルシオを運転しているのは、蛭田自身だった。国産大型高級車は名古屋駅方向に走りだした。

「追尾します」

佳奈が覆面パトカーを発進させた。

セルシオは六、七分走り、JRセントラルタワーズの大駐車場に入った。名古屋駅の上にそびえるツインビルだ。五十一階建てのオフィスタワーと五十三階建てのホテルタワーに分かれている。

蛭田はセルシオを降りると、エレベーター乗り場に急いだ。誰かと会う約束があるのだろう。

風見たちは捜査車輛を出て、エレベーター・ホール近くのコンクリート支柱の陰に隠れた。まさか蛭田と同じ函《ケージ》には乗り込めない。

二人は、経済やくざの背中に視線を注《そそ》いだ。

じきに蛭田がケージに乗り込んだ。扉が閉まってから、風見たちはエレベーター・ホールに移った。階数表示盤のランプを見上げる。

蛭田が乗り込んだケージは、十二階で停止した。確か十二階と十三階は飲食店フロアになっているはずだ。

風見たちは十二階に二がった。

和洋中華のレストランが並んでいる。二人に手分けして、各店を覗き込んだ。やがて、佳奈が和食レストランにいる蛭田を見つけた。蛭田は三十七、八の筋者っぽい男と何やら密談していたらしい。

「わたし、変装用の黒縁眼鏡を持ってるんです。二人の近くのテーブルは空いてましたんで、客になりすまして……」

「会話を盗み聴きしようってわけか」

「ええ。蛭田に背を向けて坐れば、バレないと思います」

「そうしてもらおうか」

風見は言った。佳奈がバッグから黒縁眼鏡を取り出し、素早く掛けた。前髪を額一杯に垂らし、和食レストランに入っていった。

風見は店から少し離れ、通路の目立たない場所に立った。

佳奈が和食レストランから出てきたのは、二十数分後だった。彼女は自然な足取りで近寄ってきた。

「相手の男は皆藤って奴だった？」

「ええ、そう呼ばれてました。広島弁の訛《なまり》がありましたから、日暮さんを刺そうとした男だと思います」

「二人はどんな話をしてた？」

「蛭田は、しきりに中京会の二次組織の盃を貰えと勧めてました。でも、皆藤と呼ばれてる男は自分はもう若くないから組員になっても出世する見込みはないだろうと言い、あまり乗り気じゃありませんでしたね」

「そうか」

「蛭田は中京会の梅川会長に目をかけてやってくれと頼んでやるからと懸命に説得してましたが、やっぱり……」

「気乗りしてない様子だったんだな？」

「ええ」

「蛭田は、皆藤に高飛びしろと勧めてはなかったのか？」

「はい。そういった話は、まったくしてませんでしたね。風見さんの推測は外れてたのかもしれません。蛭田が皆藤に日暮さんを撃ち殺させたんなら、どこかに逃げろと言うはずですから」

「そうだな。中京会の下部団体に入れなんてのんびりと説得してるわけない。どうやら勘に外れたようだ」

「どうします？　もう東京に戻ります」

「念のため、皆藤に直《じか》に確認してみよう。二人が出てきたら、蛭田は泳がせる。おれが皆藤を人のいない所に誘い込むよ」

風見は口を閉ざした。

五分ほど過ぎたころ、和食レストランから蛭田だけが現われた。風見たち二人に気づいた様子はうかがえない。蛭田は、すぐに下《くだ》りのエレベーターに乗り込んだ。

十数分後、爪楊枝《つまようじ》をくわえた三十代後半の男が和食レストランから出てきた。顔がほんのり赤い。

「皆藤です」

佳奈が耳打ちした。風見は小さく顎《あご》を引いた。男は通路をゆっくりと進んでいる。

風見は大股で歩き、皆藤の肩に右腕を回した。

「久しぶりじゃのう、皆藤！」

「おまえ、誰じゃ⁉」

皆藤が立ち止まって、訝《いぶか》しげな顔になった。

「薄情な奴じゃな。昔、広島でつるんで遊んどったじゃろうが。わし、岡部《おかべ》じゃ」

「岡部言われても、わしゃ、あんたと会《お》うたことない気がするわ」

「わしのこと、忘れてしもうたか。ま、ええわ。いつから名古屋におる?」

「わし、あんたのこと知らんがな」

「少し酔っとるな。ここじゃ、通行人の邪魔になるけ、別の場所でゆっくりと話そう。懐かしいのう。こげな所で皆藤に会えるとは思わんかったわ」

「人違いじゃ! のいてくれっ」

「ええから、ええから」

風見は、皆藤を階段の踊り場に連れ込んだ。誰もいなかった。佳奈が走ってきて、昇降口に立ち塞《ふさ》がった。目隠しのつもりだろう。

「実は、こういう者なんだ」

風見は警察手帳を見せた。

皆藤が狼狽《ろうばい》し、身を翻《ひるがえ》しそうになった。

風見は相手を壁に押しつけ、手早く体を探った。物騒《ぶっそう》な物は何も所持していなかった。札入れの中に運転免許証が入っていた。フルネームは皆藤功《いさお》で、三十九歳だった。

「わしゃ、何も危《ヤバ》いことはしとらんぞ」

「体に訊《き》いてみよう」

「どういう意味じゃ！」

皆藤が目を剝《む》いた。風見は皆藤を壁に向かせ、右腕を肩の近くまで捻《ひね》り上げた。皆藤が痛みを訴えた。

「風見さん、やり過ぎです」

佳奈が諫《いさ》めた。風見は聞こえなかった振りをして、さらに皆藤の利き腕を押し上げた。

「蛭田友彦に頼まれて、日暮という元刑事を刃物《ヤッパ》で刺すつもりで上京したことがあるな？」

「な、なんの話じゃ？」

「肩の関節を外してほしいらしいな」

「刑事がこげなことしてもええんかっ」

「よくはないだろうな。しかし、こっちは優等生じゃないんだよ」

「手を放さんかい！　わし、暴れるぞ。ええんじゃなっ」

皆藤がもがいた。風見は相手の右腕を捩《ね》じり上げたまま、皆藤の額をたてつづけに壁に叩きつけた。それだけではなかった。膝頭で、皆藤の尾骶骨《びていこつ》を思うさま蹴り上げた。

「いくら何でも、やり過ぎです！」

「八神、何か言ったか？　おれのことを人事一課監察室にタレたかったら、携帯のカメラで動画撮影しておくんだな」

「呆《あき》れた！　不良っ。風見さんは、やくざ刑事《デカ》です」

「なんとでも言え。荒っぽい奴らは、このぐらいやらなきゃ、正直に喋らないんだよ」

「だからといって……」

佳奈が言葉を途切らせ、溜息をついた。

「もうやめてくれーっ。蛭田さんに頼まれて日暮って野郎の腹に短刀《ドス》をめり込ませるつもりで上京したんだが、人が近くにいたんで、何もできなかったんじゃ」

「蛭田は、おまえが着手金の三十万円を持って逃げたと言ってたが……」

「逃げとらんて。多分、蛭田さんはわしを庇ってくれたんじゃろ。ああ、そうじゃろうて」

「五月十二日、おまえはどこにいた？」

「名古屋におったわ。あっ、わし、日暮を射殺したと疑われてるんじゃな？」

「身に覚えはないか？」

「わし、名古屋におったんじゃ。知り合いの居酒屋でママと飲んどったと思うわ。名古屋におる人間が東京で人を殺せるわけないやんけ。店の名は『夕月』じゃ」

「その居酒屋はどこにあるんだ？」

「中区錦《にしき》三丁目じゃ。ママは玲子《れいこ》という名やから、わしのアリバイを調べりゃええ」

「蛭田に日暮を殺《や》ってくれと頼まれたことはないんだな？」

「ないわ。早く手を放さんかい！」

皆藤が苛立たしげに吼《ほ》えた。

風見は皆藤に足払いをかけ、相棒に走り寄った。佳奈が先に口を開いた。

「シロですね、皆藤は？」

「多分な。一応、『夕月』に行ってみよう」

「そうしますか」

二人はエレベーター乗り場に向かい、地下駐車場に降りた。スカイラインに乗り込み、タワービルの外に出る。

名古屋駅前で、五人の男が東日本大震災被災者支援のカンパを募《つの》っていた。その中のひとりは、なんと白石だった。

風見は佳奈にスカイラインを停めさせ、助手席から飛び出した。

白石が風見に気づいて、焦《あせ》った様子で逃げだした。募金箱を抱えたままだった。風見は追いかけ、白石の背に飛び蹴りを浴びせた。

白石は前のめりに倒れた。ほとんど同時に、長く呻いた。

「黒崎はどこにいる？」

風見は白石を乱暴に摑み起こした。

「わかりません。ぼくらは、黒崎さんにきょうから名古屋で募金活動をしろと指示されただけなんですよ」

「きょうは大目に見ないぞ」

「そこを何とか……」

白石が半べそをかいた。風見は白石を睨みつけ、仲間の四人を見た。佳奈が男たちをしゃがませ、何か説教している。

「こいつらを所轄の中村署の者に引き渡してから、『夕月』に行こう」

風見は美人警視に大声で言い、白石の背を押した。

4

食欲がない。

風見はコーヒーをブラックで飲んだ。中目黒にある自宅マンションのダイニング・キッチンである。食堂テーブルに向かっていた。

名古屋に出かけた翌朝だ。

九時を過ぎているが、まだパジャマ姿だった。きのう、風見たちペアは白石ら五人を中村署員に引き渡した。その後、取調室に隣接している面通し室で白石の供述に耳を傾けた。募金詐欺集団の黒崎の居所がわかるかもしれないと期待したのだが、それは甘かった。

白石を含めた五人のアルバイターは、黒崎に連絡をとる術《すべ》も知らなかった。彼らは、末端の雇われ人に過ぎなかったのである。

悪辣《あくらつ》な詐欺グループの親玉は、黒崎ではない気がする。黒幕がいるにちがいない。刑事の勘だ。しかし、黒崎を押さえなければ、背後の人物にはたどり着けないだろう。

風見たちは中村署を後《あと》にし、『夕月』に回った。

ママの玲子は、艶《つや》のある四十女だった。まさに熟女といった感じで、愛想もよかった。

彼女の証言で、広島の元やくざのアリバイは裏付けられた。

風見たち二人は徒労感を抱えながら、東京に舞い戻った。

特命遊撃班の刑事部屋に落ち着いたのは、十時過ぎだった。岩尾と佐竹はすでに帰宅していたが、班長の成島は残っていた。

佳奈が岩手で買ってきた地酒の〝南部美人〟の口を開け、コーヒーテーブルに特産品の水産加工物を並べた。肴《さかな》である。

三人は揃って酒好きだった。日付が変わっても、飲みつづけた。佳奈はぐいぐいと冷酒を傾けたが、少しも乱れなかった。掛け値なしの酒豪だ。

午前二時を回ると、成島班長の呂律《ろれつ》が怪しくなった。べらんめえ口調になって、人間に最も必要なのは〝心意気〟だと何遍《なんべん》も口にした。酩酊《めいてい》した証拠だ。

風見と佳奈は先に成島をタクシーに乗せ、それぞれ塒《ねぐら》に戻った。なんとなく飲み足りない感じだった。風見はパジャマに着替えてから、ウイスキーのオン・ザ・ロックを三杯呷《あお》った。

それからベッドに横たわったのだが、八時半まで泥のように眠った。目を覚ますと、頭の芯《しん》が重ったるかった。二日酔いだろう。

風見はコーヒーを飲み干すと、キャビンに火を点けた。

紫煙をくゆらせながら、捜査対象者たちの顔を次々に思い浮かべてみた。これまでに怪しんだ男たちは、射殺事件には関与していなかった。

殺された日暮克臣は、いったい誰に命を奪われたのか。元刑事は休日に何を調べ回っていたのだろうか。日暮が熱心に嗅ぎ回っていた事柄が明らかになれば、犯人は透けてくるだろう。だが、被害者が強い関心を示していた事柄が判然としない。

風見は唸《うな》って、煙草の火を消した。

数秒後、部屋のインターフォンが鳴り響いた。何かのセールスと思われる。風見は椅子から腰を浮かせなかった。

チャイムはなかなか鳴り熄《や》まない。玄関のドアもノックされた。宅配便かもしれない。

風見は玄関ホールに急いだ。

ドア・スコープに片目を寄せる。来訪者は、本庁捜査二課知能犯係の堀純平《ほりじゅんぺい》巡査長だった。三十一歳で、まだ独身のはずだ。顔と名前は知っていたが、親しく言葉を交わしたことはない。

風見は少し戸惑《とまど》いながら、部屋のドアを開けた。

「ご自宅を訪ねたりして申し訳ありません。日暮さんの事件のことで、あなたの耳に入れておいたほうがいいと思う件があるものですから」

「そうか。とにかく、上がれよ」

「はい。お邪魔します」

堀が一礼し、入室した。ブランド物のスーツを着込み、きちんとネクタイを結んでいる。上背があって、ハンサムだ。

風見は堀をリビング・ソファに坐らせ、冷蔵庫から缶ジュースを取り出した。アップル・ジュースだった。

「どうかお構いなく……」

「貰い物の缶ジュースなんだ。おれは飲まないから、遠慮なく飲んでくれ」

「それでは、いただきます」

堀が緊張気味に言って、上着のボタンを外した。風見は堀の前に缶ジュースを置き、向かい合う位置に腰かけた。

「そのスーツは、ポール・スミスか？」

「ええ。デザインが気に入ってるんで、少し高かったんですけど、ちょっと無理しちゃったんですよ」

「腕時計はフランク・ミュラーだな？」

「は、はい」

堀がワイシャツの袖口を引っ張り、高級スイス製腕時計を隠した。

「リッチなんだな」

「とんでもない。ブランド物を買うために食費や煙草代を切り詰めてるんですよ。それに、いまも待機寮で暮らしてますんで、ファッションに少し金をかけられるわけです」

「そうか。ところで、何か手がかりを提供してくれるようだな」

「手がかりと言えるのかどうかわかりませんが、日暮さんは依願退職をしてから、轢き逃げ事件の被害者と称してた石黒将太のことを調べてたんですよ」

「本当なのか、その話は？」

「もちろんです。自分、割に在職中の日暮さんにかわいがってもらってたんですよ。だから、そういうことも話してくれたんだと思います」

「そうなのかもしれないな」

「風見さんは当然、日暮さんが日東物産の贈賄容疑で捜査を進めてる最中に轢き逃げ事件の加害者にされたことをご存じでしょ？」

「ああ、知ってるよ。日暮克臣は石黒という奴が急に捜査車輛の前に飛び出したことを認めたし、相手に怪我がないことも確認したんで車を発進させたと供述したようだ」

「ええ、そうですね。その通りなんだと思いますよ。しかし、石黒将太は後日、医者の診断書を持って所轄の大崎《おおさき》署に被害届を出してます」

「そうみたいだな」

「自分、石黒のことを少し調べてみたんです。埼玉県の大宮の私立高校を二年で中退してから遊び仲間とつるんで、わざとタクシーや営業車に轢かれて、相手から示談金をせしめてたんですよ」

「石黒は、当たり屋だったのか!?」

「ええ。事故に遭《あ》ったときに必ず医者の診断書を添えてたんで、加害者側もすんなりと示談に応じたようですね。そんなことで、前科歴はありませんでした。しかし、石黒は予《あらかじ》め外科医の弱みを調べ上げてから、そのクリニックの近くで故意に車に撥ねられて、オーバーな診断書を書かせてたんです」

「そっちは、その裏付《ウラ》けを取ったのか?」

風見は問いかけた。

「ええ。日暮さんが轢き逃げ犯に仕立てられたと思ってましたんでね。石黒に大げさな診断書を書かされた外科医たちは、どいつも愛人を囲ってたんですよ。女性関係のスキャンダルを表沙汰にされたくなかったんで、どのドクターも石黒に協力せざるを得なかったんでしょう」

「そうなんだろうな。轢かれ役は、いつも石黒だったんだろうか」

「ええ、そうです。石黒は運動神経がよくて、中学時代は体操部に入ってたんですよ。共犯の遊び仲間は、人身事故の目撃証言者になってたんです」

「そうか」

「共犯は石黒と同じ年《タメ》で西郷大輔《さいごうだいすけ》という者だったんですが、去年の夏に上野でチンピラと喧嘩して木刀で叩き殺されてるんですよ。共犯者が死んでから、石黒は当たり屋をやらなくなったようです」

堀が缶ジュースのプルトップを引き抜き、喉を潤《うるお》した。

「いま、石黒は何をしてるのかな？」

「風俗嬢のヒモをやってるみたいですね。去年の秋に五反田《ごたんだ》でラーメン屋を開いたんですが、今年の二月に店を潰してしまったんですよ」

「堀君は、石黒の塒も調べたのかな？」

「ええ。石黒は、歌舞伎町の性風俗店で働いてる二十歳《はたち》の女の子のマンションに居候してます。住所は、ここです」

「助かるよ」

風見はメモを受け取った。石黒の居候先は、北新宿一丁目にある『大久保フラワーレジデンス』の三〇三号室だった。部屋を借りているのは、清家利恵《せいけりえ》という娘らしい。

「はっきりと口に出したわけじゃないんですが、日暮さんは日東物産の天野専務が汚職捜査をやめさせたくて、石黒将太を雇ったんではないかと思ってるようでした」

「つまり、元当たり屋の石黒を使って、本部事件の被害者を罪人に仕立てたってことだな？」

「ええ、そうです。自分もそう思ったんで、石黒のことを個人的に調べてみたわけですよ。ですが、石黒が天野直規と隠れて会ったりはしてないようですね。自分、風俗嬢の利恵に探《さぐ》りを入れてみたんです。それから何日か、石黒も尾行してみました」

「しかし、天野専務と接触することはなかったんだね？」

「はい。どっちも警戒して、直《じか》に接触することは避けてるんでしょう。石黒は天野に協力して、少しまとまった金を貰ったんだと思います。その報酬をラーメン屋の開業資金に充《あ》てたんじゃないんですかね？」

「そうなのかもしれないな。しかし、店は一年も保《も》たなかった。ヒモ暮らしをしてる石黒は、弱みのある天野専務に金を無心するんじゃないか。そっちは、そう考えたんだな？」

「ええ、そうです。石黒は、そのうち日東物産の専務を強請《ゆす》るにちがいありませんよ。いつまでもヒモなんかやってられないでしょ？」

「ヒモに甘んじてる野郎が再起する気になるかどうかわからないが、金銭欲はあるだろうな」

「ええ。実はきのうの午後、渋谷署の捜査本部を訪ねて、殺人犯捜査三係の滝係長に日東物産の天野専務が日暮さんの事件に深く関わってる気がすると言ったんですよ」

「滝の反応は？」

「一笑に付《ふ》されてしまいました。自分らは殺人事件捜査のプロなんだから、日暮さんが依願退職させられる因《もと》になった轢き逃げ事件のことはもちろん、立件されなかった日東物産の贈賄容疑についても洗い直したと言ってました」

「その結果、日東物産の人間は本部事件には絡んでないと判断したわけか」

「ええ、そう言ってましたね」

「そうか。そっちがおれのとこに来たのは、どうしてなんだい？」

「風見さんは特命遊撃班のエースだというもっぱらの評判ですし、事実、数々の手柄を上げてるようですんで」

「エースなんかじゃないよ、おれは。成島班長が優秀なんだよ。それから、チームの仲間もそれぞれ有能だね。だから、捜査本部の連中に点数稼がせてやれたのさ」

「風見さんはカッコいいな。並の男なら、ここで自慢話を得々とするんでしょうが、上司や仲間に花を持たせてる。自分も、あなたみたいになりたいと思ってます」

「なんだか尻《けつ》がこそばゆくなってきたな。八神とは以前、一緒に働いてたんだろ？」

「はい」

「どうして彼女に情報を流してやらなかったんだ？」

「八神警視はキャリアですが、殺人事件の捜査にはまだ不馴《ふな》れですんで、正直なところ、頼りにはならないと思ったんです。頭は切れますが、強行犯事案にはさほど強くないでしょ？」

「見くびらないほうがいいな。経験は浅いが、八神の推理力はたいしたもんだよ。おれも、彼女には何度も事件の謎を解くヒントを貰ってるんだ」

「本当ですか⁉」

「ああ。ところで、日暮は退職後に休日を利用して何かを調べてたようだという証言を得たんだが、そういう様子はうかがえたかい？」

「具体的なことはわかりませんが、確かに個人的に何かを探ってるようでした。日暮さんが東西警備保障に入った翌月、自分、先輩の休日に合わせて公休を取るから、一度、乗合い船で五目《ごもく》釣りでもしませんかって誘ったことがあるんですよ」

「そうしたら？」

「休日は東京税関の幹部たちに代わりばんこ貼りついてるから、しばらく船釣りにはつき合えないと言われちゃいました」

堀が言って、またアップル・ジュースの入った缶を傾けた。

「東京税関の幹部たちと言ったんだね？」

「そうです。日暮さんは、税関の幹部職員たちが日東物産のゴルフ接待を受けてるかどうかチェックしてたんじゃないですかね。彼らが大手商社と癒着《ゆちゃく》してるようだったら、贈収賄の証拠は握れるかもしれないと考えていたんでしょう」

「そうなんだろうか。日東物産を贈賄容疑で内偵捜査を開始したころの捜二の課長は、確か現警備部警備課長だったな？」

「ええ、鼻持ちならない警察官僚でした。同じキャリア同士でしたけど、前課長と八神警視は犬猿の仲でしたね」

「そうだったみたいだな。八神は元課長には毛嫌いされて、だいぶ意地の悪いこともされたと言ってたよ」

「それは事実です。元課長の馬場要《ばばかなめ》は上昇志向ばかり強くて、長い物にはいとも簡単に巻かれてしまうタイプでした。日暮さんは、そんな元課長を軽蔑してましたね」

「そう。いまの課長の若月到《わかつきいたる》警視はキャリアでも、少しも尊大さはない」

「ええ、そうですね」

「知能犯係の主任をやってる兼子恒雄《かねこつねお》警部補は、若月課長のことを信頼してるようだな。兼子さんとは、たまに一緒に酒を飲んでるんだ。外見は銀行員風だが、なかなか骨のあるベテラン刑事だよ」

「そうですね。いまの若月課長には兼子主任は心を許してるようですが、前課長はだいぶ苦手だったみたいですよ。主任も八神さんも曲がったことは大っ嫌いなんですが、前課長は大物政財界人の圧力には平気で屈《くっ》してたんですよね」

「そうか」

「あっ、ひょっとしたら……」

「何だい？」

「もしかしたら、前課長の馬場警視が日東物産に抱き込まれて、贈賄容疑の捜査を意図的にうやむやにしたのかもしれませんよ」

「そんなことを軽々に言ってもいいのかい？」

風見は他人事ながら、いささか心配になった。

「確証があることではありませんので、どうか他言はしないでいただきたいんです」

「心得てるよ」

「自分の推測が正しければ、前課長と日東物産の天野専務が謀《はか》って、日暮さんを罪に嵌《は》めたのかもしれません」

「二人が元当たり屋の石黒将太を使って、日暮克臣を轢き逃げ犯に仕立て、依願退職に追い込んだ？」

「ええ。そして、馬場前課長は贈収賄の証拠不十分ということにして、地検には送致しなかったんではありませんかね？　そう考えれば、パズルのピースはぴったりと埋まるな。風見さん、きっとそうにちがいありません」

　堀が興奮気味に言った。

「推測や臆測だけで、そう断定するのは早計だな」

「ですが、日暮さんは一貫して轢き逃げなんかしてないと主張してたんですよ。石黒がどこも痛《いた》めてないことを確認してから、捜査車輌を発進させたと言ってました。日暮さんが立件材料を揃えたら、もはや言い逃れはできません。それだから、前課長と天野専務は焦って日暮さんを轢き逃げ犯に仕立てたんだと思いますね。ええ、そうですよ」

「本庁の三係と渋谷署の刑事課の者が、そのあたりのことも洗ったと思うんだ」

「むろん、一応は調べたでしょうね。しかし、洗い方が甘かったんでしょう。あるいは、元課長が巧《たく》みに捜査妨害した可能性もあるんではありませんか？」

「そうなんだろうか」

「前課長は抜け目のない人物ですから、まず尻尾を摑ませたりしないでしょう。しかし、日東物産の専務は民間人ですから、不用意な動きを見せるかもしれません。天野がボロを出さないようだったら、元当たり屋の石黒将太を少し締め上げてみてくれませんか。石黒なら、からくりを白状するかもしれませんから」

「チームでちょっと動いてみるよ」

「よろしくお願いします。日暮さんは轢き逃げ犯にされて依願退職を強《し》いられ、その揚句に射殺されてしまったんです。さぞや無念だったでしょう。自分、日暮さんの無念さを晴らしてあげたいんですよ」

「わかった。話を元に戻すが、石黒が診断書を出させた外科医たちの氏名とクリニックの所在地を教えてくれないか」

風見はサイド・テーブルに片腕を伸ばして、メモ・パッドを摑み上げた。

第三章　第二の射殺事件

1

　班長が下唇を突き出した。考えごとをしているときの癖だった。

　風見は、成島班長の顔を見つめた。

　正午過ぎである。

　特命遊撃班の刑事部屋だ。メンバーの五人はソファに坐っていた。

　風見は、少し前に捜査二課の堀純平巡査長から聞いたことを仲間たちに伝えていた。

「確かに捜二の前課長だった馬場は、外部の圧力に弱い男だね。大物政治家や財界人に恩を売っとけば、いつか何かメリットがあるという打算もあるんだろう」

　斜め前に坐った成島が、風見に言った。

「そうでしょうね。そういうことなら、馬場前課長が日東物産の天野に抱き込まれた可能性もあるな」

「ああ、考えられないことじゃないね」

「八神は、どう思う？」

風見は、班長の隣にいる佳奈に問いかけた。

「馬場さんとは反目し合ってましたが、そこまで堕落してるとは思いたくありませんね」

「大嫌いな元上司だが、同じキャリアだから、庇《かば》ってやりたいのか？」

「風見さん、怒りますよ。わたし、そんなくだらない仲間意識なんか持ってません」

「半分は冗談だよ。そうカッカするな」

「こんなときに軽口はやめてください」

「うーっ、おっかねえ！　でも、八神が怒ったときの顔も悪くないよ」

「風見君、そのくらいにしておいたほうがいいと思うがな」

かたわらで、岩尾が言った。

「そうですね。岩尾さんは、どう思います？」

「馬場警視のことはよく知らないが、いずれ政界に転身する気だという噂がある。彼はまだ四十四、五だが、いまから有力な政治家や財界人と親しく交わっておきたいと考えてるのかもしれないね」

「だから、日東物産の贈賄容疑を馬場警視が立件しなかった疑いもあるってわけなんでしょ？」

佐竹が先回りして、そう言った。

「ま、そうだね。堀巡査長の推測は、あながち的外《まとはず》れでもない気がするな。佐竹君はどうなの？」

「自分も、馬場前課長は怪しいと思います。捜二の堀君が言ってるように、日東物産の天野専務と馬場警視が悪知恵を絞り、元当たり屋の石黒将太を使って、日暮元刑事を轢き逃げ犯に仕立てたんじゃないんですか」

「殺害動機は、日暮が贈収賄の証拠を摑んだからだね？」

岩尾が佐竹に確かめた。

「ええ、そうです。実行犯がどこの誰かはわかりませんけど、そうだったんじゃないのかな」

「その疑いはありそうだね」

会話が途切れた。一拍置いて、佳奈が口を開いた。

「捜二の前課長をそこまで疑うのは、勇み足かもしれませんよ」

「八神は、犬猿の仲だった馬場警視は日東物産には抱き込まれてないと思ってるわけだ？」

　風見は相棒に話しかけた。

「いまの段階では、シロともクロとも言えません。なんの根拠もないわけですから」

「理詰めできたか。言われてみれば、八神の言う通りだな。ところで、堀純平のことなんだが、彼は日暮克臣に目をかけられてたのかい？」

「日暮さんは特に堀さんをかわいがってたんではなくて、若手の面倒見がよかったんですよ。いまも捜二にいる志村一輝《しむらかずてる》巡査部長なんかも、ちょくちょく飲みに連れていってもらってました」

「そうか。堀君は、自分ひとりが被害者に目をかけられていたような口ぶりだったがな」

「彼は、猟犬タイプの日暮さんに憧れてたんでしょう」

「そうなのかな」

「日暮さんは罠に嵌められたんでしょうから、石黒将太の背後関係を調べる気になると思いますね。でも、依願退職を強《し》いられたのは二年も前のことです。休日しか動けなかったとしても、時間が流れすぎてるとは思いませんか？　日暮さんは優秀な知能犯係だったんです。その気になれば、元当たり屋を操《あやつ》ってた人物なんて数ヵ月で突き止められそうですけどね」

「多分、本件の被害者は石黒の雇い主が誰であるかは退職して間もなく突き止めたんだろう。しかし、肝心なのは贈収賄の立件材料だ。汚職の証拠を押さえるのに時間がかかったんだろうな」

「そうなんですかね」

「堀巡査長は、日暮克臣が休日を使って東京税関の幹部職員たちを代わる代わるにマークしてるという話を本人から聞いたと言ってた」

「そうなら、日暮さんが日東物産の贈賄の証拠を押さえようとしてたことは間違いなさそうね」

「ああ。馬場が天野専務に協力したかどうかはわからないが、元当たり屋の石黒と日東物産の動きを探るべきだろうな。もちろん、馬場もマークすべきだね」

「そうだな」

　成島が佳奈より先に応じた。

「班長、おれと八神は石黒に貼りついてみますよ」

「そうしてもらおうか。岩尾・佐竹班には天野直規をマークしてもらおう。その前に二人には、石黒にオーバーな診断書を書かされた外科医たちの証言を引き出してもらいたいな。風見・八神ペアは、石黒と同棲してる風俗嬢からも聞き込みをしてくれないか。わたしは、日東物産と仕事で関わりのある東京税関の職員たちをリストアップする」

「了解です」

風見は最初に椅子から立ち上がった。ほかの四人が次々にソファから腰を浮かせる。

「行きましょうか」

佳奈が自分のバッグを手に取った。風見たち二人は一足先に刑事部屋を出た。エレベーターで地下駐車場に下《くだ》り、スカイラインに乗り込む。

「石黒が居候してる北新宿のマンションに向かいます」

佳奈が覆面パトカーを走らせはじめた。車が本部庁舎を出てから、風見は美人警視に声をかけた。

「そっちが空腹なら、どこか喰《く》い物屋に寄ってもかまわないぞ。こっちは重いものは喰いたくないが、つき合うよ。昨夜《ゆうべ》のアルコールが抜け切ってないんだ」

「風見さんはハイピッチで飲んでましたからね、ろくに当てても食べないで」

「八神だって、かなり杯を重ねてたじゃないか。全然、二日酔いはしてないのか？」

「ええ。わたしは、うわばみですから。一升飲んでも、へっちゃらです」

「恐ろしい女だ。そっちを酔わせて迫っても落とせないな」

「まず無理でしょうね。でも、抱かれてもいいと感じた相手なら、わたし、酔った振りをしてあげます。だけど、風見さんは対象外ですよ」

「おれたちは、赤い糸で結ばれてると思ってたが……」

「まだそんなことを言ってるんですか。わたしたちは、最初っからチームメイトでしょ？」

「それ以上でも、以下でもない？」

「ええ、そうですね」

「おれは、そっちをいつか口説きたいと思ってたのにな」

「智沙さんと相思相愛のくせに、何を言ってるんですかっ。多情はいけません！」

「脈なしか」

「そんなもの、初めっからナッシングです」

「つれないな」

「風見さんは本当に女好きなんですね」

「ロマンチストと言い直してくれ。おれは、理想の女を追い求めてるだけなんだ」

「スケベな男たちは、よくそういう言い訳をしますよね。そんなことよりも、わたし、まだお腹は空《す》いてません。まっすぐ『大久保フラワーレジデンス』に行きましょうよ」

佳奈が言って、徐々に加速しはじめた。

目的の賃貸マンションを探し当てたのは、およそ三十分後だった。相棒がスカイラインを八階建てマンションの少し先に停めた。

「どうしましょう?」

「三階に上がって、風俗嬢がひとりで部屋から出てきたら、捜査に協力してもらおうや」

風見は先に助手席から離れた。佳奈が急いで運転席から出てくる。

二人はアプローチをたどり、マンションの一階ロビーに足を踏み入れた。

出入口はオートロック・システムにはなっていなかった。場所柄、入居者の大半は夜の仕事に携《たずさ》わっている男女らしい。

風見たちは三階に上がった。佳奈が風見をエレベーター・ホールに留《とど》まらせ、三〇三号室に歩《ほ》を進めた。彼女は立ち止まるなり、ドアに耳を押し当てた。

風見は、相棒が戻ってくるのを待った。

佳奈は、ほどなく引き返してきた。向かい合うと、風見は小声で話しかけた。

「どうだった?」

「ドア越しにテレビの音声は聞こえましたが、人の話し声は響いてきませんでした。室内には、風俗嬢の利恵ひとりしかいないんだと思います。あるいは、石黒将太はまだ寝てるんでしょうね」

「水商売じゃないんだから、昼過ぎまでは寝てないだろう。多分、どこかに出かけたんだと思うよ」

「そうなんですかね」

「行ってみよう」

「はい」

二人は三〇三号室に向かった。

相棒がインターフォンを鳴らした。ややあって、スピーカーから若い女の声が洩れてきた。

「将ちゃん？」

「いいえ、警察の者です」

「えっ、彼、何か危《ヤバ》いことをしたの？」

「そうじゃないのよ。あなたは清家利恵さんね？」

「そうだけど、あたし、悪さなんかしてないわよ」

「別に誰かを捕まえにきたわけじゃないの」

「よかった！」

「一緒に暮らしてる石黒将太さんは外出してるのかな？」

「そうなの。昨夜《ゆうべ》、あたしが勤めてるお店からマンションに戻ったら、将ちゃんがいなかったのよ」

「いなかった?」

「うん、そう。電気は点《つ》けっ放しで、玄関のドアもロックされてなかったわ。将ちゃんには部屋のスペア・キーを渡してあるんで、出かけるときは必ず戸締まりをしてくれてたんだけどね」

「そう」

「将ちゃん、あたしに飽きちゃって、部屋を出てっちゃったのかな? あたしね、風俗店で働いてるの。だから、将ちゃんはあたしとまともにつき合う気はなかったんじゃないのかな。そんな気がしてきたわ。あたしのほうが彼にのぼせちゃったのよね。多分、彼はあたしのこと、好きじゃなかったんだろうな。でも、将ちゃんは働いてなかったし、住む所もなかったんで、あたしの部屋に暮らすようになったんでしょうね」

「彼の携帯に電話してみた?」

「何十回も短縮番号を押したんだけど、いっつも電源は切られてたわ。あたし、将ちゃんに逃げられちゃったのかもしれない。好きになった彼氏には目一杯尽くしてきたんだけど、それがウザかったんだろうね」

「そうじゃなく、何か事情があったんじゃない？」

「事情って？」

「石黒さんの交友関係のことを知りたいんだけど、ちょっと部屋に入れてもらえないかしら？」

佳奈が頼んだ。

「将ちゃんの知り合いが何か悪いことをしたのね？」

「その疑いがあるの。協力してもらえる？」

「うん、協力する。ちょっと待ってて」

声が途絶えた。待つほどもなく三〇三号室のドアが開けられた。顔を見せた利恵は、化粧が濃かった。ファニーフェイスだが、グラマラスだった。

「連れがいたのね」

「警視庁の者なんだ」

風見は警察手帳を呈示し、苗字だけを告げた。佳奈も名乗った。

「入って」

利恵が玄関マットまで退《さ》がった。

風見たちは三和土《たたき》に並んで立った。体と体が密着しているが、むろん風見は不快ではなかった。

「石黒さんとはどこで知り合ったの？」

佳奈がくだけた口調で、利恵に訊いた。

「歌舞伎町のバッティングセンターよ。お店の客の中には厭な奴がいるのよね。風俗嬢を見下して、態度がでかい男がいるの」

「そうなのか」

「だからさ、ストレスが溜まるとね、バッティングセンターでバットを思いっ切り振ってるの。男のバット、は扱い馴《な》れてるんだけど、野球のバットは上手に使えないのよね。お姉さん、男のバットの意味わかるでしょ？」

「わかるわよ、子供じゃないんだから」

「だったら、にやりとしてほしかったな。品のあるユーモアじゃないけどさ、あたし、面白がらせようとしたんだから」

「サービス精神が足りなかったわね。ごめんなさい」

「いいの、いいの。気にしないで。空振りしたときね、近くにいた将ちゃんがアドバイスしてくれたのよ。彼、打率がいいのよね。そんな形でナンパされたんだけど、あたし、前の彼氏と別れたばかりで、ちょっと寂しかったのよ。だからさ、知り合ったばかりの将ちゃんを部屋に泊めてあげたの」

「それ以来、彼はここに住みついちゃったわけだ？」

風見は口を挟んだ。

「そうなの。早い話、将ちゃんはヒモよね。でも、あたし、不満は特になかった。彼は働いてないけど、食事の用意をしてくれたり、部屋の掃除をしてくれてたの。それから、セックスも上手なのよ。あたしはずっと将ちゃんと一緒に暮らしたいと思ってたけど、棄《す》てられちゃったんだろうね。彼も心の中では、風俗嬢なんか軽蔑してたんだろうな」

利恵がうなだれた。

「石黒が無断で外泊したことはなかったんだね？」

「うん、そういうことは一度もなかったわ」

「それなら、何かトラブルに巻き込まれたのかもしれないな。彼は誰かに脅迫されたり、命を狙われたことがなかった？」

「そんなことはなかったと思うけど、もしかしたら、将ちゃんは誰かを強請《ゆす》ってたのかもね」

「そう思ったのは、なぜなんだい？」

「彼、そう遠くないうちに大金が手に入るかもしれないと洩らしたことがあるの。細かいことは教えてくれなかったけどさ」

「そう」

「将ちゃん、今月の二月まで五反田でラーメン屋を経営してたんだって。でも、赤字つづきだったんで、店を畳んだらしいわ」

「彼は埼玉の高校を中退してから、まともに働いてないはずなんだ。ラーメン屋の開業資金はどうやって工面《くめん》したのかな。親に出してもらったんだろうか」

「ううん、そうじゃないわ。なんか貸しのあるおじさんから開業資金を引っ張ったみたいよ」

「どんな貸しがあったんだろう、その相手にさ」

「具体的なことは知らないけど、相手はなんとかいう商社の重役なんだって。将ちゃん、そのおじさんに頼まれて、なんか危ない橋を渡ったみたいよ」

「そうなのか」

「いつまでもヒモ暮らしはしてられないと思って、将ちゃんは商社の重役を脅してさ、まとまったお金を毟《むし》り獲《と》ったんじゃないのかな？　それで何か飲食店を持つ気になって、ここから出ていったのかもね」

「彼から、天野という名を聞いたことは？」

佳奈が利恵に訊《たず》ねた。

「ううん。一度もないわ」

「それじゃ、馬場という名前はどうかな？」

「そういう名も聞いたことないわね。将ちゃんの知り合いは、どんな事件を起こしたわけ？」

「その人物は、殺人事件に関わってるかもしれないの」

「なら、将ちゃんはその殺人犯に警察に密告されたくなかったら、口留《ど》め料を出せと脅迫したんじゃない？　つまり、恐喝《カツアゲ》よね。将ちゃんは変に肝《きも》が据《す》わってたから、それぐらいのことはやっちゃいそうだな」

「そう思う？」

「うん。彼、捨て身で生きてるようなとこがあったからね。切っ羽詰まったら、大胆なことをやりそうだったのよ」

「そうなの」

「だけど、人殺しなんかはやらないと思うな。いつだったか、将ちゃんは殺人は割に合わないから、どんなに金に困ってもやる気はないと言ってたの」

「そう」

「だけど、恐喝ぐらいはやるでしょうね」

「かもしれないわね。あなたには打ち明けてないだろうけど、石黒さんはかつて当たり屋をやってたみたいなの。遊び仲間と結託してね」

「当たり屋って、わざと車に撥《は》ねられて、相手から示談金をせしめたり、保険金を騙《だま》し取ってる連中のことでしょう？」

「ええ、そう」

「お姉さんの話が本当だったら、将ちゃんは貸しのある商社の重役から口留め料を脅し取って、あたしから遠ざかったんでしょうね。一カ月待っても彼がこの部屋に戻ってこなかったら、あたし、新しい彼氏を見つけることにするわ。将ちゃんのことはいまも好きだけど、背を向けた男はふっ切らないね。風俗嬢をやってるけど、あたしにもプライドがあるもの。さんざん貢《みつ》いだ男に逃げられたら、きれいさっぱりと未練を断ち切らないと、みっともないじゃない？」

「そのほうがいいわね。参考までに、彼の携帯のナンバーを教えてもらえる？」

「うん、いいよ」

利恵が電話番号をゆっくりと告げた。佳奈が手帳にナンバーを書き留《と》める。

「協力に感謝するよ。ありがとう」

風見は部屋の主に礼を述べて、三〇三号室を出た。

少し経《た》つと、佳奈も歩廊に出てきた。ドアが閉められた。

「石黒将太は日東物産の天野専務から口留め料をせしめて、何か商売をはじめる気でいるんですかね。それとも、単に風俗嬢と別れる気になっただけなのかしら？」

「わからない。ひょっとしたら、石黒はふらりと利恵の部屋に戻ってくるかもしれない。少しマンションの近くで張り込んでみよう」

風見は佳奈に言って、先に歩きだした。

2

溜息が出た。

やはり、電話はつながらない。石黒将太のモバイルフォンの電源は切られたままだ。

風見は、私物の携帯電話を上着のポケットに戻した。

張り込んでから、数時間が流れている。

相棒の佳奈は車内にいなかった。少し前に近くのハンバーガー・ショップに向かったのである。

石黒は風俗嬢と縁を切る気で、姿をくらましたのか。それとも、身に危険が迫ったことを感じ取って逃げたのだろうか。後者なら、元当たり屋は日東物産の天野専務を強請《ゆす》ったと考えてもいいのかもしれない。

風見はそう思いながら、助手席の背凭《もた》れに上体を預けた。

それから間もなく、岩尾から電話がかかってきた。

「例の轢き逃げ事件のときに石黒が診断書を書かせた外科医に会ったよ。そのドクターは、自分のクリニックの看護婦を愛人にしてたんだ」

「その弱みを石黒に知られて、偽の診断書を発行してたんですね？」

「偽というのは、言い過ぎかもしれないな。石黒は日暮が運転してた覆面《メン》パトに接触したとき、軽い打撲傷を負ってたそうだからね。しかし、全治一週間も十日もかかる打ち身じゃなかったという話だったよ。だから、正確には怪我の程度を誇張して書いてもらったことになるな」

「そうですね。岩尾さん、ほかの外科医からも裏付《ウラ》けを取ったんですか？」

「ああ、取ったよ。別の二人のドクターも女性関係のスキャンダルをちらつかされたんで、石黒の言いなりになったことを認めた。石黒が元当たり屋であることは間違いないね」

「ええ。いま現在、大手町にある日東物産の本社ビルの近くにいるんでしょ？」

「そうなんだ。天野専務に受付で面会を求めたんだが、多忙だという理由で断られたよ。そのときに内線電話で天野と少し話をしたんだが、捜査本部の情報通りだったね。天野は、石黒将太なんて男とは一面識もないと言ってた」

「そのときの様子はどうでした？」

風見は問いかけた。

「ほんの一瞬だったが、専務はかすかに狼狽《ろうばい》したようだったな。むきになって石黒のことを知らないと言ったことも怪しいことは怪しいね。ただ、それだけで天野が石黒を使って日暮を轢き逃げ犯に仕立てたという証拠にはならないよな？」

「そうですね。天野が動揺したんなら、なんらかのリアクションを起こしそうだな。そうなれば、ボロを出すとも考えられますがね」

「そうだな。しかし、大手商社の重役と二十九歳の元当たり屋との結びつきが読めない。どう考えても、二人には接点なんてなさそうだからね」

「ええ。ひょっとしたら、石黒は当たり屋だけでは喰《く》えなくて、裏便利屋みたいなこともやってたのかもしれないな。それで、ネットの裏サイトで非合法ビジネスを請け負ってたんじゃないんですかね？」

「風見君、そうだったのかもしれないぞ。そういうことなら、別に二人に接点がなくても知り合いになれるわけだね」

「ええ」

「きみらは何か収穫があったの？」

岩尾が訊いた。風見は経過をつぶさに伝えた。

「石黒と同棲してる風俗嬢が言った通りなら、石黒将太は潰《つぶ》してしまったラーメン屋の開業資金を天野専務に出してもらった可能性があるね。日暮を陥れた謝礼の追加分としてさ」

「多分、そうなんでしょう。しかし、泡銭《あぶくぜに》でオープンしたラーメン屋の経営には身が入らなかった。だから、一年足らずで店を畳むことになってしまった」

「そうなんだろうね」

「清家利恵に喰わせてもらってたから、ホームレスにはならずに済んだ。だけど、いつまでもヒモ暮らしをしてるわけにはいかない。石黒は一念発起して、また何か商売をはじめる気になったんじゃないだろうか」

「しかし、元手があるわけではない。そこで、石黒は貸しのある天野専務にふたたび開業資金を出させることにしたんだろうね。同棲してる風俗嬢の話から、そう考えてもいいと思うな」

「そうにちがいありませんよ。で、石黒は利恵の部屋を出たんでしょう。あるいは、天野が逆襲しそうなんで、元当たり屋は東京をしばらく離れる気になったのか。おれは、どっちかだと思ってるんです」

「天野専務がいつまでも石黒を生かしておくのは身の破滅と考え、反撃に出る気配を見せたとしようか。その場合、石黒は単独で追っ手か殺し屋《プロ》から逃《のが》れようとするかね？　誰か連れがいたら、追っ手も下手なことはできないと思うんだ」

「岩尾さんは、石黒が利恵と一緒に逃《フケ》げるのではないかと……」

「どうだろう？」

「ええ、考えられますね。そのうち石黒は風俗嬢に連絡して、どこかで落ち合う気でいるのかもしれないな」

「読みが外れるかもしれないが、風見君たちは風俗嬢の動きをもうしばらく探《さぐ》ってみたほうがいいような気がするね」

「そうしてみます」

「わたしと佐竹君は、このまま天野直規に貼りつきつづけるよ」

岩尾が通話を打ち切った。風見は官給携帯電話を懐に戻した。

そのすぐあと、スカイラインの運転席側のドアが開けられた。ハンバーガー・ショップの袋を抱えた佳奈が運転席に坐る。フライドポテトの香ばしい匂いが車内に拡《ひろ》がった。

「悪かったな。いくらだった？　おれが二人分払うよ」

「いいえ、ちゃんと自分の分は払います。風見さんの代金は立て替えておきますから、後でお金を貰いますね」

「八神にハンバーガー、ドリンク、フライドポテトなんかを奢《おご》っても、破産しないって」

「風見さんが気前のいいのはわかってますけど、食事代はきちんと払いたいんですよ」

「わかった。ついさっき岩尾さんから電話があったんだ」

風見は通話内容を相棒に教えた。

「平気でヒモになれるような男は、最後まで一緒に暮らしてた女性を利用するでしょうね。清家利恵はまだ石黒に未練たっぷりみたいでしたから、呼び出しの電話がかかってきたら、いそいそと指定された場所に行くと思います」

「そうだろうな。そして足手まといになったら、利恵はどこかに置き去りにされそうだね」

「わたし、彼女を石黒の許《もと》に行かせたくないな。どうせ利用されるだけなんでしょうから、かわいそうですよ」

「そうだな。利恵が石黒と合流したら、彼女を引き離そう。みすみす不幸になるとわかってて、傍観してるわけにはいかないからな。おれが説得できるかどうかわからないけどさ」

「わたしが彼女を説得しますよ。さて、食べましょう」

佳奈がハンバーガー・ショップの包装紙の口を大きく開けた。

風見は、自分の分を取った。二人はドリンクを飲みながら、ハンバーガーとフライドポテトを交互に頬張った。風見は昼過ぎまで食欲がなかったが、さすがに少し空腹感を覚えていた。

「射殺された日暮さんは一緒に徹夜で張り込みをしたとき、さりげなくクラッカーとビーフ・ジャーキーをわたしに分け与えてくれたんですよ」

「そうか」

「日暮さんは部下思いでしたけど、いつも掛けてくれる言葉はぶっきらぼうでしたね。喰え、飲め、坐ってろ。そういう言い方しかしなかったけど、温《あたた》かみは伝わってきたわ」

「故人と酒を酌《く》み交わしたかったな。善《い》い人ぶってる奴は、だいたい小狡《こずる》い人間なんだよ。真の善人はスタンドプレイめいたことは絶対にやらない。照れもあって、むしろ素っ気ない接し方をするもんさ」

「ご自分のことを言ってるのかしら?」

「冗談じゃない。おれは善人なんかじゃないよ。悪人さ。班長のことを言ったんだ。成島さんは粋な善人だよ」

「そうですね。成島班長もそうだけど、日暮さんは狡猾《こうかつ》な人間をとっても嫌ってました。だから、保身だけを考えてるエリートたちの犯罪には手厳しかったの。特に政官財界の癒着ぶりには憤《いきどお》ってました。といっても、正義の使者みたいなことは決して言いませんでしたけどね」

「そういうタイプだと、前課長の馬場警視とはしょっちゅう意見がぶつかり合ってたんだろうな?」

「ほぼ毎日、二人は言い争ってましたね。前の捜二課長は権力や財力を握った成功者が日本の舵取《かじと》りをしてるんだから、少々の法律違反には目をつぶってやるべきだと真顔《まがお》で部下たちに言ってたんです」

「勝ち馬に乗りたがる人間が言いそうなことだな。日暮克臣は前課長がそんなことを洩らしたら、黙ってられなかったんだろう」

「ええ、いちいち反論してましたね」

「馬場にとって、実に目障《めざわ》りな部下だったんだろうな」

「それだから、馬場警視は天野に協力する気になって、日暮克臣を依願退職に追い込んだのかもしれないな」

「先入観に囚《とら》われるなんて、風見さんらしくありませんね。わたしも捜二の前課長は大嫌いですが、日東物産の専務と共謀してたという裏付けはまだ得てないんですよ」

「そうなんだが、その疑いはありそうじゃないか。馬場は、そのうち政界入りしたいと思ってる。大手商社の重役に貸しを与えておけば、何かメリットがあると考えてもちっとも不思議じゃない」

「そうですけど、前課長を天野専務の共犯者と思い込むのはまずいでしょ？」

「そう遠くない日に、馬場と天野の不適切なつながりが透けてくるだろう」

「別に馬場警視の味方をするわけではありませんけど、そのときまで先入観や偏見は持たないでください。わたし、生意気でしょうか？」

「だと思います」

　佳奈が言った。

「ああ、少しな。ただ、言ってることは間違ってないよ。八神の言った通りだね。馬場は尊敬できる警察官僚じゃないが、まだ日東物産の贈賄容疑を故意に見逃したという証拠を摑んだわけじゃないから、色眼鏡で見ることは慎《つつし》むよ」

「いつになく素直なんですね」

「何か喰ってるときに口論すると、消化力がダウンしそうだからな」

「それだけの理由なんですか⁉」

「そう！」

「やっぱり、風見さんはいい加減な男性《ひと》なんですね」

「面倒臭《くせ》えことを言うなって！　おれは、まだハンバーガーを喰い終わってないんだからさ。フライドポテトも少し残ってるな」

「もう！」

佳奈が頬を膨らませた。風見は、にやついた。

二人は腹ごしらえをすると、また張り込みに専念した。陽《ひ》が沈み、夕闇が濃くなった。

『大久保フラワーレジデンス』から利恵が姿を見せたのは、午後六時半過ぎだった。

彼女は麻の白っぽいスーツを着て、キャリーケースを引っ張っていた。職場に出かけるのではなさそうだ。

「石黒将太に呼び出されて、彼女、指定された場所に行くんじゃないのかしら？」

佳奈が小声で言った。幾分、緊張した顔つきになっていた。

「浮き浮きした表情だから、そうにちがいない。ろくでなしといつまでも関わってたら、いいことないのにな」

「そうですね。でも、あの娘《こ》はまだヒモ男が好きなんでしょう」

「男と女は、先に惚れたほうが割を喰うことになってるんだ」

「そうなんでしょうね」

「慎重に清家利恵を尾《つ》けてくれ」

風見は命じた。

佳奈がイグニッション・キーを捻《ひね》った。エンジンがかかった。

風見はフロント・シールド越しに風俗嬢の後ろ姿に目をやった。

利恵はキャリーケースを引きながら、弾む足取りで大久保通りに向かっている。佳奈がスカイラインを走らせはじめた。低速で、利恵を追う。

利恵は大久保通りに出ると、タクシーを拾った。石黒に会いに行くと思われるが、目的地は見当もつかない。

風俗嬢を乗せたタクシーは裏通りをたどって、目白《めじろ》通りに出た。そのまま練馬区に入り、関越《かんえつ》自動車道に乗り入れた。

「石黒は埼玉県の出身だ。土地鑑《かん》のある所に身を潜《ひそ》めてるのかもしれないな」

「風見さん、確か石黒の実家は大宮にあるはずですよ。方角が少し違います」

「そうだが、埼玉全域には、それなりに馴染みがあるんだろう」

「それはそうでしょうね。石黒が身を隠してるとしたら、天野専務が協力者から脅迫者に変わった石黒将太に牙を剝《む》いたのかもしれません」

「おそらく、そうなんだろう。八神、タクシーを見失わないでくれよ」

「任せてください」

佳奈は二台のセダンを挟んで、タクシーを追いつづけた。

利恵が尾行を覚《さと》った様子は、まったくうかがえなかった。タクシーは一定の速度を保ちながら、ひた走りに走っていた。

所沢《ところざわ》I　C《インターチエンジ》、川越《かわごえ》IC、鶴《つる》ヶ島《しま》ICを通過し、なおも進んだ。やがて、タクシーは花《はな》園《ぞの》ICから一般道に降りた。

荒川に沿って走り、寄居町《よりいまち》を抜けた。

「このまま国道一四〇号線を道なりに行くと、長瀞渓谷《ながとろけいこく》にぶつかるんじゃなかったかな」

風見は言った。

「その渓谷の名前は知ってます。昔からの観光地なんでしょ？」

「そう。二十代のころに一度行ったことがあるんだが、渓谷の下の急流は圧巻《あつかん》だったよ。しかし、ほかにはたいした観光スポットはなかったと思うな。舟の川下りは、いまでも観光の目玉になってるんだろうがね」

「どなたとご一緒だったんです？　どうせ女連れだったんでしょ？」

「気になるか。ということは、八神はおれのことをチームの仲間に過ぎないと言ってたが、本当は気になる異性なんだよな？　この際《さい》、勇気を出して言っちまえ」

「いい男だからって、そこまでうぬぼれたら、価値が下がりますよ。風見さんは頼りになる先輩ですけど、恋愛の対象じゃありません」

「本気でそう言ってるんなら、大学生のころに若死にしたという彼氏の残像が心のスクリーンから消えてないんだな。死ぬほど惚れてた男だったらしいから。死者が蘇《よみがえ》ることはないんだ。いい加減に忘れろって。世の中には、八神にふさわしい男がいる。ほら、すぐ横にいるだろうが」

「風見さんは、呆《あき》れるほどポジティブなんですね」

「人生は片道切符なんだぜ。エンジョイしまくらなきゃ、損じゃないか。智沙と別れることになったら、おれたち、つき合ってみるか。え？」

「ノーサンキューです。追尾中なんですから、笑えない冗談はご遠慮ください」

佳奈が苦く笑った。風見は肩を竦《すく》めた。

タクシーは秩父《ちちぶ》鉄道の長瀞駅の先で右折し、三百メートルほど林道を走った。すると、左側にログハウスが点在していた。十数棟はあった。レンタル・ロッジだろう。

タクシーがログハウスの前に停まった。

佳奈が捜査車輌を林道の端に寄せた。手早くヘッドライトを消し、エンジンも切る。

風見たちは車を降り、ログハウスが連《つら》なっているエリアまで接近した。照明の点いているログハウスは、たったの一軒だった。

利恵がタクシーを降り、電灯の点いているログハウスに足を向けた。タクシーがロータリーを回り込み、林道に滑り出てきた。

風見たちは暗がりに走り入り、姿勢を低くした。

タクシーの運転手は、二人には気づかなかったようだ。来た道を逆走していった。

「ログハウスの中にいるのは、多分、石黒だろう。八神も、捜査資料に添えてあった元当たり屋の顔写真《ガンクビ》を見てるな？」

「ええ」

「よし、ログハウスに接近するぞ」

風見は中腰になって、先に走りだした。すぐさま佳奈が追ってくる。

二人は、明かりの灯《とも》っているログハウスに走り寄った。建物の脇に回り込み、窓辺に忍び寄る。

白いレースのカーテンが窓を塞《ふさ》いでいるが、内部は透けて見える。

リビング・ソファの横で、男と女が抱き合っていた。石黒と利恵だった。二人は唇を貪《むさぼ》り合っている。

「いまノックするのは、ちょっと野暮だな。二人が離れてから、石黒を締め上げよう」

「はい」

風見たちは動かなかった。

石黒はディープ・キスを交わしながら、せっかちに利恵の体をまさぐりはじめた。若い風俗嬢の乳房を交互に揉み、ヒップも撫で回した。

「あら、キスだけで終わらないかもしれないわ」

佳奈が困惑した顔で呟いた。

「ワンラウンド終わるまで、ここでライブ・ショーを見物させてもらうか」

「悪趣味ですよ。意地悪するつもりはないんだけど、もう事情聴取させてもらいましょう。二人が素肌を重ねるようになったら、長いこと待たされそうだから」

「そうだな。仕方ない、野暮なことをしよう」

風見は相棒に言って、ログハウスの前に回り込んだ。

佳奈が高床式《ピロティ》の短い階段を先に上がろうとした。

風見は相棒を押し留《とど》めて、自分がドアの前に立った。ノックし、レンタル・ロッジの管理人を装う。

少し間を置いてから、男の声で応答があった。

「何だい？」

「ロースト・チキンのお裾分けです。妻がチキンを多めに焼いたんですよ。よかったら、食べてください」

風見は作り声で、もっともらしく言った。

「そいつはありがたい。ロースト・チキンは大好物なんだ。丸ごと？」

「もちろんですよ」

「いま、ドアを開けます」

相手が答えた。

じきに内錠が外された。風見はドアを引き、ログハウスの中に躍《おど》り込んだ。佳奈もつづいた。

「あっ、刑事さんたち……」

奥で、利恵が驚きの声をあげた。石黒が逃げる素振りを見せた。すかさず風見は、石黒に組みついた。

「な、なんだってんだよっ」

「おとなしくしてろ。石黒、おまえは二年前に日東物産の天野専務に頼まれて、日暮克臣が運転してた捜査車輌に故意にぶつかって、轢き逃げされたと大崎署に訴えたな。弱みのある外科医にオーバーな診断書を書かせてさ」

「いきなり何を言ってんだよっ」

「シラを切っても、意味ないぞ。こっちは、もう傍証を得てるんだ」

風見は言いながら、佳奈を見た。相棒は利恵をソファに坐らせ、何か探り出そうとしている。

「そっちは以前、裏便利屋みたいなことをやってたんじゃないのか？　裏サイトに危《ヤバ》いこともとても引き受けるという書き込みをしてたなっ」

「そんなことしてねえよ、おれは」

「もう調べがついてるんだ。なんなら、裏サイト名まで言おうか」

風見は鎌をかけた。際《きわ》どい賭けだった。言うまでもなく、反則技だ。

「そこまでわかってるのか。なら、ばっくれても仕方ねえな。そうだよ。日東物産の天野って専務の依頼で、おれは日暮という本庁捜査二課の刑事を轢き逃げ犯にしたんだ。もちろん、こっちは撥《は》ねられちゃいない」

「報酬はいくらだったんだ？」

「二百万だったよ。なんか安く使われたと感じたんで、あと一千万円出させたんだ。天野っておっさん、最初は出し渋った。だからさ、おれは日暮って刑事《デカ》を罠に嵌めたことをバラすぞって威《おど》したわけよ」

「せしめた一千万円を元手にして、五反田でラーメン屋を開いたんだな。だが、赤字がかさんで今年の春先に店を畳んだ。そうだな？」

「そんなことまで知ってんのか。まいったね」

「それからは、そこにいる彼女に喰わせてもらってた。しかし、いつまでもヒモ暮らしをしてられないので、また天野から銭を脅し取った。そうなんだろ？」

「えーと、それは……」

石黒が口ごもった。

「記憶がぼやけてるのか？」

「うん、まあ」

「頭をすっきりさせてやろう」

風見は言いざま、石黒の眉間《みけん》に頭突きを浴びせた。肉と骨が鳴り、石黒が呻いた。

「将ちゃん、大丈夫？」

ソファに坐った利恵が上体を捻《ひね》った。佳奈が目顔で風見をたしなめたが、口は開かなかった。

「記憶がはっきりしたろう？　まだ頭がぼんやりしてるようだったら、チョーク・スリーパーでいったん失神させてやるよ。しばらく意識が途絶えれば、忘れかけていたことも思い出すだろうからな」

「やめてくれ。おたくの言った通りだよ。おれは、数日前に天野から一千三百万を脅し取ったんだ。そしたら、翌日から怪しい男に尾行されたんで、このログハウスに隠れることにしたんだよ。それでさ、きょう、利恵を呼び寄せたんだ。二人で明後日《あさって》、北海道に行くつもりだったんだがな」

「日暮を射殺させたのは、日東物産の専務なのか？」

「そんなこと、おれにはわからないよ。おれは天野に金を貰って、日暮を轢き逃げ犯に仕立てただけなんだ。嘘じゃねえって」

「数日前に天野から脅し取った一千三百万円は、待ち歩いてるのか？」

「ああ、十数万円遣《つか》っちまったけどな。寝室に置いてあるスポーツバッグに入ってるよ」

「札束は、後で見せてもらう。とりあえず、リビング・ソファに腰かけるんだ」

「わかったよ」

石黒はソファ・セットに向かうと見せかけ、急に身を翻した。そのまま弾丸のようにログハウスを飛び出していった。

風見は自分の迂闊《うかつ》さを悔やみながら、急いで石黒を追った。

ポーチに出たとき、乾いた銃声が轟《とどろ》いた。銃口炎《マズル・フラッシュ》は、右側の闇で瞬《またた》いた。

石黒が短い声をあげ、横倒れに転がった。風見は丸腰だった。銃声がした辺《あた》りに目を向けながら、倒れた石黒に駆け寄る。

側頭部を撃ち砕《くだ》かれた石黒は、もう息絶えていた。風見は特殊警棒を握りながら、硝煙《しようえん》が漂っている場所に近づいた。

動く人影は見えない。

風見は片膝を落とし、地面に耳を押し当てた。遠ざかる靴音も聞こえなかった。石黒を射殺したのは、おそらく殺し屋《プロ》なのだろう。

風見は立ち上がり、埼玉県警に事件を通報した。

3

サイレンの音が次第に近づいてくる。

風見は、変わり果てた石黒将太の近くに立っていた。

夜気《やき》には、新緑の匂いが溶け込んでいる。

事件通報したのは七、八分前だ。都内なら、一一〇番して遅くとも四、五分でパトカーが事件現場に到着する。二十三区内の平均レスポンス・タイムは五分弱だ。

しかし、ここは埼玉県の外れである。文句は言えない。

相棒はログハウスの中で、幼女のように泣きじゃくっている清家利恵を慰めているはずだ。風見はさきほどから、地元署の刑事や埼玉県警機動捜査隊初動班の面々が臨場する前に犯人の遺留品を捜したい衝動を必死に抑《おさ》えていた。

元当たり屋の死が捜査本部事件とリンクしていることは、もはや疑いがない。逃げた加害者の発砲場所に空薬莢が落ちているのではないか。

暗くて凶器は、はっきりとは見えなかった。しかし、犯行に使われたのはリボルバーではなかったようだ。自動か半自動の拳銃なら、必ず薬莢《カートリッジ》が排莢される。その薬莢底《てい》の刻印を見れば、凶器はほとんど割り出せる。

発砲地点には、射殺犯の靴痕が彫り込まれているだろう。頭髪や煙草の吸殻が遺《のこ》されている場合もある。そうした遺留品をこっそり採取して本庁の鑑識課に持ち込めば、加害者を特定できそうだ。

きなかった。

だが、事件現場は都内ではない。警視庁の刑事が埼玉県警を無視して、勝手なことはできなかった。

三台の覆面パトカーが、次々にログハウスの前の林道に停まった。所轄署の車輛だった。

風見は覆面パトカーに駆け寄った。

刑事課の者が六人ほど相次いで車から降りた。風見は警察手帳を呈示し、事件の通報者であることを告げた。

「ご苦労さまです。わたし、強行犯係係長の春山光男《はるやまみつお》といいます」

五十年配の小太りの男が前に進み出た。

風見は姓を告げ、経緯《けいい》を語った。被害者と同棲していた風俗嬢がログハウス内にいることも伝えた。

話し終えた直後、埼玉県警機動隊初動班の捜査員たちが到着した。所轄署の春山が初動班主任に風見が警視庁の刑事であることを先に教え、事件の経過を教えた。

初動班の主任は栗林《くりばやし》という苗字で、四十代の半《なか》ばだった。ぎょろ目で、がっしりとした体型だ。階級は警部だった。

「投光器をセットし終えたら、ただちに現場検証に入ります。風見さん、立ち合ってもらえますね？」

「もちろん、協力しますよ」

「ペアを組まれてる女性捜査員の方はログハウスにいるんですね？」

「ええ。まだ二十代ですが、警視なんですよ」

「ということは、キャリアの方なんだ？」

「そうです。名前は八神佳奈です。佳奈、いや、八神はちっとも偉ぶらない美人刑事ですんで、それほど気を遣う必要はありません」

「それでも、有資格者ですんでね。失礼のないように事情聴取させていただきますよ。それはそうと、被害者の彼女はログハウスにいるそうですね？」

「ええ。清家利恵は彼氏が射殺されたんで、かなりショックを受けてます。ですんで、聴取は手短に頼みますね」

「わかりました。差し障《さわ》りのない範囲でかまわないんで、殺された石黒将太をマークされてた理由をもう少し詳しく教えてもらえないだろうか」

「渋谷署に設置された捜査本部の事件《ヤマ》の容疑者に関わりがあったんですよ、被害者は」

「本部事件の被害者《ガイシャ》は、元刑事だったんじゃなかったかな？」

「その通りです。射殺された日暮克臣は、二年ほど前まで本庁捜二の知能犯係だったんですよ。ある汚職事件の証拠固めをしてる最中に罠に嵌められ、依願退職せざるを得なくなったんです。石黒は、日暮を陥れる手伝いをしてたんですよ」

風見は言った。

「いまになって本庁の元捜査員が殺されたのは、どうしてなんだろうか。日暮という元刑事は退職する前まで担当してた贈収賄容疑の裏付けを個人的に取ろうとしてたのかな？」

「そう筋を読んでます、こっちはね。捜査本部に出張ってる三係と五係の連中は、別の読み方をしてるようですが」

「おたくは、捜査本部のメンバーじゃないわけ!?」

「支援要員なんですよ、われわれは」

「というと、噂の特命遊撃班のメンバーなんですね？」

「好きなように解釈してください」

「これ以上は詮索しないようにしよう。でも、警視庁の特命遊撃班の活躍ぶりは埼玉県警《うち》にも聞こえてますよ。メンバーは、はぐれ者ばかりなんだってね？　しかし、殺人犯捜査係の正規捜査員たちよりも敏腕だと聞いてるな」

「さあ、どうなんですかね？」

「おとぼけ作戦か。ま、いいでしょう。また、後で！」

栗林が片手を挙げ、部下たちに指示を与えはじめた。所轄署の春山係長も年下の刑事らをてきぱきと動かしていた。

やがて、三基の大型投光器が灯《とも》された。

事件現場は真昼のように明るくなった。被害者の頭部は血糊に塗《まみ》れ、地面には血溜まりができている。

鑑識写真が次々に撮《と》られ、遺留品の採取作業が開始された。血痕が検《しら》べられ、足跡採取シートも数多く地べたに張られた。

「犯人は、どこから撃ったんです？」

地元署の春山が問いかけてきた。風見は発砲場所を指さした。

すぐに春山が鑑識係員たちに声をかけた。二人の係員が発砲地点に足を向けた。風見は、春山と一緒に鑑識係員たちを追った。

発砲場所一帯を仔細《しさい》に観察する。犯人の足跡は見られるが、空薬莢はどこにも落ちていない。

射殺犯は輪胴型拳銃《リボルバー》を使用したのか。そうではなく、地に落ちた空薬莢を素早く回収したのだろうか。狙撃者は一発で標的を仕留《しと》めた。そのことを考えると、どうやら空薬莢を持ち去ったらしい。

そうだとしても、被害者の頭部に埋まっているライフル・マークで凶器はじきに判明するだろう。石黒はノーリンコ59で撃ち殺されたのか。

そうなら、日暮を射殺した犯人の仕業《しわざ》と思われる。拳銃の命中率は、それほど高くない。標的が二十メートルも離れていたら、風の影響で弾道が逸《そ》れてしまう。ハンドガンを扱い馴《な》れていない者なら、まず銃口を固定できない。引き金を絞るときも、ぶれるだろう。

裏社会には相当数の拳銃が出回っているが、普通の組員は一発でターゲットを撃ち倒せない。加害者は元警官、元自衛官、傭兵《ようへい》崩れのいずれなのではないか。

「薬莢は遺《のこ》されてませんね。凶器はリボルバーなんだろうな」

春山が呟いた。

「とは限らない。犯人《ホシ》がカートリッジを回収したとも考えられますからね」

「そうか、そうですね。司法解剖で弾頭を摘出すれば、凶器はわかるでしょう」

「そのへんのヤー公の仕業じゃないと思う」

「でしょうね。犯人《タマ》はプロの殺し屋っぽいな」

「ええ、おそらくね」

「殺された石黒は、スポーツバッグに一千三百万円近い現金を入れてるって話でしたよね？　風見さん、被害者が恐喝した相手はご存じなんでしょ？」

「残念ながら、そこまではわかってません」

風見は、天野専務のことは伏せた。

別段、埼玉県警に先を越されることを恐れたわけではない。本庁の正規捜査員、特命遊撃班、埼玉県警の三つ巴の手柄合戦になると、煩《わずら》わしいと思っただけだ。

二人の間に沈黙が横たわったとき、埼玉県警鑑識課検視官室のベテラン検視官が心得《こころえ》を従えて現場にやってきた。助手はまだ若い。二十五、六だろう。

「検視官をご紹介しましょう」

春山が風見に言って、五十二、三の検視官に挨拶した。

風見は会釈《えしやく》して、自己紹介した。

相手も名乗った。土門《どもん》という名だった。

検視官は、医師ではない。捜査畑を長く踏んだ刑事が法医学を学んで、検視官になるわけだ。殺人事件の被害者は司法解剖に回される前に検視を受ける。

検視官は被害者の傷口、出血量、血糊の凝固具合、筋肉や関節の硬直状態、体温などによって、死因とおおよその死亡推定日時を割り出している。殺人犯捜査担当者には、頼りになる存在だった。

しかし、全国に検視官は二百数十人しかいない。数が少ないため、殺人事件の被害者の約七割は検視官ではなく、キャリアを積んだ強行犯係刑事が検視を代行している。

誰も法医学の専門知識をマスターしているわけではない。自殺や事故に見せかけた他殺を見抜けない場合もある。そうしたミスを放置しておくわけにはいかない。そんなことで、殺された者は必ず大学の法医学教室などで司法解剖されている。

土門が故人に両手を合わせてから、検視に取りかかった。石黒が射殺された瞬間を風見は目撃している。

検視官はざっと被害者の体を検《しら》べると、射入孔を念入りに観《み》た。

「九ミリ弾を撃ち込まれてるね。弾頭は反対側に斜めに当たったようだな。だから、勢いは殺《そ》がれて……」

「貫通しなかったんですね？」

春山が後《あと》の言葉を引き取った。

「ああ、そうだね。射入孔の直径から推察して、十五、六メートル離れた所から撃たれたんだろう」

「射程は、そんなもんだと思います。ね、風見さん？」

「ええ、そうでしたね。すぐに加害者を追ったんですが、間に合わなかったんですよ」

「殺し屋《プロ》の犯行《ヤマ》っぽいな」

土門が言って、検視の七つ道具を助手の心得に片づけさせた。長い体温計はアルコール消毒されてから、黒い革鞄に仕舞われた。

春山が部下に目配せした。

若い刑事が遺体をブルーシートですっぽりと覆った。土門と心得の二人が亡骸《なきがら》から離れると、投光器の光度は絞られた。

「初動班の栗林主任がレンタル・ロッジの管理人から事情聴取してますね」

春山がログハウスのポーチの下に視線を投げた。

「われわれも行ってみましょう」

「そうですね」

「ひょっとしたら、管理人がこの近くで加害者を見かけてるかもしれない」

風見は先に歩きだした。春山がすぐに肩を並べた。

二人の姿に気づくと、栗林が口を切った。

「管理人さんは一時間ぐらい前に、この近くで黒いキャップを目深《まぶか》に被った男を見かけたらしいんだ」

「年恰好《としかっこう》を教えてください」

風見は立ち止まり、六十年配の管理人に訊いた。

「不審な男は暗がりの樹木の向こう側に立って、お客さんのいるログハウスをじっと見てたんですよ。暗かったんで、顔はよく見えませんでした」

「そうですか。管理人さんは、そいつに声をかけたんですか?」

「はい。ログハウスに泊まりたいんだったら、気に入った棟を選んで結構ですと言ったんですよ。特に予約は入ってませんでしたんでね」

「怪しい男は、どう反応したんです?」

「終始、無言でしたね。何も答えずに、足早に林道を下っていきました」

「そうですか。動作はどうでした?」

「きびきびとしてましたね。大股で、背筋が軍人のように伸びてたな。自衛官だったのかもしれません」

「車のエンジン音や走行音は聞こえました?」

「いいえ、どちらも聞こえなかったですね。怪しい人物はそう遠くない所に隠れてて、こっちに引き返してきたんでしょう。それで、お客さんがログハウスから出てくるのを待って、ピストルで狙い撃ちしたんじゃないですか」

「そうなんでしょう。死んだ男は、石黒将太という本名で予約したんですか?」

「ええ、そうです。きのうの昼過ぎに電話で予約して、おひとりで見えました。大きなスポーツバッグを重そうに持ってたんで、ちょっと警戒したんですよね。でも、小学校の遠足で渓谷に来たことがあるとか言って、懐かしげだったんで……」

「石黒は埼玉県内に実家があるんですよ」

「そうなんですか。石黒というお客さんはパチンコの景品交換所にでも押し入って、大金を強奪したんですか？　それとも、銀行を襲ったのかな？　若い女をログハウスに呼び寄せたんで、何か悪さをしたんじゃないかと家内と噂してたんですよ」

「ご協力に感謝します」

初動班の栗林主任が話の腰を折った。管理人はばつ悪げに笑い、ゆっくりと遠ざかっていった。

「部下の方が石黒のスポーツバッグの中身をもう検《あらた》めたんでしょ？」

風見は栗林に訊《たず》ねた。

「ええ。万札で、一千二百八十三万円詰まってましたよ。石黒は危《ヤバ》い方法で大金を手に入れて、清家利恵って娘《こ》と一緒に北海道に渡るつもりだったようです。風見さんは被害者《ガイシャ》が大金をどうやって手に入れたか知ってるんでしょ？」

「さっき所轄の春山係長にも言ったんですが、恐喝相手の見当はついてるんですが、確かな裏付《ウラ》けは取れてないんですよ」

「妙なセクショナリズムは、よくないんじゃないのかな。警視庁と埼玉県警が協力し合えば、本事案はスピード解決ってことになると思うんだが……」

「手柄を独り占めにしようなんて考えてませんよ。本当にまだ裏付《ウラ》け取りが終わってないんです」

「鵜呑《うの》みにはできない感じだな」

「石黒の彼女をそちらに預けますから、独自に捜査してください。もちろん、札束の詰まったスポーツバッグも警視庁《うち》で押収するつもりはありません」

「名刺を交換しましょうよ」

栗林がそう言い、先に自分の名刺を差し出した。

風見は栗林と春山に名刺を渡し、ピロティの階段を駆け上がった。ログハウスに足を踏み入れると、リビング・ソファの脇で佳奈が所轄署の若手刑事と話し込んでいた。

風俗嬢はソファに坐り込み、放心状態だった。一点を凝視《ぎょうし》している。もう涙は涸《か》れてしまったらしい。

「八神、引き揚げるぞ」

風見は大声で相棒に告げた。佳奈が地元署の刑事に短く何か言い、走り寄ってきた。

「管理人が犯人《ホシ》と思われる男を事件前に目撃してた」

「そいつの人相着衣《ニンチャク》は？」

「詳しいことは車の中で教える。それから、班長に石黒が射殺されたことを報告しよう」

「お願いします」

二人はログハウスを出た。ポーチの下に、もう栗林も春山もいなかった。

「利恵って娘《こ》、また独りぼっちになってしまったと、泣きじゃくり通しだったんです。彼女、本気で石黒にのめり込んでたんだと思いますね。かわいそうで、わたし、貰い泣きしそうになっちゃったわ」

「石黒は男の屑《くず》だったんだが、それでも憎めないとこがあったんだろう」

「そうだったんでしょうね。駄目な男って、ちょっと母性本能をくすぐるからな」

「しかし、ヒモに甘んじてるような奴はとうてい見込みはないな」

「石黒は日東物産の専務から脅し取った一千三百万円を元手にして、今度こそリセットしたいと思ってたんじゃないのかな。恐喝そのものはよくありませんが、利恵って娘と本気で生き直そうとしてたんなら、ちょっぴり同情しちゃいます」

佳奈が階段を下《くだ》ると、しんみりと言った。

「安っぽいセンチメンタリズムに引きずられるな。利恵にはなんの罪もないが、石黒は日暮克臣を轢き逃げ犯にしたんだぞ。八神、それでいいのかっ。元刑事の無念さを忘れるな」

「ええ、そうでした。わたし、まだ未熟ですね」

「いいんだよ、それで。その若さで迷いや過ちと無縁だったら、薄気味悪いよ。おれは、そんな人間とペアを組みたくないね。八神、急げ！」

風見は林道に向かった。

4

ドアが乱暴に開けられた。

ノックはされなかった。風見は出入口に背を向けて、成島、岩尾、佐竹の三人に前夜の出来事をつぶさに語り終えたところだった。

特命遊撃班の刑事部屋である。

メンバーの五人はソファに坐っていた。正午過ぎだった。

「ノックぐらいしたら、どうなんだっ」

正面の椅子に腰かけた班長が来訪者に目を当てながら、硬い顔でたしなめた。

風見は振り返った。殺人犯捜査五係の文珠係長が険《けわ》しい表情で近づいてくる。立ち止まるなり、風見に罵声《ばせい》を浴びせた。

「きさま、われわれを何だと思ってるんだっ」

「いきなり何なんです？」

風見は椅子から立ち上がって、文珠と向かい合った。

「午前十一時ごろに埼玉県警機動捜査隊初動班から渋谷署の捜査本部に情報が寄せられた。風見は、昨夜《ゆうべ》、長瀞で発生した射殺事件の通報者だったんだってな？」

「そのことか」

「何だ、その言い種《ぐさ》は。レンタル・ロッジの前で撃ち殺された石黒将太は、本部事件の被害者に轢き逃げされた人物なんだぞ。しかも、一千三百万円近い現金を拐帯《かいたい》してたって話じゃないか。清家利恵という名の風俗嬢のヒモだった男が大金を持ち歩いてたとわかった時点で、なんで捜査本部に教えてくれなかったんだよ。本部事件と石黒が殺されたことは何か関連があるかもしれないじゃないか」

「そうなのかな。こっちはそんなふうには思わなかったんで、おたくたちには報告しなかったんですよ」

「そんなことを言ってるが、抜け駆けを考えてたんだろうが！　わかってるんだ。汚いじゃないかっ」

文珠が、いきり立った。

「三係も五係も特命遊撃班《ゆうげきはん》が動くのを迷惑がってた。これまで協力は必要ないとさえ言われてきた。なのに、いまになって力を貸さないのはフェアじゃないって？　ずいぶん身勝手な言い分だな」

「風見、誰に物を言ってるんだっ。おれは警部だぞ。おまえよりも階級が上なんだ。敬語を使え、敬語をな！」

「警部がどうしたっ」

成島班長が腰を浮かせた。

「部下の教育に問題があるんじゃありませんか、成島さん」

「気やすくさんづけで呼ぶな。そっちとは、親しい間柄じゃないんだ。職階に拘《こだわ》ってるようだから、階級名を付けてもらおうか」

「わかりました。成島警視、風見は態度がよくないですよ」

「だから、なんだと言うんだ？」

「あなたが部下を甘やかしてるから、風見は生意気な口を利くんだと思います」

「おい、文珠！　おまえは、わたしに意見する気かっ。きさまこそ、生意気だぞ」

「そうかもしれません。しかし、警察は階級社会ですので……」

「ああ、そうだな。警部のおまえがわたしに指図めいたことを口にするんじゃない。わかったなっ」

「は、はい」

「埼玉県警から得た情報をうちのチームに流してくれ」

「風見は機捜の初動班主任を知ってるはずですんで、直接、先方から捜査情報を入手してください」

「出し惜《お》しみする気か。われわれは警視総監直属の支援捜査チームなんだぞ。言いたくないが、これまでに十件以上の本部事件に片をつけてきた」

「そうですが、殺人犯捜査のプロ集団ではありません。あくまでも助っ人チームでしょ？」

「わかったぞ。文珠は、われわれにお株を取られたくないんだな。おまえ、器《うつわ》が小さいぞ。特命遊撃班が先に真犯人《ホンボシ》を検挙《アゲ》ても、正規の捜査員の手柄になるんだ。感謝しろとは言わないが、気持ちよく情報を共有する気にはならないのかっ」

「あなたの班はライバルですからね。もっとストレートな言い方をすれば、殺人犯捜査各係の敵です。存在そのものがうっとうしいんですよ。失礼します」

文珠が形式的な一礼をし、踵《きびす》を返した。風見は、むっとした。

「ちょっと待てよ」

「放っとけ」

成島が制止した。

「しかし……」

「埼玉県警機動捜査隊初動班の栗林主任から情報を集めてくれ」

「わかりました」

風見は自分の席につき、懐から職務用の携帯電話を摑み出した。

ちょうどそのとき、当の栗林警部から電話がかかってきた。

「先に捜査本部に情報を提供したんだが、そちらにも……」

「そうみたいですね。いま五係の係長が特命遊撃班にやってきて、厭味を言って消えたとこです」

「まずかったかな。元刑事殺しの事件と関連がありそうなんで、情報交換できればと思ったんだが、二つの事件はリンクしてないだろうと予防線を張られてしまったんだ」

「そうですか。で、凶器はわかったんですね？」

「オーストリア製のグロック26と判明した」

「ノーリンコ59ではなかったのか。渋谷の射殺事件の犯人《タマ》の犯行じゃないのかもしれないな。使用銃器が異《こと》なりますからね。もっとも、それだけでは断定できませんが」

「そうだね」

「空薬莢は見つかりました？」

「いや、発見できなかったんだ。加害者が犯行後に持ち去ったんだろうな」

「ええ、多分ね。犯人のものと思われる靴痕のサイズは？」

「二十七センチだった。靴底の文様《もんよう》から、ワーク・ブーツと思われる。メーカーは判明したんだが、全国で五万足も販売されてるらしいんだ」

「なら、購入先を割り出すことは難しいな」

「そうなんだよ」

「栗林さん、石黒が持ち歩いてた札束から気になる指掌紋は出ました？」

「幾つかの札束に被害者の指紋が付着してたんだが、前科歴のある者の指紋や掌紋は検出されなかったんだよね」

「そうですか」

「被害者の預金通帳の残高は数万円で、振り込みはまったくなかった。石黒は不正な手段で大金を手に入れたんだろうね。風見警部補、当方は捜査情報をすべて明かしたんだから、そちらのカードを見せてほしいな」

「いや、特に新しい情報は摑んでないんです」

「ガードが固いんだな」

「何かわかったら、栗林さんに情報を流しますよ」

「よろしく頼むよ。場合によっては、警視庁《そちら》と埼玉県警《うち》の合同捜査になるかもしれないな」

「ええ、そうですね。栗林さん、ご協力に感謝します。ありがとうございました」

風見は電話を切り、班長やチームメイトに栗林から聞いた話をした。口を結ぶと、岩尾が呟いた。

「日暮の殺害現場に遺《のこ》されてた足跡のサイズも二十七センチだったが、ジョギング・シューズだったし、凶器も別々だね」

「そうだな。足跡《ソク》のサイズは同じだが、靴と拳銃は違う。同一人の犯行ではないのかもしれないぞ」

成島班長が応じた。

「そうなんでしょうが、靴のサイズは同じなんですよね」

「岩尾君、それは単なる偶然の一致と考えるべきなんじゃないのか」

「ちょっといいですか」

佐竹が成島に発言を求めた。

「何だね？」

「靴の種類と凶器は違ってますけど、日暮克臣と石黒将太はどちらも頭部を一発で撃たれて絶命してますよね。犯人《ホシ》は射撃に長《た》けてると思うんですよ。班長、どう思われます？」

「それは間違いなさそうだな。正確に頭をシュートしてるから、ただの暴力団関係者じゃないんだろう」

「自分も、そう思います。二つの事件の加害者が同一人だとしたら、日東物産の天野専務に雇われたんじゃないのかな？」

「その疑いはあるね。専務は石黒を使って、贈収賄の立件材料を集めてたと思われる日暮克臣を轢き逃げ犯に仕立てたと疑えるからな」

「ええ。天野は汚職を暴《あば》かれては困るんで、日暮克臣を依願退職に追い込んだ」

「そう考えてもいいだろう。しかし、日暮は退職後も休日を利用して、贈収賄の証拠集めをしてた節《ふし》がある。わたしが調べたら、東京税関の幹部職員四人がちょくちょく日東物産主催のゴルフ・コンペに招待されて、高級クラブでも接待されてたことが明らかになったんだよ」

「その四人の個人情報は班長が集めてくれたんで、いつでも事情聴取は可能ですよね」

「佐竹さん、その前に四人の幹部職員の内偵をする必要があるんじゃない？」

佳奈が話に加わった。

「収賄の容疑が濃厚なんだ。改めて内偵捜査をしなくてもいいんじゃないか。捜査二課の調書は、まだ保存されてるはずだよ」

「そうでしょうね。でも、地検に送致されなかったわけだから、また四人を任意で調べるわけにはいかないと思うの。同行を拒まれる可能性もあるでしょうしね」

「そうか、そうだろうな」

「幹部たちが度を越した接待を受けてる事実を押さえれば、任意同行に応じるはずよ」

「そうだろうね。そうなったら、日東物産の天野直規は心理的に追い込まれて、贈賄の事実を認めざるを得なくなるだろう」

「二人とも、ちょっと甘いな。税関職員は民間のサラリーマンよりも堅物《かたぶつ》が多い。そんな彼らも金品には弱いわけだ。だから、袖の下を使われても、きっぱりと断れなかったんだろう」

風見は言った。最初に口を開いたのは、佳奈だった。

「ええ、そうなんでしょう」

「たいていの公務員は、保身の気持ちが民間人よりも強い。それだけに、ちょっとやそっとでは収賄を認めないだろう。やはり、汚職の証拠を押さえるべきだな」

「それがベストですが、時間がかかるでしょう？」

佐竹が反論した。

「だろうな。といって、反則技を使うわけにもいかないだろうが？　四人とも幹部職員なんだから、締め上げて吐かせたら、大事になる」

「そうでしょうね」

「調書から四人の周辺関係者の氏名と連絡先を洗い出して、汚職の有無《うむ》を探り出してから、幹部職員たちを追い込むのがベストだと思うよ。四人のうちの誰かひとりでも収賄を認めたら、日東物産の天野専務を任意で呼ぶことはできるだろう」

「風見君が言った手でいこう。異存のある者は？」

成島が部下たちを見回した。岩尾、佐竹、佳奈の三人が相前後して首を振った。

「きみら二人は捜二に行って、問題の事件記録を見せてもらってくれないか」

班長が風見と佳奈を等分に見た。二人は快諾《かいだく》し、刑事部屋を出た。

エレベーターで四階に降り、捜査二課に入る。知能犯係のブロックに歩み寄ると、兼子主任が自席で書類に目を通していた。

「兼子さん、ちょっと協力してもらいたいんですよ」

風見は顔馴染みの警部補に声をかけた。

「やあ！　マドンナも一緒だね。何を協力すればいいのかな？」

「捜査本部事件の被害者が、退職直前まで調べてた日東物産の贈賄容疑の件の収賄側の税関職員の関係者の聞き込み調書を見せてほしいんですよ」

「困ったな」

「何かあったんですね？」

「事件の内偵捜査の概要は事件記録として残ってるんだが、関係者の証言などのファイルがそっくり保管室から消えてしまったんだよ」

「そ、そんな⁉」

佳奈が会話に割り込んだ。

「八神さんも知ってるはずだが、地検送りを見送った事件の関係記録は半ば永久的に保存されることになってる」

「ええ、そうですね。一部はフロッピーディスクに収めてあるはずです。フロッピーも紛失したんですか？」

「そうなんだ。消失したことに気づいたのは、二週間ほど前なんだよ。立件できなかった事案なんで、ずっと埃《ほこり》を被ってた」

「そうでしょうね」

「みんなで手分けして探したんだが、関係者の証言とフロッピーディスクはついに見つからなかったんだ」

「そのことは当然、若月到課長も知ってるんですね？」

「もちろんだよ。二課の全員でもう一度、保管室を調べ直してみたんだが、結果は同じだった」

「そうですか。内部の人間が故意に持ち出したんでしょうね。外部の者は保管室には出入りできませんから」

「そう考えてもいいだろう。しかしね、そんなことをする人間にはどうしても思い当たらないんだ」

「そうでしょうけど、事件調書やフロッピーディスクが勝手に動きだすことはないわけだから、きっと捜二に関わりのある者が……」

「日東物産か東京税関の幹部職員の誰かに抱き込まれて、こっそりと外部に持ち出したんだろうな」

　風見は相棒に言った。

「そう考えられますね。内部に裏切り者がいたなんて思いたくないけど、そうにちがいありません」

「わざわざ捜二関係者に事件調書やフロッピーを盗ませたってことは、贈収賄の事実はあったんだろう。その事案の証拠集めをしてたと思われる日暮元刑事が射殺された事実も、そのことを裏付けてると言ってもいいだろうな」

「ええ、そうですね」

「わたしも、そんなふうに思いはじめてたんだ」

兼子主任が風見に小声で言った。

「若月課長も、そう考えてるんですかね？」

「ああ、そう思うよ。若月警視はキャリアながら、気骨がある。この問題をうやむやにすべきではないと人事一課監察室に不心得者を摘発してほしいと頼んだんだ」

「警察庁《サッチョウ》の特別監察官も動きだしたわけか」

「そうなんだ。しかし、まだ事件調書やフロッピーを無断で持ち出した者はわからないんだよ」

「そうですか」

「成島さんには、東京税関の幹部職員たちに関する情報だけを教えたんだよ。事件調書やフロッピーが消失したことはわざわざ言わなかったんだが、話すべきだったかな」

「こっちが成島班長に伝えますよ」

「そうしてもらえますか。日暮君は日東物産の関係者に亡き者にされたんだろうか」

「まだ何とも言えませんが、その疑いはかなり濃いと思います」

「早く事件を解明してほしいな。ひとつ頼むよ」

「力を尽くします。どうもお邪魔しました」

風見は佳奈を目顔で促した。

二人は知能犯係のブロックを離れ、捜査二課の広いフロアを出た。エレベーター・ホールに向かっていると、堀巡査長が小走りに追ってきた。

風見たち二人は廊下にたたずんだ。

「こんなことを申し上げるべきかどうか迷ったんですが、先々月の夜、前課長の馬場警視があたりの様子をうかがってから、保管室に入っていくのを見たんです」

堀が小声で言った。

「本当なのか!?」

「はい。何か後ろめたさを感じてるような顔つきでした。それだけで馬場警視が日東物産絡みの贈賄の調書やフロッピーディスクをこっそりと持ち出して、誰かに渡したと疑うのはよくないんでしょうが、自分、黙っていられなくなったんですよ」

「そう」

「警備部警備課長に栄転になった前捜二課長が裏切り行為をしたなんて疑いたくはないんですが、一応、調べてみてください」

「わかった。そうしてみるよ。いま話してくれたことは、あまり庁舎にいる人間には喋らないでくれないか」

「はい」

「有力な情報をありがとう」

風見は堀の肩を軽く叩き、佳奈と顔を見合わせた。

第四章　意外な展開

1

本部庁舎の十七階にある映写室だ。風見は相棒と並んで、ドアの近くに立っていた。

捜査二課を訪ねた直後である。風見たちは、若月警視を待っていた。佳奈がかつての上司である現捜査二課長に電話をかけ、協力を求めたのだ。

無人だった。

少し待つと、若月が現われた。男前で、上背もある。

「お呼び立てして申し訳ありません。ご協力に感謝します」

風見は言って、若月を座席に腰かけさせようとした。

若月が右手を横に振り、佳奈に顔を向けた。

「消えた事件調書とファイルの件だね?」

「ええ、そうです。兼子さんから両方とも保管室から何者かが盗み出したようだという話を聞きまして……」

「そう、それは事実なんだよ。それで、人事一課監察室に不心得者が誰なのか見つけてほしいと頼んだんだが、いまだにその人物はわからないんだ」

「そうらしいですね。実は、堀さんから少し前に気になることを聞いたんですよ」

佳奈がそう前置きして、詳しいことを話した。

「前課長の馬場警視が保管室に周《まわ》りの目を気にしながら入っていったというのか。堀君は、兼子主任にもわたしにもそういうことを漏らしたことはないな。なぜ、いままで黙ってたんだろうか」

「以前の課長を売ることに抵抗があったんでしょう、多分ね」

「そうなんだろうか。それはそれとして、堀君がきみらにそう打ち明けたと聞いて、馬場警備課長を怪しむ気持ちが生まれてきたな。彼はいずれ政界に転じたいようだし、実兄が日東物産の顧問弁護士を務《つと》めてるんだよ」

「えっ、そうなんですか!?」

「しかも、日東物産の贈賄容疑の内偵捜査をしていたころの捜二の課長は馬場警視だっ

た。前課長が実兄と天野専務に頼まれて、汚職の事件記録を無断で保管室から持ち出し
……」

「処分したとも考えられそうだとおっしゃるわけですね？」

風見は先回りして、早口で言った。

「そう。あっ、ひょっとしたら……」

「若月さん、先をつづけてくれませんか」

「馬場警視の実家は、渋谷区松濤《しょうとう》一丁目にあるんだよ。円山町のラブホテル街とは隣接してるね」

「日暮克臣が殺害された現場にごく近いわけか」

「そうなんだよ。日東物産の贈賄容疑の確証を摑みたくて、元刑事の日暮克臣は天野専務を尾行してたんじゃないだろうか。馬場警視の兄は長男なんで、実家の跡取りになってるんだ」

「日暮は、日東物産の顧問弁護士の自宅を訪ねた天野専務を尾行中に殺し屋《プロ》か誰かに撃ち殺されたのではないか。若月課長は、そう筋を読んだんですね？」

「そう考えれば、日暮克臣が轢き逃げ犯扱いされて依願退職せざるを得なくなったことだけではなく、例の贈収賄事件が立件されなかった説明もつく」

「ええ、そうですね。それから、休日に汚職の証拠をせっせと集めてたと思われる本部事件の被害者と元当たり屋の石黒の両方が葬《ほうむ》られた理由もわかるな」

「推測通りだったとしたら、件《くだん》の事件調査やフロッピーを盗み出したのは馬場警備課長だね。彼はキャリアの恥だ。真の警察官僚は私利私欲に惑《まど》わされることなく、巨大組織を少しでもよくするために力を注ぐべきだからね」

「そうなんですが、若月さんのようにまっとうなリーダーになろうとしてる警察官僚は皆《かい》無《む》に等しい。大半は、自分の出世のことだけしか考えていないでしょ?」

「耳が痛いが、反論の材料はないな。それにしても、馬場警視が裏切り者だったら、絶対に赦《ゆる》せない」

「そうですね」

「彼の実兄は諭《さとる》という名で、五十四だったかな。何社もの大手企業の顧問弁護士を務めてる遣《や》り手なんだよ。日東物産と東京税関の幹部職員たちがボロを出さなかったら、馬場兄弟の動きを探ってみるんだね」

「ええ、そうします。遣り手の弁護士なら、闇社会の顔役とも多少のつながりはあるでしょう。そのルートで、腕っこきの殺し屋に日暮克臣と石黒将太を始末させたのかもしれません。もちろん、殺しの報酬を用意したのは日東物産だと思います」

「だろうね。警察庁の首脳部が馬場の不正を揉み消そうとしたんなら、わたしは内部告発も辞さない。腰抜けになったら、男が廃《すた》るからね。特命遊撃班には期待してるぞ」

若月が言って、映写室を先に出た。

「早く汚職の証拠を押さえて、天野専務を追い込みたいですね。風見さん、いったん六階に戻って、班長に必要なことを報告しません？」

「そうするか。それにしても、馬場は最低な野郎だな。高慢なだけなら、まだ許せる。しかし、贈収賄に目をつぶり、以前の部下の日暮克臣の抹殺にも間接的に手を貸したようだからな」

「捜二の前課長はキャリアですけど、我欲の権化《ごんげ》ですね。でも、まだ馬場警視が事件記録を無断で持ち出したと決まったわけじゃありません」

「ああ、そうだな。勇み足を踏まないようにしよう」

風見たちペアは映写室を出て、エレベーターで六階に下《くだ》った。

特命遊撃班の小部屋に入ると、岩尾と佐竹の姿は見当たらなかった。成島が自分の机に向かって何か考えごとをしていた。

「岩尾・佐竹班は？」

佳奈が成島に問いかけた。

「大井埠頭《ふとう》に出かけたよ。税関支署の事務系職員たちは収賄容疑を持たれてる四人の幹部の危《ヤバ》いことは言わないだろうからって、通関業務に携わってる現場職員や、倉庫業者から手がかりを引き出そうってわけさ」

「現場の職員たちはそれほど上昇志向はないだろうから、税関の偉いさんの悪口や噂話も平気で喋ってくれるだろうという読みですね？」

「そうなんだ。倉庫業者の役員たちは税関の幹部たちを怒らせたくないと考えてるだろうが、海上輸送物を埠頭から倉庫に運んでるトレーラーの運転手たちはなんの警戒もしないで噂話をしてくれるにちがいない」

「そうでしょうね」

「捜二に出向いただけのことはあったのかな？」

成島が風見に声をかけてきた。風見は経過を語った。

「そういうことなら、風見君たち二人には馬場兄弟と日東物産の天野専務をマークしてもらおう。岩尾・佐竹班が税関幹部四人の収賄の確証を摑んでくれると思うよ」

「了解です。とりあえず、馬場警備課長にこっちがひとりで探《さぐ》りを入れてみます。八神は、馬場とは反《そ》りが合わないということだから、一緒じゃないほうがいいと思うんですよ。相棒の顔を見ただけで、捜二の前課長はこっちにも敵愾心《てきがい》を持つでしょうからね」

「そうかもしれないな。しかし、相手はキャリアだぞ。下手に揺さぶりをかけたら、怒りだすにちがいない」

「そのあたりは、うまくやりますよ」

「そうしてくれ」

成島が口を閉じた。

「おれが戻ってくるまでに、馬場論弁護士事務所の所在地を調べておいてくれ」

風見は佳奈に指示して、小部屋を出た。

警備部のフロアは十六階にある。風見は高層用エレベーターに乗り込んだ。警備部は、デモの警備や警護を担《にな》っている。

警備課は一・二課に分かれていて、馬場は一課長だ。SP《セキュリティ・ポリス》たちが属している警護課や機動隊ほど華《はな》やかさはないが、キャリアの多くが通るエリート・コースだった。

風見は十六階に着くと、すぐに馬場警視に面会を求めた。数分待たされてから、一課長の席に案内された。

風見は馬場の顔は知っていたが、ほとんど言葉は交わしたことはなかった。

「女たらしのアウトロー刑事がわたしになんの用だ？」

馬場は椅子から立ち上がろうとしなかった。

「奥の会議室を使わせてもらえませんかね、部下の方たちには聞かせないほうがいい話なんで」

「おい、何を言ってるんだ。わたしは、ただの警察官じゃないんだぞ。有資格者《キャリア》なんだ」

「わかってますよ」

風見は言った。

「いや、わかってない。わたしはな、人の上に立つ人間なんだぞ。他人《ひと》に後ろ指を差されるようなことはしてない」

「そう言い切れるんですか？」

「き、きみはわたしを怒らせたいのかっ。窓際部署にいる奴が偉そうなことを言うな！」

「とにかく、ここでは話しにくいんですよ」

「わがままな男だ」

馬場が舌打ちして、憤然と椅子から立ち上がった。そのまま、斜め後ろにある会議室に入っていく。

風見も入室し、後ろ手にドアを閉めた。

テーブルの向こうに着席した馬場が無言で顎をしゃくった。坐れということだろう。風見は、馬場と向かい合う位置に腰を落とした。

「用件を早く言ってくれ。わたしは多忙なんだ」

「わかりました。このことは本庁《うち》の組対《そたい》四課も五課も把握《はあく》してないんですが、関西の大物ブラックジャーナリストがあなたと実兄の弁護士さんを丸裸にする気でいるようなんですよ」

「どういうことなんだ、それは⁉」

「説明しましょう。こっちが入手した情報によると、馬場さんご兄弟は日東物産と癒着してるというんですよ。お兄さんの馬場諭さんは、日東物産の顧問されてますよね？」

「そうだが、兄は法律家として恥じるようなことはしてないはずだ。潔癖な性格なんだよ、わたしの兄は」

馬場が誇らしげに言った。

「基本的には、その通りなんでしょうね。しかし、大企業の顧問弁護士をなさってるわけですから、清濁《せいだく》併《あわ》せ呑まなければ、解任されてしまうでしょう」

「わたしの兄は、大物弁護士のひとりなんだぞ」

「わかってますよ。大企業は、大勢の社員を抱えてます。その家族まで含めたら、数万人の人間の生活を支えてることになります。だからこそ、時にはアンフェアなこともしなければならない。きれいごとばかり言ってたら、大きな利潤は得られませんからね」

「きみの話は回りくどいな。だから、なんだと言うんだ?」

「関西の大物ブラックジャーナリストの素顔は、凄腕《すごうで》の企業恐喝屋なんですよ。大証《だいしょう》一部上場企業はもちろん、東証《とうしょう》一部上場企業の不正の証拠を産業スパイ、調査員、業界紙記者、ホステス、芸者などに押さえさせて、巨額の口留《ど》め料を毟《むし》り獲《と》ってるらしいんです」

「それで?」

「日東物産は輸入品の通関業務を大幅に省《はぶ》いてもらいたくて、東京税関の幹部職員四人に袖の下を使った。その贈収賄事件を本庁《うち》の捜二でも内偵捜査してましたね?」

「ああ、わたしが捜二の課長だったときのことだ」

「ええ、そうです。その内偵捜査を中心になって受け持ってたのが、五月十二日の晩に射殺された日暮克臣だった。その日暮刑事は職務中に罠に嵌《は》められて、轢き逃げ犯に仕立てられ、上層部に依願退職を強要された」

「きみ、待ってくれ。日暮に撥ねられたと大崎署に被害届を出した石黒将太という男は、医師の診断書も持ってたんだ。日暮は轢き逃げなどしてないと犯行を否認しつづけてたが、被害者の言った通りだったにちがいない。だから、わたしは上層部の方たちに示談に持ち込むことがベストだと上申したんだよ」

「日暮克臣は退職してからも休日を使って、日東物産の贈賄の証拠を握ろうと動きつづけてた。そして、先夜、円山町のラブホテル街近くの裏通りで撃ち殺された。あなたの実家は、事件現場のすぐそばにあるようですね。そのお宅には、長男の諭さんが現在も住んでらっしゃるとか？」

「そうだが、ただの偶然だよ」

「単なる偶然なんですかね？」

「き、きみは何を言いたいんだっ」

「ブラックジャーナリストは、あなた方ご兄弟が日東物産の贈賄が事件化されることを避けるため、元刑事を轢き逃げ犯にしたと推測したようなんですよ」

風見は揺さぶりをかけた。

「ばかなことを言うな。兄は大物弁護士で、わたしは警察官僚《キャリア》だぞ。それに、日暮克臣はかつての部下だったんだ。彼のことは好きじゃなかったが、わたしの下にいた人間だよ。そんな者に濡《ぬ》れ衣《ぎぬ》を着せようとするほど薄情じゃない。わたしは無能な奴《やつ》や青臭い正義漢は苦手だが、別に冷酷というわけじゃないんだ」

「それでは、なぜ日暮は殺られてしまったんでしょう？」

「彼は一年ぐらい前から東西警備保障で働いてたというから、取っ捕まえた万引き犯か窃盗犯に逆恨《さかうら》みでもされたんだろう？　おおかた、そんなとこなんじゃないのかね？」

「轢き逃げされたと大崎署に駆け込んだ石黒は以前、遊び仲間とつるんで当たり屋めいたことをしてたそうです。関西の大物ブラックジャーナリストは、そこまで調べたみたいですよ」

「えっ、そうだったのか。捜二時代に、そういう報告は受けてないな」

「そうなんですか。それはそれとして、石黒将太も埼玉県内で殺害されてしまったんですよね？」

「ああ、その事件のことは知ってる」

「馬場さん、轢き逃げ事件に関わりのある人間が相次いで命を奪われたんですよ。二人の死の裏に何かあるとは感じませんか？」

「偶然だったと片づけられない気はするね。だがね、くどいようだが、わたしは日暮を轢き逃げ犯に仕立てたことはないぞ。もちろん、彼の事件にはまったくタッチしてない。石黒という男の死にも関わってないからなっ」

　馬場が憤《いきどお》ろしげに言った。

「あなたのお兄さんも、二件の殺人事件にはまるで関与してないんですかね？」

「きみは、有能な弁護士を犯罪者扱いするのかっ」

「こっちがそう思ってるわけじゃないんですよ。関西の大物ブラックジャーナリストは、あなた方ご兄弟が日東物産の贈賄の事実を消そうと裏で動いたとみてるらしいんです」

「そいつの名前を教えてくれ」

「悪いが、それは教えられないな。こっちに情報を提供してくれた人物に迷惑をかけたくないんでね。大物ブラックジャーナリストは、神戸の最大勢力だけじゃなく、各国のマフィアとも親交があるらしいんですよ」

「わたしは警察官僚なんだ。闇の勢力に怯《おび》えたりはしない。兄だって、同じだろう」

「カッコいいですね。しかし、捨て身で生きてる連中はアナーキーなことを平気でやるもんです。あなたの家族が拉致されて、残忍な方法で殺されることになるかもしれませんよ」

「そんなことはさせない！」

「警視、そう力《りき》んでみても、阻止できるとは言い切れないでしょ？」

「ま、そうだが……」

「実はですね、間接的ではあるんですが、大物ブラックジャーナリストとコネがあるんですよ。こっちの遠縁の者が凄腕の企業恐喝屋ときわめて親しいんです。馬場さんご兄弟が日東物産の不正を隠すために日暮克臣に罠を仕掛けたんでなければ、遠縁の者に口を利いてもらってもいいですよ。どうなんです？」

「わたしは疚《やま》しいことはしてない。兄も、そうだと信じたいね。いや、法に触れるようなことはしてないはずだ」

「そうですか。なら、どうして日東物産の贈賄容疑を地検送りにしなかったのかな？　お兄さんに泣きつかれて、揉み消す気になったんですか？」

「違う。そうじゃないよ。立件するだけの証拠が揃わなかったんで、送致を見送ったんだ。心証は灰色だったんだが、地検で不起訴処分にされたら、わたしの黒星になるじゃないか」

「出世に響くというわけですね？」

「ああ、そういうことだ」

「やっぱり、そうでしたか。ところで、日東物産絡みの事件記録とフロッピーディスクが二週間ほど前に保管室から消失したことをご存じですか？」

「なんだって!?」

「知らなかったようですね」

風見は言いながら、馬場の顔から目を離さなかった。

狼狽の様子は、みじんもうかがえない。ただ驚いているだけに見える。だが、ポーカー・フェイスが巧《たく》みなだけなのかもしれない。

「捜査資料を外部者が勝手に持ち出すことなんかできない。内部の誰かがこっそりと盗み出したんだろう」

「思い当たる人物はいます？」

「特にいないが、志村君の父親は去年の春に友人と共同経営してた印刷会社を倒産させてしまったらしい。彼がお金欲しさに外部の者に抱き込まれたんだろうか」

「外部の者というと、考えられるのは日東物産か東京税関の幹部職員の誰かってことになるんでしょうね」

「うむ」

馬場は曖昧に唸《うな》っただけだった。

「ほかに考えられる者がいます？」

「すぐには思い当たる者はいないな」

「そうでしょう？」

「きみ、さっき言ってた遠縁の方に頼んで大物ブラックジャーナリストの気持ちを変えさせてくれないか。やっぱり、裏社会の奴らは不気味だからね」

「ええ、頼んでみますよ。では、これで……」

風見は椅子から立ち上がって、軽く頭を下げた。

2

見通しはよかった。

テナントビルの出入口は、車内から見渡せる。馬場法律事務所は、テナントビルの七階にあった。

千代田区四番町だ。JR市ケ谷駅から数百メートルしか離れていない。

午後三時半を過ぎていた。

風見は相棒と一緒に張り込み中だった。弁護士の馬場諭が自分の事務所にいることは確認済みだ。佳奈が依頼人を装って、偽電話をかけたのである。

張り込んでから、すでに一時間が経《た》っている。

だが、馬場警視の実兄は外出する様子はなかった。

風見は警備部から特命遊撃班の小部屋に戻るなり、成島と佳奈に馬場警視がどんな反応を示したか伝えた。どちらも、馬場が捜査本部事件に関わっているかどうか判断がつかないと答えた。

実は、風見自身も心証に確信を持てなかった。馬場は怪しいといえば、怪しい気もする。反対にシロっぽくも感じられた。

「馬場弁護士は幾つかの大企業の顧問をやってるという話でしたよね？」

佳奈がステアリングを白いしなやかな指で軽く叩きながら、沈黙を破った。

「そうだ。それが何なんだい？」

「日東物産は巨大商社ですが、馬場弁護士との力関係は五分五分なんじゃないかしら？」

「ああ、そんなもんだろう。馬場課長の兄貴は小者じゃないようだからな」

「それなら、それほど雇い主である日東物産におもねる必要はないわけですよね？　少なくとも、言いなりになることはないわけでしょ？」

「八神が言わんとしてることはわかるよ。大物弁護士なら、弟と一緒に日東物産の贈賄容疑を揉み消してやるほど下手に出る必要はないんじゃないかってことだな？」

「ええ、そうです」

「八神の意見が間違ってるとは言わないよ。しかしな、日東物産絡みの捜査記録が保管室から消えてるんだ。内部の者が事件調書やフロッピーを盗んだことは、ほぼ間違いないだろう」

「そうなんでしょうね」

「となると、馬場兄弟を疑いたくなる。馬場は、捜二の志村一輝をちょっと怪しんでるようなことを言ってた」

「志村さんのお父さんが事業にしくじったことは知りませんでしたが、たとえお金に困っていても、彼が不正なことに加担したりしないと思うわ。志村さんは真面目だし、正義感も強いんです」

「そうなら、志村が捜査記録を無断で持ち出したんではないんだろう」

「わたしは、そう思いますね」

「そうか。ちょっと煙草を買ってくる。じきに戻ってくるよ」

風見は言って、覆面パトカーの助手席から出た。市ヶ谷駅に向かって歩きだす。煙草を切らしたというのは、とっさに思いついた嘘だった。

風見は相棒には内緒で、ルール違反をする気でいた。こそこそしたくなかったが、違法捜査が発覚したら、若手刑事までペナルティーを科せられるだろう。それは避けなければならない。

駅の少し手前に、予《あらかじ》め見つけておいた電話ボックスがある。

風見は公衆電話を使って、馬場法律事務所に電話をかけた。受話器を取ったのは、若い女性だった。

「わし、藤森《ふじもり》いう者や。馬場先生に電話を回してんか」

風見は声色《こわいろ》を使った。

「ご用件をおっしゃっていただけますでしょうか」

「早《はよ》う電話を馬場に回さんと、あんたんとこの先生は弁護士の資格を剝奪《はくだつ》されることになるで」

「なぜでしょう？」

「面倒な女やな。わし、気が短いんやで。怒らせたいんか。ええから、馬場に替わらんかい！」

「は、はい」

相手の声が熄《や》み、軽やかな旋律が耳に流れてきた。映画音楽だったのではないか。

「お電話、替わりました。弁護士の馬場です。藤森さんとおっしゃられても、どなたか思い当たりませんが……」

「関西在住のフリージャーナリストや。本庁の警備第一課長をやっとる弟から、わしのことで電話があったんちがう？」

「あんたがブラックジャーナリストなのか」

「人聞きの悪いこと言わんといて。わし、これでもジャーナリストのつもりや。新聞社、雑誌社、テレビ局の連中は政財官界の圧力に屈《くっ》しおって、タブーには挑《いど》もうとせん。そんなことでは、メディアの人間とは言えん。ジャーナリストやないわ。けどな、わしは体張って、世の中のあらゆる不正を暴《あば》いてるねん。ほんまやで」

「弟から電話があったが、あんたは何か誤解してるな」

「弁解するなんて、見苦しいやないか」

「わたしの話を聞いてくれ。確かに日東物産の顧問弁護士だが、あの会社の贈賄の揉み消し工作なんてしていないぞ。もちろん、弟に捜査記録の類《たぐい》をこっそり持ち出してくれなんて頼んだ覚えもない」

「往生際が悪いで。わしはな、あんたら兄弟が汚職の揉み消しに協力した証拠をちゃんと摑んどるんや」

「どんな証拠を握ったというんだ？」

「あんたは専務の天野が東京税関の幹部四人に鼻薬を嗅がせて、日東物産が輸入してる物品をほとんどノーチェックで通関させてたことを知ってたはずや」

「天野専務は、そんなことをさせてたのか!?」

馬場弁護士が声を裏返らせた。

「なかなかの役者やな。迫真の演技やないかい」

「芝居をしたわけじゃない。わたしは、天野さんがそんなことをしてたなんて、まったく知らなかったんだ。弟も知らないはずだよ。本当なんだ」

「先生、わしはほんまのジャーナリストでありつづけたいと思うとるんや。けど、人間やから、霞《かすみ》を喰《く》っては生きられへん。商社が公務員に甘い汁を吸わせるのはええことやないけど、ま、小さな悪や。目をつぶれん罪でもない」

「いまの言葉で、恐喝罪が成立するぞ」

「わしの音声を録音してるようやな？」

「その通りだ」

「そやからって、わしはビビらへんで。汚職揉み消し工作の確証を握ってるさかいな。弁護士先生がなんぼ空とぼけても無駄や」

「わたしたち兄弟は、何も疚《やま》しいことはしてない」

「粘《ねば》るやんけ。先生は、元刑事の日暮克臣が日東物産の贈賄の証拠集めをしとったことを天野専務から聞いて、悪知恵を授《さず》けたんちゃうのか？」

「天野さんから、そんな話は聞いてないぞ。したがって、妙な助言なんかするわけない」

「ほんまに名演技やな。先生は、天野から相談されてるはずや。そやから、日暮は内偵捜査中に轢き逃げ犯に仕立てられ、依願退職を強《し》いられた。先生の弟が警察の偉いさんたちに働きかけたんで、日暮は辞表を書かざるを得なくなったんやろうな」

「いい加減なことを言うなっ」

「黙って聞きいや。日暮は退職後も悔しさを拭《ぬぐ》うことはできんかった。そやさかい、休日を使《つこ》うて、贈収賄の裏付けを取ろうと関係者たちの身辺を調べ回ってた。専務の天野はそれを知って、焦ったにちがいないわ」

「…………」

「で、先生に相談したんやろ？」

「おかしな相談なんかされてないっ」

「もう少し喋らせてんか。天野と先生は悪知恵を出し合《お》うて、日暮を抹殺することにした。というても、自分らが直《じか》に手を汚す気なんかあらへんかった。そこで、腕のいい殺し屋を雇うことにしたんやろうな。日暮は、先生の自宅の近くの裏通りで射殺されてもうた。元刑事は、先生の邸《やしき》の様子をうかがった後《あと》に撃たれたのかもしれんな。それとも、その前に狙撃されたんやろうか」

「わたしは、元刑事が個人的に動き回ってたことも知らなかったんだ。天野さんに何か頼まれたり、相談されたこともないんだよ。専務と相談して殺し屋を雇うなんてあり得ない」

「弁護士先生は、しぶといな。ま、ええわ。日暮克臣を轢き逃げ犯だと大崎署に訴えた元当たり屋の石黒将太は悪事に協力してやったことを切り札にして、天野から総額二千五百万をせしめた。天野専務はこの先も石黒に強請りつづけられるのはご免だと考え、先夜、埼玉のログハウスに潜伏中の石黒を殺し屋《プロ》に射殺させたんやろ？　凶器は同じやなかったけど、わし、射殺犯は同一人だと読んでるんや」

風見は長々と喋った。さすがに喉に渇《かわ》きを覚えはじめていた。

「何をどう想像してもいいが、根拠もないのに犯罪者扱いするのはやめてくれ。こちらは法律で飯を食べてるんだ。どんな犯罪も割に合わないことは、よくわかってる。だから、わたしが犯罪に手を染めることはあり得んよ。弟も同じだ」

「先生、このままや話は平行線で交わることはないやんけ。わしな、西の極道たちと仲がええんや。大阪、京都、神戸の大親分たちとは友達《ダチ》づき合いしてんねん」

「そんな威《おど》しには屈しないぞ。やくざが怕《こわ》くて弁護士ができるかっ」

「先生、開き直ったんやな。ほんなら、話は決裂や。けどな、このまま引き下がったりせんで」

「どうする気なんだ？」

「先生と弟の命《タマ》いただくわ。もちろん、わしが手を汚すわけやない。威勢のええヒットマンに的《まと》かけさせたる。あんたら兄弟がこの世から消えても、わしはちっとも困らへんで。天野専務から銭を吸い上げればええんやからな」

「…………」

「けど、命が惜しいんやったら、馬場兄弟にチャンスを与えたるわ。二人分で、一億円でどうや？」

「一円も出す気はない！」

馬場弁護士が言い放って、荒々しく通話を打ち切った。

風見は苦笑し、受話器をフックに戻した。

額がうっすらと汗ばんでいた。手の甲で汗を拭って、テレフォン・ボックスを出る。

馬場弁護士はうろたえたりしなかった。怯《ひる》むこともなかった。馬場兄弟は、二件の射殺事件にはまったく関わりがないのか。

日東物産の天野専務が失脚を恐れ、自分ひとりの判断で不都合な人間二人を第三者に始末させたのだろうか。

しかし、捜査二課の堀巡査長は馬場警視が保管室に人目を気にしつつ、入っていったと証言している。彼は馬場に何か悪感情を懐《いだ》いていて、以前の上司を陥れる気になったのだろうか。そうではなく、馬場が巧妙な演技をしたのか。

風見はあれこれ推測しながら、張り込み場所に戻った。スカイラインに乗り込むと、佳奈が訝《いぶか》しそうな顔を向けてきた。

「長かったですね。煙草を売ってるコンビニや自動販売機がなかなか見つからなかったのかしら？」

「そうじゃないんだ。市ケ谷駅の手前で大学時代の友人とばったり行き会ったんだよ。五、六年会ってなかったんで、つい話が弾んだんだ」

風見は言い繕《つくろ》った。

「そうだったんですか」

「おれがいない間、何か動きは？」

「ありません。馬場弁護士はオフィスに籠《こ》もったままです」

「そう。歩きながら、ふと堀君のことを思い出したんだが、馬場が捜二の課長をやってたとき、彼らの関係はどうだったんだい？」

「堀さんは機転が利《き》くほうだから、馬場前課長に叱られることはなかったと思うわ。志村さんは送致書類に誤字があると厳しく怒られて、たびたび書き直しを命じられてましたけどね」

「そうか。なら、堀君が馬場に悪い感情を持つなんてことは考えられないな」

「と思いますよ。風見さん、どうしたんですか？　堀さんが何か馬場警視が不利になるようなことを言ったんではないかと……」

「そういうわけじゃないんだ」

「風見さん、感じ悪いですよ」

「感じが悪い？」

「そうですよ。わたしたちはペアなんです。相棒に職務のことで隠しごとするなんて、フェアじゃないわ」

「隠しごとだなんてオーバーだな。ほら、おれが十六階に行って馬場に鎌をかけただろ？」

「ええ」

「そのとき、馬場は贈収賄の揉み消しに協力した様子をまったく見せなかったんだよ。うまく空とぼけたのかもしれないと感じたんだが、そうではなかったんじゃないかとも思えてきたんだ」

「ということは、堀さんがわたしたちにこっそり教えてくれた話は事実無根なのではないかと疑いはじめてるんですか？　故意に偽情報を流したのではないかと……」

「強く疑いはじめてるわけじゃないんだよ。ただな、こっちが揺さぶりをかけても、馬場は少しも狼狽しなかった。だからさ、堀君が言ってたように、馬場が本当にこっそり保管室に入ったのかどうかと考えはじめたんだよ」

「そうだったんですか。でも、堀さんが前課長を嫌ってたり、恨んだりしてたとは思えないな」

「それなら、彼が馬場を陥れようとしたなんてことはないだろう」

「わたしは、そう思います。馬場前課長が上手にとぼけつづけたんじゃないのかな」

佳奈が口を閉じた。

その直後、風見の私物の携帯電話が着信音を発した。素早く覆面パトカーを降り、発信者を確かめる。

智沙だった。こんな時刻に電話をかけてくるのは珍しい。何か異変があったのだろうか。

「何か困ったことが起こったんじゃないのか？」

風見は最初に訊いた。

「仕事中にごめんなさい。いま母の入院先にいるの」

「容態が急変したんだな？」

「ううん、そうじゃないの。母が、母がね……」

智沙が涙で言葉を詰まらせた。

「ゆっくり話せばいいさ」

「ええ、もう大丈夫よ。母が病室を抜け出して、無断で処置室に入り込んでね、薬剤が載《の》ってる棚を覗き込んでたんですって。何か劇薬があったら、それを盗んで服《の》むつもりでいたようなの。わたしには何も言ってくれなかったんだけど、不審な行動に気づいた看護師さんに母はそう話したらしいのよ」

「おふくろさんに癌が転移してることを話したのか?」

「いいえ、言ってないわ。だけど、本人は気づいてたみたい。それで、娘のわたしを長く苦しめたくなくて、母は死を選ぼうとしたんだと思うわ。わたし、母の気持ちが哀《あわ》れで……」

「両方とも辛いな」

「いっそ母に転移のことをはっきりと打ち明けて、ターミナル・ホスピスで痛みを極力、取り除いてあげたほうがいいのかしら? でも、そうしたら、母の余命はさらに短くなるでしょうね。わたし、どうしたらいいんだろう?」

「二人にとって、ベターな途《みち》を選ぶべきだな」

「何かいい方法がある?」

「これといった妙案は、すぐには思いつかないな。少し時間をくれないか。じっくり考えてみるよ」

「ええ、お願いね。わたしも考えてみるわ」

「智沙、ひとりで悩むなよ」

「ええ」

通話が終わった。

風見はモバイルフォンを折り畳み、懐に仕舞った。

そのとき、テナントビルの前にタクシーが停まった。

タクシーの客は、馬場警視だった。兄のオフィスを訪れたのは、偽電話で揺さぶりをかけたからか。

風見は一瞬、そう思った。

だが、馬場諭に電話をかけたのは十数分前だ。兄の弁護士が焦って弟を自分の事務所に呼んだわけではなさそうだが、風見はその前に警備第一課長にも鎌をかけている。

馬場兄弟は後ろ暗いことはしていないと言っていたが、まんまと自分を欺《あざむ》いたのか。風見は、そんな気もしてきた。

佳奈がテナントビルを指さした。

風見は無言でうなずき、スカイラインの助手席に腰を沈めた。すでに馬場警視はタクシーを降り、ビルの中に消えかけていた。

「兄弟が会ったのは、風見さんが弟に揺さぶりをかけたからなんですかね？」

「そうとも思えるし、単に別の件で兄と弟が話し合う必要があったのかもしれない。たとえば、亡くなった親の法要のことで相談するとかさ」

「ええ、そういうことも考えられますね」

「しばらく様子を見てみよう。後で日東物産の専務が合流することになってるんだったら、三人が汚職の揉み消しに関わった疑いが濃くなるけど、事はそう都合よくは運んでくれないだろう」

「そうでしょうね」

佳奈が、いたずらっぽい笑みを浮かべた。

二人は、またテナントビルのエントランスに目を注《そそ》いだ。馬場警視が外に出てきたのは、小《こ》一時間後だった。警備第一課長は大股で市ヶ谷駅方面に歩み去った。

「ドラマのように都合よく事は運んでくれませんでしたね、やっぱり」

「そうだな。八神、六時になったら、日東物産の本社ビルに行ってみよう」

「天野を揺さぶるんですか？　それは、まだ早い気がしますけど」

「差し当たって専務に貼りつくだけにしよう。ひょっとしたら、正体不明の狙撃者とどこかで接触するかもしれないからな。あるいは、顧問弁護士と料亭あたりで密談するとも考えられる。ちょっと楽観的かね？」

「ええ、まあ。でも、そうとでも思わないと、退屈な張り込みには耐えられませんよね」

「そうだな」

風見は笑顔で応じた。

その数分後、岩尾から風見に電話がかかってきた。

「通関業務に携わってる税関職員や倉庫業者たちに当たったら、嫌疑のかかってる四人の幹部職員のひとりがお気に入りのパブのホステスにフランス製の小型乗用車をプレゼントしたって噂がだいぶ前から流れてて、その彼女とちょくちょく温泉旅行に出かけてるそうなんだよ」

「その幹部職員の名は？」

「青木正弘《あおきまさひろ》、四十八歳だ。東京税関の支署長だから、通関の貨物チェックを省かせられる立場にいるね」

「岩尾さん、いったん合流して作戦を練りましょうよ。いま、どこです？」

「まだ大井埠頭の周辺にいるんだ」

「それなら、そっちに向かいます」

風見は電話を切り、佳奈に行き先を指示した。

3

前方に貨物船の舷灯《げんとう》が見えた。

大井埠頭だ。風見は、徐行しはじめたスカイラインの助手席で目を凝《こ》らした。

午後七時八分前だった。

岩尾・佐竹班がいつも使用している灰色のプリウスは、船の接岸碇泊場所《バース》の近くに停止中だ。ヘッドライトは消されていた。

佳奈が捜査車輛をプリウスの横に停めた。

風見は先に車を降りた。海から吹きつけてくる風は、かすかに潮の香《か》を含んでいた。

少し離れた場所に、巨大な起重機が見える。接岸中の中国船籍の貨物船の積荷がトレーラーの荷台に移されていた。コンテナの中身は、乾燥野菜か何かだろう。

佳奈がスカイラインの運転席から出てきた。

風見はそれを目で確かめてから、プリウスの後部座席に乗り込んだ。少し遅れて佳奈が風見のかたわらに腰を沈めた。

「これが、支署長の青木正弘です」

運転席の佐竹が上体を捻《ひね》って、携帯電話のディスプレイを示した。隠し撮《ど》りした写真だった。

上半身しか写っていない。やや下脹《しもぶく》れで、鱈子《たらこ》唇《くちびる》だ。どんぐり眼《まなこ》で、獅子鼻だった。

「お世辞にもハンサムとは言えないな」

風見は言った。すると、佳奈が風見の膝のあたりを平手で叩いた。

「マスクのいい風見さんがそういうことを言うと、厭味《いやみ》になりますよ。男は容姿じゃありません」

「そう思ってるんだったら、八神はこのおっさんとも恋愛できるわけだ？」

「話を飛躍させないでください」

「佐竹君、雨宮《あまみや》まどかの写真も大森のマンションに行ったときに撮ったよな。そっちも風見君たち二人に……」

助手席の岩尾が促《うなが》した。

佐竹がディスプレイの画像を替える。派手な顔立ちの女の横顔が映し出された。

「パブのホステスですね？」

風見は、岩尾に確かめた。

「そう。雨宮まどか、二十六歳。大森駅の近くにある『オアシス』というパブで働いてるんだが、青木とは親密な間柄であることは確認済みだよ」

「二人は、いつからしんねこになったのかな？」

「通関業務をやってる税関職員や倉庫業者の話によると、支署長は二年ぐらい前から『オアシス』に足繁く通うようになって、ホステスの中で一番若い雨宮まどかにシャネルの商品を次々にプレゼントして、数カ月後に愛人にしたようだね。フランス製のプジョーも買ってやってる」

「支署長のポストに就《つ》いてるからって、公務員の年俸が何千万円になるなんてことはない。そのころから、青木は日東物産に袖の下を使われてたんだろうな」

「そう考えてもいいと思う。青木正弘はいまも週に一、二度は『オアシス』に飲みに行ってるらしいんだが、まどかの自宅マンションに寄ることはなく、大井町や蒲田《かまた》のラブホテルで愛人と情事を娯《たの》しんでるそうだよ。倉庫会社の若い従業員たちが青木支署長の弱みを押さえたくて、パブが閉店になってから青木たち二人を尾《つ》けたことがあるんだってさ」

「まどかのマンションに通ってたら、いずれ居住者たちに素姓《すじょう》を知られてしまう恐れがある。しかし、ラブホテルを利用すれば、身許を知られる心配はない。青木は臆病な性格なんだろう」

「そうらしいんだ。以前は夜遊びなんかすることもなく、横浜の磯子《いそご》にある自宅に戻ってたという話だったね。青木は俗にいうマスオさんで、奥さんの両親の家で暮らしてるんだ。婿養子《むこようし》になったわけじゃないんだが、妻が独《ひと》りっ子なんでね」

「それじゃ、奥さんには頭が上がらないんだろうな」

「恐妻家らしいよ。それだけに、ストレスが溜まってたんだろう。高校生と中学生の息子たちにも軽く見られてるようなんだ」

「それだから、日東物産から金を与えられるようになったら、羽《はね》を伸ばす気になったんでしょう」

「ああ、そうなんだろうね」

「岩尾さんたちは、雨宮まどかからも話を聞いたんでしょ？」

「そうするつもりだったんだが、成島班長に待ったをかけられたんだよ。まどかから正攻法で青木正弘のことを探り出そうとしても、たいした収穫は得られないと思うと言ってたな」

「そうでしょうね。パトロンが収賄罪で検挙されたら、愛人は手当を貰えなくなる。服、バッグ、靴も買ってもらえなくなりますからね」

「ああ、そうだな。まどかの自宅マンションに行って、近くのコンビニに出かけたとき、佐竹君が携帯のカメラでこっそり盗み撮りしただけで、こっちに戻ってきたんだよ」

「そうですか。雨宮まどかの自宅の住所を教えてください」

佳奈が岩尾に言った。岩尾が手帳を懐から取り出し、ルームランプを灯《とも》した。佳奈がパブ・ホステスの現住所を書き留《と》める。

「日東物産が東京税関の幹部職員四人に金品を渡して、通関業務を大幅に省略させてたことは間違いありませんよ。五人以上の現場職員と倉庫業者は、日東物産が輸入した物品はノーチェックに近いんだと口を揃えてましたからね」

佐竹が風見に顔を向けてきた。

「そうか」

「自分も知らなかったんですが、輸入貨物を税関がいちいち全部チェックしてるわけじゃないそうなんです」

「航空貨物と違って、積荷の量は膨大だからな。輸入品を開封して立ち会い検査する時間はないだろうし、スタッフも足りないはずだ」

「そうなんですよ。コンテナの扉は開けられるんですが、税関職員はざっと中身の確認をするだけらしいんです。サンプル採取が必要な場合でも、直径五センチのハッチから取った分だけ検査してるとのことでした」

「そう。しかし、コンテナのＸ《エックス》線検査は行なわれてるんだろ？」

「それも通常は数個のコンテナがチェックされるだけらしいんですよ。だから、リーファー・コンテナと呼ばれてる箱の外壁と内壁の間に入ってる断熱材の中に麻薬、銃器、貴金属を荷の送り主が隠しておいてもバレずに済むみたいです」

「そんなにチェックが甘いのか!?」

「人手不足なんでしょうね。日東物産が国外から買い付けた物品はコンテナの外から目で確認されるだけで、サンプル採取検査とＸ線検査は行なわれてないとの話でした」

「大手商社だから、社会的信用度は高いんだろう。それにしても、ほとんどチェックなしということは税関の幹部職員たちが天野専務に抱き込まれたからにちがいない」

「ええ、そうなんでしょう。ひどい話ですよね。日東物産がその気になれば、コンテナの隔壁内に麻薬や銃器を国外で忍び込ませることもできるわけですから」

「そうだな」

「風見さん、ひょっとしたら、天野はそうやって個人的に外国から危ない物品を密輸してたのかもしれませんよ。そのことを元刑事の日暮克臣に嗅ぎ当てられてしまったから、殺し屋か誰かを雇って……」

「佐竹君、大手商社の専務はギャングじゃないんだ。そこまではやらないと思うよ」

岩尾が苦く笑った。風見は、元公安刑事に同調した。佐竹が頭に手を当てる。

「青木は、まだ支署内にいるのかしら？」

佳奈が佐竹に問いかけた。

「午後六時前に退署したよ。愛人のまどかと食事をしてから、同伴で『オアシス』に行くんじゃないのかな。そうじゃなかったら、磯子の家にまっすぐ帰ったんだろうね」

「日東物産の接待を赤坂か銀座で受けることになってるとは考えられない？」

「それも考えられるな」

二人の会話が中断した。風見は岩尾に話しかけた。

「おれと八神は、大森の『オアシス』に行ってみます。青木がパブにいたら、しばらく貼りついてみますよ。支署長が不倫相手とラブホテルにしけ込んだら、締め上げるチャンスです。恐妻家なら、浮気をしてることを妻に知られたくないでしょ？」

「ああ、それから子供たちにもね。いまよりも、さらに父親は小馬鹿にされるだろうからな」

「ええ。少し青木をビビらせれば、収賄の事実を認めるでしょう」

「風見君、それはどうだろうか。保身のことだけを考えてるような役人は、そう簡単には罪を認めないんじゃないのかね？　収賄容疑で起訴されたら、職を失うからな」

「当然、あっさりと罪を認めたりはしないでしょうね。しかし、パブのホステスと不倫してることを家族に知られたくない気持ちもあるはずですよ」

「それはあるだろうな」

「気の小さい男が日暮克臣を殺害したとは考えにくいし、第三者を金で雇って元刑事を始末させたとも思えないな。本部事件で最も怪しいのは日東物産の天野です。青木は、いわば雑魚《ざこ》ですね」

「そう見てもいいだろう」

「ちょいとした反則技を使えば、東京税関の支署長は何もかも吐く気になると思うな」

「風見君は、日本では禁じられてる〝司法取引〟を青木正弘に持ちかける気でいるんだね？　青木の収賄には目をつぶってやるから、その代わり汚職に関して知ってることをすべて白状しろと迫る気でいるんだな？」

「〝司法取引〟を匂わせるだけですよ。青木の収賄だけを見逃してやるなんて約束したら、こっちが危《ヤバ》いことになりますからね」

「非合法すれすれの手を使って、青木の口を割らせようって筋書きか。わたしに特に異論はないが、ほかの二人はどうなのかな？」

「自分も別に抵抗はありません」

岩尾の声に、佐竹の言葉が被《かぶ》さった。風見は、佳奈に話しかけた。

「八神は、反則技を使うことには同調しないだろうな」

「基本的には、どんな違法捜査も避けるべきだと思ってます。ただ、そうせざるを得ない場合もあるでしょうね。そのときは、なるべくわたしにわからないように反則技を使ってください」

「八神も大人になったな」

「大人になったんではなくて、不良になりつつあるんでしょうね。ペアを組んでるのが風見さんなんですから、いつまでも優等生っぽいことなんか言ってられません」

「八神、見直したよ」

「こんなことで誉《ほ》められてもいいのかな。立派な先輩なら、刑事失格だと叱《しか》ると思うんですけどね」

「はみ出し者とコンビを組んでるんだから、もっともっとアナーキーになってくれよ」

「その手には乗りません。許容範囲は死守しますからね」

「好きなようにしてくれ」

「八神さんは強く反対してるわけではないようだから、風見君の作戦でいこう」

岩尾が風見に言った。

「わかりました。岩尾さんたちは、天野専務の動きを探《さぐ》ってくれますか。もう会社にはいないかもしれませんけどね」

「一応、日東物産の本社に行ってみるよ。すでに帰宅してたら、田園調布の自宅に回ることにしよう」

「では、おれたちは大森の『オアシス』に向かいます」

風見はプリウスを降りた。すぐに佳奈が倣《なら》った。

二人はスカイラインに戻った。先に発進したのは、プリウスだった。岩尾・佐竹班の車が闇に紛《まぎ》れてから、佳奈が覆面パトカーを走らせはじめた。

大井埠頭中央海浜公園の外周路を抜け、運河を渡る。東京モノレールの流通センター駅の際《きわ》を通過し、平和島公園、平和の森公園を遣《や》り過ごした。京浜急行の平和島駅の脇を走り抜け、JR大森駅方面に進む。

大森駅裏の飲食街に着いたのは、およそ十五分後だった。パブ『オアシス』は飲食店ビルの三階にあった。

「そっちは運転があるから、酒は飲めないな。悪いが、おれひとりで軽く飲んでくるよ」

風見はスカイラインを降り、少し先にあるバー・ビルに足を向けた。

建物はかなり古ぼけている。六階建てだ。

風見はエレベーターで、三階に上がった。

目的の店は、通路の奥にある。風見は店内に足を踏み入れた。右手にL字形のカウンター席があり、左手にボックス席が五卓あった。

客は疎《まば》らだった。

支署長の青木は奥のテーブル席にいた。侍《はべ》っているのは、雨宮まどかひとりだ。ほかの三人のホステスは、別の客のボックスに坐っていた。

風見は、先客のいないカウンターの中ほどに落ち着いた。中年のバーテンダーにウイスキーの水割りとミックス・ナッツを注文し、煙草に火を点ける。

「いらっしゃいませ」
四十二、三の狸顔《たぬきがお》の女がにこやかに言って、隣のスツールに腰かけた。香水がきつい。むせそうだ。
「ママでしょ？」

「ええ、そうです。麻帆《まほ》です、よろしく！　お客さまは、初めてでらっしゃいますよね？」

「そう。『オアシス』という店名に惹《ひ》かれて、つい入ってしまったんだ。生きにくい時代なんで、心が砂漠みたいに乾いてるんだよ。だから、癒《い》やされたくてさ」

「遊び馴《な》れてらっしゃるのね。サラリーマンではないんでしょ？」

「去年まで横浜税関で働いてたんだ。いまは失業中で、仕事を探してるんだよ。しかし、なかなか再就職できないんだ」

「何かと大変ね。この店には、東京税関の方たちや倉庫会社の人たちがよく飲みにきてくれるの」

「そうなのか。ママも何か好きなものを飲《や》ってよ」

「いいのかしら？　お客さんは失業されてるんでしょ？」

「そうだが、まだ退職金が残ってる。飲み逃げなんかしないよ」

「そういう意味で言ったんではないんですよ。それでは、お言葉に甘えちゃおうかしら？」

麻帆と名乗ったママが料《しな》をこしらえ、バーテンダーにカクテルの名を告げた。アレキサンダーだった。

「奥のボックスで飲んでる四十代後半の客は、常連みたいだね？」

「ええ、そうなの。あの方は以前、毎晩のように来てくださってたの。いまは週に一、二回しか見えないんだけど、料金にいつも色をつけてくれてるんですよ。上客ですね、うちにとっては」

「通う回数が少なくなったのは、隣にいる女性とデキたからなんだろうな」

「さあ、そのへんはどうなんでしょうね」

「うまく逃げたね。あの二人は、他人じゃないな」

「わかります？」

「わかるさ。男女のことに関しては、ちょいとうるさいんだ」

「でしょうね。お客さんは、いい男だもの。たくさんの女性を泣かせてきたんでしょ？」

「泣かされたのは、いつもおれのほうだったよ。それはそうと、奥の旦那は中小企業のオーナー社長なのかい？」

「だったら、銀座あたりのクラブで飲むでしょ？　あの方は、東京税関の支署長さんなんですよ」

「支署長になっても、それほど高給じゃないはずだがね。さては、倉庫業者と癒着して、遊ぶ金を回してもらってるな」

「そんなことはしてないでしょうけど、日東物産にはちょくちょく接待されてるみたいだから、通関のチェックを甘くしてあげてるのかもね」

「そういうことはよくあるんだ。横浜税関にも、輸入業者から小遣いを貰ってた奴は結構いたよ」

風見は、もっともらしい作り話を澱《よど》みなく喋った。

「そうなの。なら、支署長の青木さんは方々《ほうぼう》から挨拶されて、お金には不自由してないんでしょうね。あっ、いけない！　わたし、うっかり固有名詞を口走っちゃったわ」

ママがおどけて、自分の額を叩いた。

そのとき、バーテンダーがグラスとオードブル皿を風見の前に置いた。風見は短く礼を言い、喫《す》いさしのキャビンの火を消した。

待つほどもなく、ママのカクテルも運ばれてきた。

風見たちは軽くグラスを触《ふ》れ合わせた。

「おれの勘だと、奥の税関職員は隣の彼女を囲いたがってるね。愛人として独占したがってるな」

「鋭い方ね。実際そうなの。青木さんは隣の娘《こ》にぞっこんで、ホステスをやめさせたがってるのよ。でも、まどかちゃんはナンバーワンだから、わたしが店をやめないでって頼んでるんです」

「そうなのか」

「まどかちゃんがいなくなったら、売上は確実に三割はダウンするわね。だから、本人と青木さんにお願いして、仕事をつづけてもらってるの。その代わり、青木さんが店にいらしたときは、まどかちゃんの早退けを無条件で認めてあげてるのよ」

「それじゃ、今夜もお二人さんは早々に店を出て、どこかでしっぽりと濡れるつもりでいるんだろうな」

「多分、そうなるでしょうね」

「おれもママとしっぽりと濡れたいもんだ」

「何度かお店に通ってくれたら、お客さんと秘密を共有してもいいわ」

「そういうことなら、せっせと通わなくちゃな」

「本当に会いにきて」

ママが風見の耳許で甘く囁《ささや》いた。

風見はウイスキーの水割りを三杯飲んでから、パブを出た。勘定は一万円にも満たなかった。

捜査車輛に戻ると、風見はママから聞いた話を佳奈にそのまま伝えた。

「なら、青木正弘と雨宮まどかはそのうち店から出てきて、二人っきりになれる場所に行きそうですね？」

「十中八九、その通りになるだろう。多分、二人はラブホテルで睦《むつ》み合うと思うよ。シティホテルよりも、何かと刺激的だからな。二人の入った部屋の隣室が空いてたら、おれたちは壁にコップを当てて、よがり声を聞こうか」

「下品な冗談はやめてください」

佳奈が顔をしかめた。風見は笑って、ごまかした。

青木とまどかが飲食店ビルから姿を見せたのは、九時半ごろだった。二人は腕を組んで表通りまで歩き、空車ランプを灯したタクシーを拾った。

「追尾します」

佳奈がタクシーを見ながら、ギアをD《ドライブ》レンジに入れた。

青木たちを乗せたタクシーは十四、五分走り、蒲田のラブホテルの前で停まった。ホテル名は『パトス』だった。二人はホテルに入った。

佳奈はスカイラインを『パトス』の近くの路肩《ろかた》に寄せた。

「二人がシャワーを浴びてベッドインしたころ、部屋に行こう」

「それまで待つ必要があるのかしら？」

「服を脱ぐ前に従業員にマスター・キーで部屋のドア・ロックを解除してもらってもいいんだが、全裸のときに踏み込んだほうが青木正弘にインパクトを与えられるじゃないか」

「そうでしょうけど……」

「それに、そのほうが面白いだろうが?」

風見は言った。佳奈が呆れ顔で、肩を竦《すく》めた。

二人は二十分ほど過ぎてから、スカイラインを降りた。

『パトス』に入る。客室のパネル板があるだけで、フロントの窓口は閉ざされている。

佳奈がフロントの横にあるブザーを鳴らすと、五十年配の女性従業員が現われた。

「何でしょう?」

「警視庁の者です」

風見は警察手帳を見せ、姓だけを告げた。相棒も名乗った。

「二十分ほど前に入ったカップルの男のほうは、ある事件の容疑者なんですよ。四十代後半の男です」

「は、はい。奥の防犯カメラのモニターで確認してます。連れの女性は二十五、六の方ですよね?」

「そうです。どの部屋に入りました?」

「四〇五号室です」

「マスター・キーで、すぐドアを開けてほしいんです」

「ですけど……」

「何か問題になったら、警察が責任を負いますよ。急いでください」

風見は急《せ》かせた。

ホテル従業員がいったん奥に引っ込み、マスター・キーを手にして戻ってきた。緊張した面持《おもも》ちだった。

三人はエレベーターで、四階に上がった。

「静かにドア・ロックを解《と》いてくださいね」

風見は通路を進みながら、従業員に頼んだ。

相手が神妙にうなずき、四〇五号室の前で深呼吸した。

じきにロックが解除された。ドアがそっと開けられる。風見は靴を履《は》いたまま、ベッドルームの扉を引いた。

素っ裸のまどかはダブルベッドに仰向《あおむ》けになっていた。

青木は愛人の股間《こかん》に顔を埋め、口唇愛撫を施《ほどこ》している最中だった。まどかは瞼を閉じ、切なげに喘《あえ》いでいた。舌の鳴る音が淫猥だった。まどかの呻きも煽情的《せんじようてき》だ。

「はい、そこまで！」

風見は大声を発した。

全裸の男女が弾《はじ》かれたように離れた。まどかはすぐに寝具で裸身を覆ったが、青木は茫《ぼう》然《ぜん》とベッドに坐り込んでいる。

下腹部を隠そうともしない。それほど驚きは大きかったのだろう。

「だ、誰なんだ?」

青木の声は掠《かす》れていた。

「警視庁の者だ。あんたは、東京税関支署長をやってる青木正弘、四十八歳だな。連れは、パブでホステスをやってる雨宮まどかさんだね?」

「そうだが、いったい何の騒ぎなんだ? 失礼にも程があるじゃないか!」

「犯罪者が一丁前のことを言うんじゃないっ」

「わたしが何をしたと言うんだ? 無礼なことを言うな」

「あんたは日東物産の天野専務に抱き込まれて、大手商社の輸入品の通関のチェックをあらかた省《はぶ》いてやってる。天野から貰った金で『オアシス』に通って、お気に入りのホステスを口説《くど》き落とした。そして、パトロンめいたことをしてる。日東物産から貰った金は総額でいくらになるんだ?」

「わたしは買収なんかされてない。人権侵害で訴えるぞ」

「そっちがそう出てくるなら、これから磯子の家にいる奥さんをこのラブホに呼ぶぞ。ついでに、二人の子供にも父親の不様《ぶざま》な姿を見てもらおうや」

「や、やめてくれ！　女房や息子たちを呼ぶことだけは勘弁してくれないか」

「ずいぶん横柄な口を利くんだな」

風見は目に凄みを溜めた。

青木がベッドの上で正座した。萎《な》えたペニスは、ほぼ陰毛に埋まっていた。

「正座して落語でもやる気かい？」

「違う。いいえ、そうではありません。ここに家族を呼んだりしないでください。お願いですんで」

「収賄の事実を認めたら、家族は呼ばないでやろう。日東物産の賄賂は受け取ったんだな？」

「それは……」

「まどかさんにプジョーを買ってやったみたいだな。ずいぶん羽振りがいいじゃないか。税関職員は年収何千万円も稼いでるのかい？　そんな話は聞いたことがないぞ」

「青木さん、もう観念したほうがいいわ」

　佳奈が後ろ向きで言った。

「連れの方も警視庁の方ですか？」

「こっちの相棒だが、警察官僚《キャリア》なんだ。キャリアは力を持ってるから、収賄額がたいして多くなければ、揉み消してくれるかもしれないぜ」

風見は青木に撒き餌《まえ》を投げた。

「本当ですか？」

「多分、不問に付してもらえるだろう」

「風見さん、わたしを悪者にする気なんですかっ」

「八神、何か言ったか？　最近、急に聴力が低下してな」

「もう！」

佳奈が足を踏み鳴らした。

「不問に付してもらえるんでしたら、正直に言います。日東物産の天野さんから二千五、六百万円は貰いました。といっても、同じ年に一遍《いっぺん》にいただいたわけではありません。約三年間で、それだけのお金を……」

「そうか。あんただけじゃなく、ほかの三人の幹部職員も袖の下を使われたんだな？」

「ええ、そうです。三人も、わたしと同じぐらいの金を貰ってるはずですよ」

「五月十二日の夜、本庁捜二知能犯係をやってた日暮という元刑事が射殺されたんだが、天野が殺し屋を雇ったんだろう？」

「わからない。わたしは知りませんよ、射殺のことなんて……。ただ、その刑事が汚職の証拠集めをしてるという話を天野専務から聞いたことはありますがね」

「あんたは、日暮に身辺を探られたことがあるのか？」

「わたしはまったく気づきませんでしたが、マークされていたのかもしれませんね。わたしを含めた東京税関の者は、元刑事殺しにはタッチしてません。わたしたちは、そんな大それたことなんかできませんよ。本当です」

「だろうな。ただ、天野は怪しい」

「専務は、いざとなったら、大胆なことをやる方だから、そうなのかもしれません」

「二人とも服を着るんだ」

「まどかも、わたしも自宅に帰ってもいいんですね？」

「そうはいかない。雨宮さんは事情聴取が済めば、帰宅を許されるだろう、しかし、あんたは本庁捜二に収賄容疑で逮捕され、いずれ東京拘置所に身柄を移されるだろうな」

「おい、約束が違うじゃないかっ」

「あんたと何かを約束した覚えはないな。とにかく、早く衣服をまとえ！」

風見は青木を怒鳴《どな》りつけ、佳奈に本庁捜査二課知能犯係に連絡をとるよう指示を与えた。

取調室は丸見えだった。

風見は、本庁捜査二課の取調室に接続した面通し室に立っていた。すぐ横には、相棒の美人刑事がいる。

4

蒲田のラブホテルの一室で、青木正弘に収賄の事実を認めさせた翌日の午後三時過ぎだ。残りの三人の幹部職員も午前中に任意で同行を求められ、相前後して罪を認めた。

それぞれ日東物産の天野専務から三年間で約二千五百万円の現金を貰い、通関のチェックを大幅に省略するよう現場の部下たちに言い含めていた。青木たち四人は、三階にある留置場の独房に収監中だった。

取調室にいる被疑者は、天野直規だ。

日東物産の専務は午後一時半に贈賄容疑で職場で逮捕され、本部庁舎に連行されたのである。

灰色のスチール・デスクの右側に坐っていた。手錠は外されていたが、腰縄は回されている。その先端は、パイプ椅子に括《くく》られていた。

机を挟んで被疑者と向かい合っているのは、知能犯係主任の兼子警部補だ。記録係の席には堀巡査長が腰かけている。

「天野は往生際が悪いですね。青木たち四人の税関職員が自白してるわけだから、犯行を否認しつづけても虚《むな》しいだけなのに」

佳奈が小声で言った。

「専務は贈賄を認めたら、日暮克臣の件も追及されると読んでるんだろう。だから、青木たち四人に鼻薬を嗅がせたことはないとシラを切ってるんだと思うよ」

「日暮さんの殺害だけではなく、元当たり屋の石黒将太の死にも深く関わってる疑いが濃いですからね」

「ああ。しかし、堅気《ネス》が何日もシラを切り通せるもんじゃない。筋金入りの渡世人だって、空とぼけられるのはせいぜい五日だ。思想犯は一ヵ月以上もシラを切ってるようだがな」

「そうらしいですね」

「天野は、いまにも泣きだしそうな面《つら》になってる。それに、溜息ばかりついてるな。もうじき専務は全落ちするだろう」

「全落ちすると予測するのは少々、楽観的なんじゃありません？　天野は汚職がなかったことにしたくて、石黒を使い、日暮さんを轢き逃げ犯に仕立てたんですよ」

「そう筋を読んだのは、間違ってないだろう」

「ええ。天野は協力者の石黒が恐喝者に変じたんで、殺し屋《プロ》と思われる男に始末させたと考えられるんですよ。その前に、退職後も贈収賄の証拠集めをしてたらしい日暮さんを誰かに射殺させたようなんです」

「そう考えてもいいだろうな」

「そんな冷酷な人間が全面的に自供するとは思えません。贈賄の事実は認めても、二件の殺人教唆《きょうさ》は頑として否認する気がしますね」

「天野がそこまで粘るようだったら、おれが専務の顎の関節を外すか、裸絞めで喉を圧迫させて失神させてやる。そうすりゃ、いやでも全落ちだ」

「そこまでやったら、街の無頼漢と同じです。風見さん、わたしたちは現職警官なんですよ」

「わかってるって。目に余るような暴走はしないよ。おれが度を越したことをやったら、特命遊撃班が解散に追い込まれるだろうからな。班長やチームのみんなとは、できるだけ長くつき合いと思ってるんだ」

「わたしも、同じ気持ちです」

「八神、心配すんな」

風見は笑いかけた。佳奈が小さくうなずいた。

「専務、正直に話してもらえませんかね。青木たち四人が収賄の事実を認めてるんですよ。彼らは観念して、罪を償《つぐな》う気になったんでしょう。人間は誰も愚かで、弱いものです。時には自分を律《りっ》することができなくなって、法を破ることもあるでしょう」

兼子が穏やかに語りかけた。

「わたしは天下の日東物産の専務だよ。東京税関の幹部職員四人に総額で一億円もの金を払って、通関検査を甘くさせるわけないじゃないかっ。次期社長のポストを狙ってる副社長がわたしを陥れたくて、青木たち四人を抱き込んだにちがいない。わたしは、いまの会長と社長に目をかけてもらってるからね」

「通関がほとんどノーチェックなら、それだけ輸入品を早く流通ルートに乗せられます。大手商社にとって、一億円の出費ぐらいはどうってことないでしょ？　ですが、贈賄はれっきとした犯罪です」

「わたしは無実だ。副社長がわたしの失脚を狙って、卑劣なことをしたんだよ。湧井《わくい》副社長と青木たち四人の職員には必ず接点があるはずだ。それを調べてくれ」

「天野、見苦しいぞ」

堀巡査長が回転椅子ごと体を反転させた。

「な、何だ！　若造がわたしを呼び捨てにするなっ」

「悪党に敬称は付けられない。おまえは青木たち四人を抱き込んだだけじゃないっ」

「お、おまえだと!?」

「静かにしろ！　おまえは、日暮さんが汚職の立件材料を揃えるのを恐れて、先輩を轢き逃げ犯に仕立てて、依願退職せざるを得なくさせたんじゃないのか？」

「なんの話をしてるんだ？　わたしには、さっぱりわからんな」

「ふざけるな。日暮さんは、最後まで捜査車輛で石黒とかいう奴を撥《は》ねた覚えはないと主張してたんだ。しかし、石黒が医者の診断書を持って大崎署に駆け込んだんで、警察の上層部は示談に持ち込み、日暮さんに辞表を書かせたんだよ」

「………」

「日暮さんは民間人になっても、日東物産の汚職を暴《あば》きたいと思い、こつこつと証拠集めをしてたんだろう。一年半以上もかかったが、先輩は立件できる証言を得たにちがいない。そのことを察知し、おまえは日暮さんを誰かに射殺させた。さらに先輩を轢き逃げ犯に仕立ててくれた石黒将太も何者かに葬らせた。そうなんだよな？」

「ばかばかしくて、怒る気にもならんね」

天野が嘲笑した。

堀が気色《けしき》ばみ、椅子から勢いよく立ち上がった。両の拳《こぶし》は固められていた。

「落ち着け」

兼子が部下をたしなめた。

「しかし、主任……」

「いいから、坐ってなさい！」

「は、はい」

堀が渋々、椅子に腰を戻した。

「彼があんなに熱くなったのは初めてだと思う。堀巡査長は、どんなときも冷徹に振る舞ってたんだけどな」

佳奈が訝《いぶか》しがった。

「日暮克臣を慕ってたと本人が言ってたから、先輩が無残な死に方をしたことが我慢ならないんだろう」

「でも、前にも言ったと思いますが、日暮さんは堀さんに特に目をかけてたわけじゃないんですよね」

「そういうことだったな」

風見は、それ以上のことは口にしなかった。だが、堀純平が天野専務を厳しく追及したことにある種の引っかかりを感じていた。

「確か専務は高知県の出身だったな」

兼子主任が脈絡《みゃくらく》もなく言った。

「そうだが……」

「岩崎弥太郎を見習って、経済界で頭角を現わしたいと思ったのかな。そうなんでしょうね。それだから、日東物産の専務まで出世されたんだろう」

「いや、わたしは同郷の坂本龍馬の生き方に幼いころから憧れてきたんだ」

「そうなんですか。尊敬してる人物は侠気《おとこぎ》と茶目っ気があって、多くの人たちに好《す》かれてたようですね。何よりも、生き方が潔《いさぎよ》かったようだな」

「そう、郷里の誇りだよ」

天野が胸を張った。

「専務、お母さんは健在なのかな?」

「四年前に亡くなったんだ。日東物産の社長になるまで生きてて もらいたかったがね」

「お母さんは、息子が龍馬の生き方に憧れてたことは知ってらした?」

「もちろん、知ってたよ。母は、龍馬さんに軽蔑されるような生き方をするなと口癖のように言ってたね」

「だったら、潔さを見せてほしいな。お母さんは専務が社長になることよりも、自分の心に恥じないような生き方をしてほしいと願ってたと思う。あの世にいる母親を悲しませるのは、最大の親不孝でしょ？　専務、そうは思いませんか？」

兼子主任が諭《さと》した。ほとんど同時に天野が机に突っ伏して、嗚咽《おえつ》を洩らしはじめた。

「全落ちするかもしれないな」

風見は相棒に言った。

「ええ、そうですね。男の人は、たいがい母親思いですから。兼子主任、なかなかの心理学者だわ」

「別段、計算された落としのテクニックじゃないと思うぜ」

「でしょうね。兼子さんは、そんな器用な方じゃないですから。刑事も犯罪者も人間同士です。兼子さんは取り調べの際《さい》も、そのことを常に忘れてないのね。だから、被疑者の頑な心を揺さぶることができたんでしょう」

「そうなんだろうな」

「天野は全落ちするような気がしてきました」

佳奈が口を閉じた。

そのすぐあと、天野が顔を上げた。日東物産の専務は涙を拭いながら、贈賄の事実をまず認めた。引きつづいて、元当たり屋の石黒将太を傭兵崩れの三十六歳の殺し屋に射殺させたことも白状した。

実行犯は柘植旭《つげあきら》という名で、成功報酬は五百万円だったらしい。天野は石黒に日暮を轢き逃げ犯に仕立ててもらった弱みを脅迫材料にされて、際限なく強請られることを恐れたという。それが犯行動機だった。

だが、予想は外れた。天野は日暮が退職後も汚職の証拠集めをしていたことは知っていたが、元刑事殺害事件にはまったく関わっていないと繰り返した。

「本当は柘植って奴に日暮さんも射殺させたんだろっ」

堀巡査長が、またもや椅子ごと振り返った。

「その件にはタッチしてない。柘植は赤坂の『エクセレントホテル』に中村太郎《なかむらたろう》という偽名で投宿してるはずだから、あの男に確かめてみればいい」

「天野、嘘をつくな」

「本当に本当なんだ。とにかく、早く柘植に確認してみてくれ。わたしが始末してくれと頼んだのは石黒だけだよ」

天野が言って、下を向いた。兼子が堀を椅子に坐らせ、天野に語りかけはじめた。

「天野が刑を少しでも軽くしたいと考えて、殺してくれと柘植という男に頼んだのは石黒だけだと嘘をついたんでしょうか？」

佳奈が言った。

「断言はできないが、そんな理由で嘘をついてるようには見えなかったな。本当に日暮克臣の射殺事件には関わってないのかもしれない」

「そうだとしたら、いったい誰が日暮さんを殺害したんですかね？」

「捜査が振り出しに戻ってしまったが、どこかに謎を解くヒントはあるはずだ」

「そうでしょうね。風見さん、地検送致を見送った過去の汚職、大口詐欺、株価操作などの事件記録をチェックしてみましょうよ。日暮さんは自分が捜査をしなかった事案でも、クロと感じた犯罪は退職後に洗い直してた可能性もありますんで」

「そうだな。すぐに事件調書を読ませてもらおう」

二人は面通し室を出て、若月課長の席に急いだ。

「天野は、ついに贈賄の事実を認めたか。そして、二件の射殺事件の首謀者であることも……」

「そうなら、いいんですがね。天野は、日暮殺しには関与してないと強く言い張ってるんですよ」

風見は若月課長に告げた。

「そうなのか」

「言い逃れたがってる気配はうかがえませんでしたね」

「それでは、日暮克臣の命を狙ったのは別人なんだろう？　いったい何者が元捜査官を亡き者にしたんだろうか」

「若月さん、われわれが捜二の事件記録保管室に入ることを認めてくれませんか。立件できなかった事案の証拠集めをしてたとも考えられるんですよ、本部事件の被害者は」

「日暮は猟犬タイプだったから、退職後も立件材料を捜し回ってたとも考えられるね。いいだろう、過去の事件の捜査記録を自由にチェックしてみてくれないか」

若月が快く許可を与えてくれた。

風見たちは奥にある保管室に足を向けた。室内にはスチール・キャビネットや棚がずらりと並び、犯罪の種類ごとに事件調書がファイルされていた。発生年度ごとに分類されている。

二人は片端からファイルを手に取った。

捜査記録に目を通して四十数分が経過したころ、風見は気になる事案のファイルをなぜか棚に戻すことができなかった。刑事の勘が働いたのかもしれない。

およそ二年半前、保守系の国会議員である円城寺修《えんじょうじおさむ》が裏社会の首領《ドン》たちや在日外国人実業家から不正に献金を受け取った嫌疑で本庁捜査二課に事情聴取されている。担当官は前課長の馬場だった。

その当時、円城寺議員は満五十九歳になって間がなかった。証拠不十分という理由で、代議士は書類送検すらされていない。裏で何らかの取引があったのではないか。

風見は、そう直感した。

円城寺が事情聴取を受けた翌日、彼の第二公設秘書の久光伊緒《ひさみついお》が失踪して、いまだに行方がわからないと捜査記録に付記されていた。失踪時、伊緒は三十六歳だった。彼女は単なる秘書ではなく、愛人でもあったと書き加えられている。

「八神、ちょっと来てくれ」

風見は大声で相棒を呼んだ。

佳奈が駆け寄ってきた。風見は、気になった事案の調書を佳奈に読ませた。

「円城寺の黒い人脈については、いろいろ週刊誌に書かれましたよね。おそらく代議士は、不正な献金を受け取ってたんでしょう。だけど、政治家と親しくしておきたいと考えてる前課長がクロだったものをシロにしたんでしょうね」

「その疑いはあるな。八神、付記された筆跡に見覚えはないか？」

「あっ、これは日暮さんの字ですよ。ええ、間違いありません」

佳奈が確信ありげに言った。

「やっぱり、そうだったか。そうかもしれないと思ってたんだよ。第二公設秘書兼愛人の久光伊緒が失踪した時期が気にならないか？」

「円城寺が事情聴取された翌日に姿をくらまして、いまだに行方がわからないのね。国会議員は愛人から不正献金のことが外部に漏れるのを防ぐため、伊緒を暴力団関係者に拉致させて、密かに抹殺させたのかな？　そう考えるのは、リアリティーがないでしょうか」

「いや、考えられないことじゃないな。日暮克臣は円城寺の秘書兼愛人の失踪には事件性があると確信して、在職中はもちろん、民間人になってからも個人的に真相を解明しようと動いてたんだろう。警察を離れても、刑事《デカ》魂は棄《す》てられなかったにちがいない。猟犬は、死ぬまで猟犬だったんだろう。惜しい漢《おとこ》を喪《うしな》ったな。悔しいよ」

「風見さんの推測通りなら、日暮さんは円城寺代議士に始末されたのかもしれませんね。久光伊緒の失踪に国会議員が深く関わってることを日暮さんが突き止めたんなら、口を封じられるでしょうから」

「このことを成島さんに話して、チームで少し円城寺の周辺を調べてみようや」

風見はファイルを棚に戻した。

第五章　汚れた金

1

千駄《せんだ》ヶ谷《や》小学校前の交差点に差しかかった。

「交差点を左折だな」

風見は、運転席の佳奈に声をかけた。

相棒が左のウインカーを点滅させはじめた。午後六時過ぎだった。

二人は、これから失踪中の久光伊緒の二つ違いの妹が経営している輸入雑貨店を訪れることになっていた。妹の名は亜由《あゆ》で、店名は『ワンダーランド』だった。

信号が変わった。

佳奈がスカイラインを左折させ、外苑西《がいえんにし》通り方面に向かった。それから間もなく、風見の懐で官給品のモバイルフォンが鳴った。発信者は、埼玉県警機動捜査隊の栗林主任だった。

「おたくのおかげで、赤坂のホテルに投宿中の柘植旭を殺人容疑及び銃刀法違反で数十分前に緊急逮捕できました。ありがとう」

「どういたしまして」

風見は捜査二課の保管室を出てから、埼玉県警に情報を提供していた。

「柘植は日東物産に五百万円の報酬を貰って、石黒将太を長瀞のログハウスの前で狙撃したことをあっさりと自白《ウタ》いましたよ。それから、犯行に使ったグロック26も隠し持ってた。もちろん、凶器はただちに押収した」

「そうですか。天野専務は石黒に半永久的に強請《ゆす》られることを恐れて、傭兵崩れの柘植に元当たり屋を始末してくれと供述してましたが……」

「柘植も、天野専務から同じ話を聞かされてたと言ってたな」

「そうですか」

「風見さん、なんだか申し訳ないね。結局、天野は警視庁《そちら》の捜査本部事件ではシロだったわけだから、気が引けちゃうよ」

「捜査は、占いみたいなもんでしょ？　外れることが多いですからね」

「そうなんだが、輝かしいチームのイメージ・ダウンになるでしょ？」

「まだ勝負中です。われわれが元刑事殺しの実行犯と黒幕を突き止めますよ」

「健闘を祈るよ。そうだ、埼玉県警の捜査一課長と所轄署の刑事課長がくれぐれも風見さんによろしく伝えてくれとのことだったな」

「わざわざご丁寧に……」

「では、失礼するよ」

栗林が電話を切った。風見は携帯電話を折り畳み、手短に栗林主任の話を佳奈に伝えた。

「わたしたちも気を取り直して、本部事件の解明を急ぎましょうね」

「ああ。平河町《ひらかわちょう》の円城寺の事務所近くで張り込んでる岩尾・佐竹班が何か摑んでくれるといいんだがな」

「そうですね。班長が組対四課から入手してくれた情報によると、円城寺議員は仁友《じんゆう》会の服部聖堂《はっとりせいどう》会長、六十六歳とは義兄弟のようなつき合いをしてるそうです」

「服部は大学生のころに右翼団体に属してたぐらいだから、政治には関心があるんだろう。仁友会は首都圏で五番目に勢力を誇ってる暴力団だが、幹部の多くは大卒なんだよ。御三家をはじめ他《た》の組織は、ガキのころから悪さをしてきた荒くれ者ばかりだ」

「ええ、そうでしょうね」

「世渡りの上手な円城寺は闇社会のドンたちとバランスよくつき合ってるようだが、最も波長が合うのは服部なんだろう」

「あっ、ここですね」

佳奈が捜査車輌をガードレールに寄せた。神宮前《じんぐうまえ》二丁目交差点の先にある店舗ビルの手前だった。

『ワンダーランド』は一階にあった。

風見たちペアはスカイラインを降り、輸入雑貨店に入った。

客の姿は見当たらない。カラフルな雑貨や置き物が並べられ、頭上にはモビールが飾ってあった。洒落《しゃれ》た店だった。

「いらっしゃいませ」

店の奥から、三十代半《なか》ばと思われる女性が現われた。

「ごめんなさい。わたしたち、警視庁の者なんですよ。わたしは八神といいます。連れは風見警部補です」

佳奈が警察手帳を呈示した。風見は目礼しただけだ。

「失礼ですが、店のオーナーの久光亜由さんですよね?」

「はい。もしかしたら、姉の消息がわかったんですか？」

「そうではないんですよ。がっかりさせちゃいましたね」

「いいえ、いいんです。姉が失踪してから二年半も経《た》ってますから、半ば諦めてはいるんです」

　亜由が下を向いた。

「お姉さんは、もうこの世にはいないかもしれないと思ってらっしゃるのね？」

「もう殺されてるんじゃないのかな、姉は」

「誰に殺されたんでしょう？」

「おそらく実行犯は、暴力団関係者でしょうね。でも、姉を亡《な》き者にしてほしいと依頼したのは円城寺修でしょう」

「なぜ、そう思ったのかな？」

　風見は相棒よりも先に口を開いた。

「姉の伊緒は東日本女子大の大学院を出て、すぐに円城寺の第二公設秘書になったんです。その半年後、代議士は奥さんと正式に別れるからと強引に姉に関係を迫ったんです。姉はそれなりに円城寺を尊敬してましたし、恋情も寄せてたんでしょうね。だから、議員と一線を越えてしまったんだと思います」

「そう」

「姉は恋愛経験が少なかったんで、円城寺のピロー・トークを信じて、いつか代議士の二度目の妻にしてもらえると信じ、ずっと秘書兼愛人に甘んじてたんですよ」

「だが、円城寺はいっこうに妻と別れる気配がなかったんだね？」

「ええ。それどころか、代議士は次々に新しい愛人を作って、姉には損な役を押しつけてばかりいたそうです」

「損な役というと？」

「円城寺は暗黒社会の顔役や在日外国人実業家の裏献金を必ず姉に受け取りに行かせ、半年とか一年間、広尾のマンションにお金を保管させてたらしいんです。不正な献金を受け取る際《さい》、姉はこっそりとICレコーダーをジャケットのポケットに忍ばせていたようです。先方との遣《や》り取《と》りで、代議士が裏献金を受け取ってることはわかるでしょう？　姉は、その録音音声を切り札にする気だったんだと思います」

「円城寺の弱みをちらつかせて、お姉さんは本妻との離縁を迫る気でいたわけか」

「いいえ、後妻になることは四、五年前に諦めていました。円城寺は病的な女好きなんですよ。あの先生は、このわたしをホテルに連れ込もうとしたことすらあるんです」

「呆れた。なんて男なんだろう。あなたは、そのことを伊緒さんに話したんですか？」

佳奈が口を挟んだ。

「悩んだ末、話しました。姉が失踪する一ヵ月前のことでした」

「お姉さんは、どんな反応を見せました？」

「円城寺から億単位の手切れ金を出させて、きっぱりと別れると言ってました。ＩＣレコーダーの音声を議員に聴かせて、自宅マンションに保管してあった闇献金を手切れ金として貰う気だったのかもしれません」

「そうなんでしょうか」

「わたしは、そう思ってます。姉は地味で真面目な性格でしたが、自分を裏切った者に対しては非情になるんです。ですんで、円城寺から数億円の手切れ金を出させる気でいたんでしょうね」

「失踪時にＩＣレコーダーのメモリーは持ってたのかしら？」

「多分、録音した音声はそっくり広尾の自宅マンションに置いてあったんでしょう。というのは、姉が失踪した翌日の夜、何者かが家捜《やさが》しをしたんですよ。ＩＣレコーダーや預かってた裏献金は部屋から消えてました。わたし、円城寺が部屋のスペア・キーを侵入者に渡して……」

「ＩＣレコーダーと現金を回収させたと推測したんですね？」

「ええ」

「お姉さんの部屋は、もう引き払われてるんですか?」

「半年前に引き払いました。姉の荷物はわたしが葉山《はやま》の実家に運んで、一つずつ検《しら》べてみました。でも、失踪につながるメモやフロッピーディスクはなかったんです」

「そうですか」

会話が中断した。一拍置いてから、風見は失踪者の実妹に話しかけた。

「円城寺修は、仁友会の服部会長と親しくしてるんだが……」

「そのことは、姉から聞いてました。代議士は服部会長の紹介で裏社会で暗躍してる顔役たちと知り合って、そうした連中からも闇献金を貰うようになったと言ってました」

「姉さんの行方がわからなくなる前、いつもと変わったことはなかった?」

「失踪の数日前、姉は仁友会が経営してた六本木のレストランの経営権を只《ただ》で譲ってやると服部聖堂に言われたらしいんですけど、いただく理由がないと断ったそうです」

「そう。姉さんは、その前に円城寺に億単位の手切れ金を要求したんだろうな。大金を出す気のない代議士は服部に動いてもらって、久光伊緒さんをビビらせようとした。しかし、きみの姉さんは怯《ひる》まなかった。円城寺が不正に献金を受け取ってることを切り札にして、高額の手切れ金を要求しつづけたんだろうね」

「それだから、姉は仁友会の息のかかった者にどこかに連れ去られて、殺されてしまったんでしょうか？」

「惨《むご》い言い方になるが、そう覚悟しておいたほうがいいだろうな」

「ああ、なんてことなの」

亜由が二本の指を眉間《みけん》に当てた。

「ところで、この店に日暮克臣という元刑事が訪ねてきたことは？」

「一度あります。その方は、東西警備保障という会社に勤めてたんですよね？　でも、五月十何日かの夜、渋谷で射殺されてしまった」

「そうです。日暮は、円城寺が不正に献金を受け取ってる証拠を集めてる様子でした？」

「そのことよりも、姉が急に姿をくらましたことを個人的に調べてるみたいでしたね。もう刑事ではないんだけど、証拠不十分で立件できなかった事件の真相が気になって仕方ないんだとおっしゃってました」

「そう。もしかしたら、日暮克臣はきみの姉さんの失踪の背後にある犯意を見抜いたんで、命を落とすことになったのかもしれないな」

「そうだったとしたら、なんだか申し訳ないわ」

「気にすることはないよ。日暮は猟犬タイプの刑事だったから、退職しても、気になる事件の真相をどうしても知りたかったんだろう。猟犬の意地というか、執念なんでしょう」

「そうなんですかね」

「営業中にお邪魔して、悪かったね。われわれがここに来たことは、円城寺や仁友会の会長には言わないでほしいんだ」

「言いませんよ。その二人は、姉の失踪に関わってる疑いがあるんですから」

「何か捜査に進展があったら、必ず教えます。ご協力に感謝します」

風見は軽く頭を下げ、『ワンダーランド』を出た。すぐに佳奈が追ってきた。

「失踪者は生きてはいなそうですね、円城寺の致命的な弱みを脅迫材料にしたようだから」

「ああ、久光伊緒はもう故人になってるだろうな。国会議員を揺さぶっても、空とぼけるにちがいない」

「でしょうね。彼らは、海千山千《うみせんやません》ばかりですんで」

「八神、仁友会の会長を締め上げるぞ」

「えっ、どうやって？」

「円城寺に負けないぐらいに服部聖堂も女好きなんだよ。おれは組対《そたい》四課にいたころ、ある事件で服部をマークしたことがあるんだが、愛人《レコ》が四人もいやがった。オットセイ並の精力絶倫男だよ」

「そうなんですか。でも、もう六十六歳ですよね？　できるんでしょうか？」

「できるって、何のことだ？」

「意地悪ですね、わかってるくせに」

「ちょっと八神をからかってみただけだよ。服部は、まだ現役なんだろう。古巣の組対四課に電話して、目下、服部会長がのぼせてる愛人《レコ》のことを教えてもらうよ」

風見はスカイラインの助手席に乗り込むと、かつての同僚の携帯電話を鳴らした。

知りたいことは、造作なくわかった。仁友会の会長が最も入れ揚げている愛人は元テレビ・タレントで、能登珠代《のとたまよ》という名だった。三十一歳らしい。

愛人宅は杉並区本天沼《ほんあまぬま》三丁目十×番地にあるそうだ。戸建ての借家だという。

風見は、運転席の佳奈に行き先を告げた。

スカイラインはすぐに発進された。風見は相棒に能登珠代のプロフィールを教え、背凭《せもた》れに上体を預けた。

「本天沼に行く前に本庁《ホンブ》に戻って武装したほうがいいんじゃないですか？　わたしたち、拳銃を携帯してません。四千人以上の組員がいる仁友会の会長が外出するとなれば、ハンドガンを忍ばせた護衛が二、三人は付くでしょう」

「本部に行くときや義理掛けで出かける場合はそうだが、情婦《おんな》の許《もと》に通うときはお供はひとりが多いんだ」

「そうなんですか」

「普段は親分面してるのに、にやけた顔で愛人に会いに行くのを多くの手下に見られたくないんだろう。どの組の組長も同じだよ」

「なんとなくわかりますね、その気持ち」

「そうか。久しく拳銃を持ち歩いてないな」

「できれば、持たないようにしたいですね」

佳奈が言った。風見は曖昧にうなずいた。

刑事は、いつも拳銃を携帯しているわけではない。むろん、犯人を逮捕するときは携行する。手入れのときも所持することが多い。

職階が警部補以下なら、原則として制服警官と同じニューナンブM60が貸与されている。警部以上なら、アメリカ製のS&W《スミスアンドウエッソン》37エアウエイトを使う。どちらもリボルバーだが、後者のほうがずっと軽い。ともに装弾数は五発だ。

公安刑事や女性警察官は、二十二口径の自動拳銃を持つ。特命遊撃班のメンバーは警視総監の判断で、オーストリア製のグロック26、アメリカ製のS&W《スミスアンドウエッソン》CS40チーフズ・

スペシャル、ドイツ製のワルサーP5などの所持を特別に許可されていた。

だが、これまでに風見たちが拳銃を携行したのはわずか数回だ。いずれも、発砲はしなかった。

ハンドガンをショルダー・ホルスターに入れていると、確かに心強い。ただ、危険でもある。

被疑者が銃器を手にしていると、つい拳銃を使用したくなる。犯罪者が威嚇《いかく》で発砲しただけでも、反射的に撃ち返したくなるものだ。そんなことで、風見はなるべく拳銃を持ち歩かないようにしていた。

能登珠代の自宅を探し当てたのは、およそ三十分後だった。

敷地は六十坪ほどだろうか。平屋の和風住宅で、庭木の手入れは行き届いていた。電灯は点いていた。

佳奈はスカイラインを能登宅の二軒先の生垣《いけがき》の横に停めた。手早くライトを消し、エンジンも切る。

「今夜、服部が愛人《レコ》の家に来るかどうかわからないが、しばらく張り込んでみよう」

風見は佳奈に言って、岩尾に電話をかけた。

「円城寺は事務所に籠《こ》もったきりなんですね？」

「そうなんだよ。そっちに何か収穫はあったのかな？」

岩尾が訊いた。風見は、失踪者の妹から聞いた話を伝えた。

「そういうことなら、日暮は失踪者がいなくなった理由を知ったため、円城寺修に雇われた実行犯に撃ち殺されたのかもしれないな」

「その可能性はあるでしょう。何か動きがあったら、お互いに連絡し合いましょうよ」

「了解！」

岩尾が通話を切り上げた。

風見はモバイルフォンを上着のポケットに突っ込んだ。時間がいたずらに流れ、やがて午後九時を回った。

「ちょっと車の外で、筋肉ほぐしてくる」

風見は相棒に断って、スカイラインを降りた。別段、体の強張《こわば》りは感じていなかった。智沙に電話をする口実だった。

風見は形だけストレッチ体操をする真似をしてから、覆面パトカーに背を向けた。そのまま、智沙の携帯電話を鳴らす。

スリーコールの途中で、通話状態になった。

「おふくろさんの様子はどうだい？」

「わたし、きょうは病室にいつもよりも長くいたの。そのせいか、母は少し落ち着きを取り戻したわ」

「それはよかった」

「それでね、母ったら、自分が生きてるうちに娘のウエディング・ドレス姿を見てみたいなんて真顔で言いだしたのよ」

「ひとり娘の行く末が気がかりなんだろうな」

「そうなんでしょうね。それからね、母はあなたとわたしの相性は悪くないと思うと言ったの。あっ、誤解しないで。女のわたしから逆プロポーズしてるわけじゃないのよ。もちろん、わたしたちの仲がずっとつづくことを願ってはいるけど」

「智沙には本気で惚れてるよ。しかし、まだ交際期間がいかんせん……」

「短いわよね」

「ああ。だから、正直言って、結婚のことまでは真剣に考えてないんだ」

「当然だわ。でもね、母は貸衣裳でいいから、ウエディング・ドレス姿の写真だけでも見たいって何遍《なんべん》も言ったの」

「それでよかったら、おれは智沙の横に立つよ。どこか写真館で一緒にカメラに収まろう」

「婚約もしてないのに、かまわないの?」

智沙がおずおずと訊いた。

「そっちに抵抗がないんだったら、おれはオーケーだよ」

「なら、お願いしようかな。母、わたしたちの姿を見たら、涙を流して喜ぶと思うわ。いまの担当事件が解決したら、二人で写真館に行きましょう?」

「ああ、そうしよう。それはそうと、おふくろさんをホスピスに移すより、自宅でターミナル・ケアを受けさせたほうがいいんじゃないのか? 住み馴《な》れた自分の家で娘と一緒に天寿を全《まっと》うするほうが本人にとって、一番いいはずだよ」

「そういう選択もあったのね。いまの病院はターミナル・ケアの往診はしてくれないんだけど、そういうドクターがいることは知ってるわ」

「おふくろさんの余命を家族や親しい人たちの愛情で延ばせるなら、ベストなんだがな。しかし、それは叶《かな》わない。それなら、病人が最も安らかに最期を迎えられるようにしてやるべきなんじゃないのか?」

「そうよね」

「智沙、そのあたりのことをよく考えてみろよ。いま張り込み中なんで、またな!」

風見は電話を切って、捜査車輛の中に戻った。

それから十分ほど経過したころ、大型の白いベンツが能登宅の前に横づけされた。後部座席から姿を見せたのは、服部聖堂だった。有名洋菓子店のロゴ入りの包装箱を大事そうに提《さ》げている。愛人への手土産だろう。

ベンツSLの中には、ドライバーがいるきりだ。服部が若いドライバーに何か言った。

高級ドイツ車が走りだした。

風見は覆面パトカーを静かに降り、一気に服部に駆け寄った。仁友会の会長は愛人宅の低い門扉《もんぴ》に片手を伸ばし、内錠を外しかけていた。

「おっ、以前、本庁組対四課にいたハンサム刑事《デカ》じゃないか」

「円城寺修の秘書兼愛人だった久光伊緒の白骨体はどこにある？」

「いきなり何を言ってるんだっ」

「丸腰じゃないんだろうが！」

風見は、服部の腰のあたりを探《さぐ》った。指先が革製のインサイド・ホルスターに触《ふ》れた。

拳銃を引き抜く。アメリカ製のコルト・ディフェンダーだった。コンパクト・ピストルだが、四十五口径である。

「そいつはモデルガンなんだ。返してくれ」

服部が右手を大きく伸ばした。弾みで、左手からケーキの箱が足許に落ちた。

「愛人《レコ》の能登珠代ががっかりするだろう。ケーキは、ぐしゃぐしゃになっちまっただろうからな。とりあえず、銃刀法違反で現行犯逮捕だ。

「そいつはモデルガンだと言ったろう！」

「モデルガンなら、引き金を絞っても銃弾《コドモ》は出ないよな」

風見は、コルト・ディフェンダーのスライドを勢いよく引いた。初弾が薬室に送り込まれた。

「危ない！　銃口を上に向けないでくれ」

服部が上擦《うわず》った声で言い、大きく後ずさった。風見は銃口を服部の額に向け、引き金に人差し指を絡めた。

「こいつが真正銃《マブチャカ》であることは認めるな？」

「モデルガンだよ」

「しぶといね。なら、暴発ってことにして、あんたを撃《ハジ》いてやるか」

「負けた。おれの負けだよ。そいつは本物《モノホン》だ。けど、一応、護身用に持ってるだけだよ。使ったことはねえんだ。本当だって」

「六十六で、また刑期《ツトメ》を果たすのは楽じゃないだろう。お気に入りの元テレビ・タレントといいこともできなくなるわけだ。服役中に愛人たちは全員、別のパトロンを見つけるだろう。あんた、ツィてないな」

「手錠打ちますね」

走り寄ってきた佳奈が風見に言って、服部聖堂に前手錠を掛けた。服部が長嘆息した。

「岩尾さんに動きがあったことを伝えてくれ」

風見は相棒を遠ざからせてから、服部に小声で話しかけた。

「あんたの出方次第では、銃刀法違反は大目に見てやってもいいんだが……」

「それ、本当なのか!?」

「ああ」

「何を知りたいんだ？」

「あんたは円城寺に泣きつかれて、久光伊緒を若い者《もん》に拉致させて、殺《や》らせたな？」

「それは……」

「はっきりしろ！」

「そうだよ。円城寺先生は不正に献金を貰ってることを公《おおやけ》にされたくなかったら、一億五千万円の手切れ金を出せと久光伊緒に脅迫されてたんだ。先生に貸しを作っておいて損はないと考えたんで、若い構成員に赤城《あかぎ》山中で絞殺させて、遺体を山林の土の中に埋めさせたんだよ」

「拉致した日にか？」

「そうだよ。手を汚したのは、都倉仁《とくらひとし》って二十三歳の男だ」

「そいつに伊緒のマンションの部屋に忍び込ませて、ICレコーダーをメモリーごと盗ませたな？　おそらく、フロッピーディスクやUSBメモリーも一緒にさ」

「その通りだ。円城寺先生は、伊緒の部屋のスペア・キーを持ってたんだよ」

「円城寺は闇献金を受けながらも、証拠不十分ということで書類送検さえされなかった。それで以前、本庁の捜査二課にいた日暮という刑事が円城寺の身辺を個人的に洗い直して、不正献金の証拠を押さえ、さらに久光伊緒の失踪に絡む犯罪も知った。だから、円城寺はあんたに日暮克臣の殺害も依頼した。元刑事を撃ち殺したのは、都倉って野郎なのかっ。それとも、別の手下なのかい？」

「日暮という奴を消してくれなんて頼まれちゃいないよ。先生は伊緒を片づけてくれと言っただけだ」

「あくまで円城寺を庇《かば》うつもりなら、コルト・ディフェンダーを暴発させるぞ」

「嘘じゃない。おれが殺しを先生に頼まれたのは、久光伊緒だけだって。そっちの言う通りにしたんだから、早く手錠を外してくれねえか」

服部が焦《じ》れた。

「あんたも甘いな」

「おれを騙《だま》しやがったのかっ」

「そんな調子じゃ、そのうち若頭《カシラ》に寝首を掻《か》かれるぜ」

風見は銃口を下げ、服部を突き倒した。

2

国会議員は逃亡したにちがいない。

風見は確信を深めて、円城寺の事務所を出た。仁友会の服部会長を緊急逮捕し、群馬県警捜査一課の刑事に身柄を引き渡した翌日の正午前である。

前夜のうちに久光伊緒を赤城山中で殺害した都倉仁は捕まり、地元署に移送されていた。服部は、伊緒殺しの首謀者が円城寺修であることを認めた。

仁友会の会長は昨夜、円城寺から日暮克臣の殺害は依頼されていないとはっきりと口にした。しかし、その言葉を鵜《う》呑《の》みにはできなかった。

そこで、風見は円城寺が群馬県警に任意同行を求められる前に代議士を直《じか》に追及してみる気になったわけだ。まず相棒と一緒に港区内にある円城寺の自宅に行ってみた。

しかし、議員はいなかった。妻の話によると、円城寺は平河町の事務所に出かけると言って午前八時前に自宅を出たらしい。

だが、円城寺はまだ事務所には顔を出していなかった。公設秘書の証言では、国会議員の携帯電話の電源は切られているそうだ。

円城寺は今朝《けさ》に限って、自らセルシオのハンドルを握って自宅を後《あと》にしたらしい。殺人教唆容疑で検挙されたくなくて、高飛びする気になったのだろう。しばらく国内のどこかに潜伏してから、密出国する気でいるのかもしれない。

「円城寺は高飛《ジャンプ》びする気で、姿をくらましたんでしょうね？」

横で、美人警視が言った。

「そう見てもよさそうだな。だが、自分の別荘や友人宅に身を潜《ひそ》めてたら、見つかりやすい。意想外の場所に隠れてるんだろう」

「でしょうね。幹線道路や高速道路の車輛認識装置をすべてチェックすれば、円城寺のセルシオがどのルートをたどったかはわかるはずです」

「そうだな。成島班長に電話して、そいつを調べてもらおう」

風見は、路上に駐《と》めてあるスカイラインに駆け寄った。佳奈よりも先に覆面パトカーの車内に入り、班長に報告を上げる。

「円城寺は愛人宅にもいないだろう。逃亡先は意外な場所だと思うね。円城寺の縁者、友人、知人、支援者の不動産を調べてみるよ。もちろん、首都高速だけじゃなく、東名、中央高速、関越自動車道などハイウェイすべての車輛認識装置をチェックする。東京を出てるとしたら、円城寺のセルシオはどこかを通過してるはずだからな」

「ええ、お願いします」

「わかった。そうだ、さっき群馬県警から警察電話《ケイデン》で連絡があったんだ。実行犯の都倉仁の供述通りに赤城山中腹の土中に白骨体が埋まってたそうだ。歯の治療痕から、遺体《ホトケ》は久光伊緒と断定されたとのことだったよ」

「そうですか。仁友会の会長は円城寺に頼まれたのは伊緒の始末だけだと言ってましたが、それが事実かどうかを確かめませんとね」

「そうだな。もしかしたら、円城寺は日暮克臣の殺害も頼んだかもしれないから、それを確認する必要がある。セルシオの通過ルートがわかったら、すぐ教えるよ」

「わかりました。岩尾・佐竹班は、捜二の知能犯係が扱った過去の事件で立件できなかった犯罪《ヤマ》を一つずつチェックし直してくれてるんですね？」

「そうだ。消えた捜査記録は、ミスリード工作だったにちがいない。そうじゃなければ、とっくに本部事件の主犯は割り出せてるわけだからな」

「そうですね。てっきり馬場兄弟が事件調書消失に関わってると睨んでたんだが、そうじゃなかったようです。しかし、地検に送致できなかった事案の捜査記録を盗み出したのは警察内部の者であることは間違いないでしょう。そいつが誰なのか、まだわかりませんがね」

「そうだな。そのうち、裏切り者の尻尾《しっぽ》を摑んでやろうじゃないか」

「むろん、そのつもりです」

「念のため、少し円城寺の事務所の近くで張り込んでみてくれないか。代議士が第一秘書に潜伏先に何か持ってきてほしいと連絡するかもしれないんでな」

「ええ、そうですね。秘書が慌《あわ》てて外出するようだったら、尾行してみますよ」

「ああ、そうしてくれ」

成島が電話を切った。

風見は班長との遣《や》り取《と》りを佳奈にかいつまんで話し、捜査車輛を二十メートルほどバックさせた。建物の陰に隠れて、円城寺の事務所からスカイラインは見えないだろう。

しかし、覆面パトカーから円城寺の事務所の出入口はよく見える。秘書が出かけるようなら、まず見落とすことはないだろう。

「服部会長が供述した通りなら、円城寺も本部事件には関与してないことになるのね」

運転席で、相棒が呟いた。

「そういうことになるな。しかし、まだ円城寺はシロだとは言い切れない。仁友会の会長が円城寺を庇《かば》って、嘘をついたのかもしれないからな」

「そうなんですかね。服部は、円城寺に久光伊緒を葬ってくれと頼まれたと自供してるんですよ。代議士から日暮さんも始末してくれと言われたんなら、そのことも素直に吐くでしょ？　どっちみち、円城寺の殺人教唆罪は免れないわけですから」

「そうなんだが、ひとり殺《や》ってくれと頼んだ場合と二人では罪の重さが違うだろうが？」

「ええ、それは違いますよね。でも、服部は我が身がかわいくて、円城寺の殺人教唆を認めたわけでしょ？　円城寺をとことん庇う気はなかったということですよね？」

「庇うことはできなかったんだが、できるだけ罪は軽くしてやりたかった。そういう心理が働いたんだろう」

「そうなんでしょうか。それにしても、今回の捜査はミスリードに引っかかって、少し迷走してしまいましたね」

「おれの筋の読み方が悪かったんだ」

「風見さん、そんなふうに考えないでください。わたし、風見さんを責《せ》めてるわけじゃありませんので。単純な捜査に思えても、いつもいつもスピード解決させることはできないんだと肝《きも》に銘じただけなんですよ」

「自己弁護に聞こえるだろうが、おれたちはドラマに出てくる名探偵じゃない。ちょっと複雑なからくりがあったり、ミスリードに引っかかってしまえば、ロスを重ねることになるさ」

「そうですよね。風見さんがいつも言ってるように、無駄の積み重ねがあって、少しずつ捜査が進展するんでしょう」

「実際、その通りなんだ。回り道をさせられたのは癪《しやく》なことだが、地道に事件の核心に迫る努力を惜しまなきゃ、必ず加害者にたどり着けるはずだよ。未解決のままで迷宮《オミヤ》入りした犯罪《ヤマ》はあるが、そういう姿勢を保ちつづけたいよな?」

「ええ」

「八神、少しばかり回り道をさせられたからって、腐るのはやめよう。失敗を成功につなげりゃいいのさ」

風見は会話を切り上げた。

成島から電話がかかってきたのは、午後一時過ぎだった。

「円城寺のセルシオが午前九時ごろ、常磐自動車道の柏《かしわ》ICを通過してることが確認できた。その前に国会議員は久光伊緒の妹の亜由を自宅マンションから無理矢理に連れ出し、セルシオの運転を強《し》いたこともわかったんだ」

「円城寺は、久光亜由を人質に取ったんですね？」

「そうだ。海外逃亡をするまで伊緒の実妹を弾除《たまよ》けにする気でいるんだろう。捜査員が迫ったら、人質の首か喉元に刃物を突きつけ、逃亡を企《くわだ》てるつもりなんだろうな」

「ええ、おそらくね。セルシオは、どのＩＣで一般道に下《お》りてます？」

「水戸《みと》ＩＣを下りて国道五十号線を笠間《かさま》市方面に向かったことは間違いないんだが、笠間市の先の岩瀬《いわせ》町のあたりで捕捉《ほそく》できなくなったんだよ」

「そうですか。成島さん、目的地に見当は？」

「多分、益子《ましこ》町だろうな。円城寺の母方の実家が益子町の外れにあるんだが、もう祖父母は他界してて、そこは空き家になってるらしい。しかし、電気や水道はいまも使える状態になってるそうだ。基本料金は、円城寺修の個人口座から引き落とされてる。国会議員は母親の生まれ育った家を取り壊すのは忍びないと考え、いまも管理しつづけてるんだろう。いずれ別荘として使う気でいるのかもしれないな」

「班長、その家の所在地を教えてください」

風見は目顔で、佳奈にメモを執《と》るよう指示した。相棒が心得顔で手帳を取り出す。

成島が円城寺の母親の実家の所番地をゆっくりと告げた。

風見はモバイルフォンを耳に当てながら、住所を復誦《ふくしよう》した。佳奈が書き留《と》める。

「風見君たちは栃木に向かってくれ。円城寺は人質と一緒に母親の生家にいると思う。岩尾・佐竹班も益子に行かせるよ」

「了解しました」

風見は通話を切り上げた。

佳奈が穏やかに捜査車輛を走らせはじめた。スカイラインは最短コースを選んで、常磐自動車道の下《くだ》り線に入った。

風見は、助手席の床《フロア》にあるサイレン・ペダルを踏み込んだ。

覆面パトカーはサイレンを響かせながら、水戸ICをめざした。速度計の針は常に百十キロを保ちつづけていた。

水戸ICまで一時間もかからなかった。国道五十号線を走り、笠間市を抜ける。岩瀬町の外れで右折し、北上しはじめた。

二十分ほど進むと、益子町に達した。

陶器で知られた町だが、さほど観光化はされていない。益子焼の工房が点在しているが、観光客らしい人影は目に留まらなかった。

町の中心部を離れると、田園風景が視界に入ってきた。緑が多く、どこか長閑《のどか》だった。

円城寺の母親の実家は、小川の畔《ほとり》にあった。

武家屋敷を想《おも》わせる大きな家屋で、敷地は広かった。内庭には黒いセルシオが見える。ナンバーを読んだ。

円城寺の車だった。人質の久光亜由をまず救い出さなければならない。

佳奈が少し離れた場所にスカイラインを停めた。

風見たちは静かに車を降り、円城寺の母親の生家のある場所に引き返した。

門構えは立派だった。扉は片方だけしか閉められていない。防犯カメラは設置されていなかった。

「無断侵入になるが、人質救出のためだ。やむを得ないだろう」

風見は相棒に言って、勝手に邸内に足を踏み入れた。佳奈が倣《なら》った。

石畳の左右には、さまざまな庭木が植わっていた。ところどころに飾り石が置かれ、石灯籠《どうろう》も見える。二階家は純和風住宅で、玄関の間口が広い。

風見たちは姿勢を低くして、建物を回り込んだ。

裏庭に面した和室の障子《しょうじ》戸《ど》の向こうに人影が映っている。シルエットから察して、円城寺だろう。

「あんたは最初っから、姉を二度目の妻にする気なんかなかったんでしょ？　要するに、姉も愛人のひとりに過ぎなかったのよね?」

久光亜由の声だ。

「ただ単に若い女の肉体を弄《もてあそ》びたかっただけじゃない。伊緒は秘書として有能だった。しかしね、わたしと男女の関係になったら、少しずつ生意気な口を利くようになったんだ。つまり、女房気取りになったんだよ。わたしの神経を逆撫《さかな》でするようなことも口にするようになった」

「あんたは姉に奥さんと必ず別れるからと言って、結局、うまく騙《だま》してたのよね」

「伊緒がかわいい女でありつづけてたら、本気で古女房と別れて、後妻にしてただろうな。だが、きみの姉はわたしにあれこれ指図もするようになった。わたしはね、常に男を立てる控え目な女が好きなんだ。才女ぶってるのは嫌いなんだよ」

「旧《ふる》いタイプの男なのね」

「悪いか? 男女同権の世の中だが、男と女にはそれぞれ役割と領分ってものがある。少しばかり賢《かしこ》いからって、でしゃばってはいけない」

「女は、男たちのペットじゃないわ」

「黙れ! 伊緒は頭が切れたし、器量も悪くなかった。それに、体もよかったよ。俗にいう床上手《とこじょうず》ってやつだな」

「そんな話はやめて！　姉がセックス・ペットとして扱われてたようで、なんだか不愉快だわ」

「言われてみれば、伊緒はセックス・ペットだったのかもしれない。愛人の体にはたいてい一、二年で飽きてしまうもんだが、伊緒とは長く関係がつづいた。体の相性がよかったんだろうな。姉さんは、いわゆる名器の持ち主だった。よく締まるんだ、あそこがさ。オーバーに言うと、喰《く》い千切《ちぎ》らんばかりにペニスを締めつけてくる。思わず声を洩《も》らしてしまうね」

「そんな下卑《げび》た話はやめてよ」

「名器は誉《ほ》め言葉じゃないか。な、そうだろう？　きみは、どうなんだい？　つき合った男たちに体の構造を称讃《しょうさん》されたことはないのかね？　姉妹なんだから、造りは似てるんだろうな」

「円城寺修、恥を知れ！　それでも、民自党のベテラン議員なのっ」

「政治家だって、ただのオスだよ。高潔《こうけつ》ぶる気はない。金、名声、女のどれも好きだね」

「それに、殺人も好きなんでしょ？　姉を仁友会の服部とかいう会長に頼んで、都倉仁という構成員に殺《や》らせたって話だったから」

「わたしは国会議員だよ。人殺しなんかしないさ。けどな、伊緒は飼い主の手を噛んだんだ。わたしが闇献金を裏社会の大物や在日実業家から受け取ったことを恐喝材料にして、一億五千万円の口留め料を出せと脅迫《ど》してきたんだよ。とても赦《ゆる》せることじゃない」

「姉は、あんたに青春を、ううん、人生を台無しにされたのよ。それぐらいの手切れ金は払うべきだったんじゃない?」

亜由が言い募《つの》った。

「しおらしく手切れ金をいただきたいのと伊緒が言ったら、黙って金はくれてやっただろう。わたしとつながりを持ちたがってる闇の紳士たちは大勢いるから、いくらでも裏献金は集められる。しかしね、伊緒はこの円城寺修を強請《ゆす》ったんだ。どう考えても、勘弁してやることはできない。だから、仁友会の服部会長に伊緒を殺《や》ってくれそうな手下を探してくれと頼んだわけさ」

「姉を殺させただけじゃないんでしょ?」

「え?」

「日暮という元刑事は、あんたが不正献金を受け取ってた証拠を押さえようとしてたんでしょ? 彼は、姉の失踪にもあんたが絡んでると睨んでたんじゃないの?」

「きみがなんでそんなことまで知ってるんだ!? 警察の者が聞き込みに来たんだな?」

「好きなように解釈してよ。それより、どうなの? 元刑事に都合の悪いことを知られてしまったんで、その彼も始末してくれって仁友会の会長に頼んだわけ？」

「日暮とかいう警視庁捜査二課にいた元刑事が不正献金の立件材料を退職後も探し回ってることは知ってたが、伊緒が闇献金を受け取るときにこっそり録音してたＩＣレコーダーのメモリーはすべて手に入れてたんで、わたしには何も不安はなかった」

「つまり、元刑事殺しにはノータッチだというのね？」

「ああ、そうだよ。わたしが服部会長に抹殺してくれと頼んだのは、伊緒だけだ」

円城寺が答えた。

風見は佳奈と顔を見合わせた。また、勘が外れてしまったのか。自分は殺人犯捜査には向いていないのかもしれない。少し自信がぐらついた。

「いまの話は本当なの？」

「本当だよ。後にも先にも、わたしがこの世から消してくれと頼んだのは久光伊緒だけだ。嘘じゃない」

「そう。わたしを人質にして逃亡する気になったのは、どうしてなの？」

「仁友会の理事のひとりが、わたしに電話で教えてくれたんだ。昨夜《ゆうべ》、服部会長が愛人宅の前で警察関係者に連行されたようだってな」

「そうだったの。で、わたしを人質にする気になったのね？」

「そう、そうだ。単独で逃げたら、捕まりやすいじゃないか。しかし、人質を取っていれば、容易には身柄を押さえられないだろう。人質に危害を加えられることを恐れて、警察は潜伏先に強行突入はできないからな」

「悪知恵だけは発達してるのね」

「だけかね？」

「ほかに何か自慢できることがあるの？」

「言ってくれるな。ま、いいさ」

「この家にずっと隠れてるつもり？」

「四、五日したら、国外脱出を図る。闇社会の顔役に密出国の手配を頼んであるんだ。いったん台湾に潜《もぐ》ってから、ブルネイに移る。タイは逃亡例が多いから、真っ先に疑われる。だから、あえて避けたわけさ」

「わたしをずっと道連れにする気なのっ」

「密出国のルートに乗ったら、解放してやるよ。それまで、わたしを娯《たの》しませてくれ」

「わ、わたしをレイプする気なの!?」

「おとなしく素っ裸にならなかったら、このゾーリンゲンの西洋剃刀《かみそり》で顔面を傷つけることになるぞ」

「早く服を脱げ。裸になったら、畳の上に仰向けになるんだ。姉さんとそっくりな構造だったら、ブルネイまで連れていく。女は、国産が一番だからな。逃亡先で、情感のない外国の女たちを抱くのは味気ないからね」

「近寄らないで！」

「こっちに来たら、わたし、舌を噛み切って死ぬわよ」

「くっくっ。大和撫子《やまとなでしこ》だな。逃げたきゃ、逃げてごらん」

「離れて！　それ以上、近づかないでちょうだいっ」

亜由が立ち上がり、動き回る気配が伝わってきた。だが、円城寺に出入口を塞《ふさ》がれているようだ。部屋の中を走り回る音が聞こえてくる。

「そろそろ人質を救出してあげましょうよ」

佳奈が言った。

風見はうなずき、後方にある庭石を抱え上げた。それを頭上に翳《かざ》して、ガラス戸に投げつける。

ガラスが派手な音をたてて、砕《くだ》け散った。

風見たち二人は、左右に分かれた。障子戸が開けられ、円城寺がガラス戸を横に払った。

風見は、まだ動かなかった。

代議士が首だけを前に突き出した。風見は身を躍《おど》らせた。宙《ちゅう》で、引き抜いた特殊警棒のスイッチ・ボタンを押す。

三段に伸びた特殊警棒で、円城寺の首筋を強打した。円城寺が呻いて、裏庭に前のめりに倒れた。

「そっちは、人質を保護してくれ」

風見は相棒に指示して、円城寺の側頭部と脇腹を蹴り込んだ。速《はや》い連続蹴りだった。円城寺の右手から、ドイツ製の西洋剃刀が零《こぼ》れた。

「わたし、何も見ませんでしたからね」

佳奈がパンプスを脱いで、家の中に入った。円城寺は唸《うな》りながら、四肢《しし》を縮めはじめた。

「回り道をさせやがって！」

風見は、国会議員のこめかみを思うさま蹴りつけた。

円城寺がのたうち回りはじめた。風見は冷笑した。そのとき、岩尾と佐竹が裏庭に回り込んできた。

「人質にされた久光亜由は？」

岩尾が早口で訊いた。

「少し前に家の中に入った八神が、人質を保護したはずです」

「そうか。よかった。風見君、円城寺は本部事件には？」

「関与してないようです」

「シロだったのか。捜二で、立件できなかった過去の事件記録をチェックしてみたんだが、日暮がどの事案を個人的に洗い直してたのか読めなかったんだ」

「それなら、日暮克臣と同棲してた元ダンサーにもう一度会って、故人の遺品を一つずつ検《しら》べてみますよ」

「そう」

「取りあえず円城寺を久光亜由を拉致監禁した容疑で、栃木県警に身柄《ガラ》を引き渡しますか？」

「そうだね。国会議員は伊緒を仁友会の構成員に始末させた件で、群馬県警の取り調べも受けることになるだろうが」

「手錠《ワッパ》掛けてくれないか」

風見は佐竹に言って、特殊警棒を縮めた。

3

惣菜屋は、赤羽の商店街の外れにあった。

まだ営業中だった。あと数分で、午後八時になる。客はいなかった。

店内には、四十代半《なか》ばの店主と思われる女性しかいない。郡司由里の昔のダンサー仲間だろう。

風見は佳奈に目で合図し、店に近づいた。

益子から東京に舞い戻った足で、日暮克臣が由里と暮らしていた賃貸マンションに行ってみた。しかし、由里はもう部屋を引き払っていた。それで、風見たちは赤羽にやってきたわけだ。

「間もなく閉店ですんで、全品三割引きで結構ですよ」

「客じゃないんだ」

風見は警察手帳を呈示し、姓を名乗った。相棒も自己紹介した。

「由里ちゃんの彼氏の事件を調べてる人たちかしら？」

「そうです」

「由里ちゃんなら、きのうから店の二階に住んでるわ。申し遅れちゃったけど、わたし、御影明美《みかげあけみ》です。若いころ、由里ちゃんと一緒に踊ってたの。いまはプロポーションが崩れちゃって、ただのおばさんだけどね」

「いまも、スタイルはいいじゃないですか」

「嬉しいことを言ってくれるわね。売れ残りだけど、四、五品持っていく？」

「お気持ちだけ貰っておきます。郡司さんにお目にかかりたいんですよ」

「わかったわ。いま、呼ぶわね」

明美が店の奥の階段の下まで走って、大声で由里の名を呼んだ。

待つほどもなく、由里がゆっくりと階段を降りてきた。片脚の膝は大きく屈伸させられないらしく、動きはどこか不自然だった。

「転居先まで押しかけてきて、申し訳ありません。容疑の濃い人物が幾人かいたんですが、いずれも日暮さんの事件に関わってなかったんですよ」

風見は女店主に目顔で断ってから、階段下まで歩《ほ》を運んだ。佳奈が従《つ》いてくる。

「そうなの」

「日暮さんの遺品は、マンションから持ってこられたんでしょ？」

「半分以上は処分せざるを得なかったんだけど、棄《す》てられない物が三箱ほど段ボール箱に入ってます」

「その遺品をすべて見せていただきたいんです」

「捜査には協力します。どうぞ二階に上がってください」

由里が体を反転させ、一段ずつステップを上がっていく。佳奈が明美に声をかけた。

「ちょっとお邪魔させてもらいますね」

「どうぞ、どうぞ！　売れ残りだけど、お茶請《う》け代わりに海老フライでも持っていってあげるわ」

「どうかお気遣《きづか》いなく。わたしたち、もう夕食を済ませてきましたんで」

「そうなの。それなら、後でお茶だけでもお持ちするわ。二階にも洗面所はあるんだけど、ガスコンロはないの。ほら、由里ちゃんは階段の上り降りがきついだろうから……」

「お茶もいりませんから、どうかお構いなさらないでください」

「はい、はい。あなたたち、似合いのカップルじゃないの。美男美女のカップルで羨《うらや》ましいな。わたし、男運が悪くてね。惣菜屋を独《ひと》りで切り盛りしてきたの。でも、由里ちゃんが来てくれたんで、心強いわ。これからは、寂しさもあまり感じなくなると思う」

「女同士の友情は薄っぺらだと世間では言われてますけど、お二人の絆《きずな》は強いんでしょうね」

「由里ちゃんとわたし、踊り子時代はライバル意識剝《む》き出しで、むしろ仲はよくなかったのよ。というより、張り合ってばかりいて、お互いに弱みを見せないようにしてたの。でも、どっちも二、三十代のころに男で苦労したんで、なんとなく支え合うようになったのよね」

「現役時代から、お二人の間に友情はあったんだと思いますよ」

「そうなのかな。あっ、ごめんなさい。早く二階に上がって」

女主人が佳奈を急《せ》かせた。

早くも風見は靴を脱ぎ、階段の中ほどに達していた。相棒がステップを上りはじめた。

二階には、六畳と四畳半の和室があった。襖《ふすま》で仕切られている。風見たちは道路側の六畳間に通された。

壁際には、段ボール箱が積み上げられている。故人の遺品は窓寄りに重ねられていた。

「それじゃ、早速ですが……」

風見は三つの段ボール箱を引き出し、手早く封を開けた。佳奈と手分けして、遺品を一つずつ手に取る。

気になる遺品はなかったが、旅行用洗面パウチの中に数枚のデジタルカメラのメモリーが入っていた。風見はデジタルカメラにメモリーをセットし、画像を再生してみた。

大手製薬会社『ヤマト薬品』の本社ビルや附属研究所に出入りしている人物が何十カットも撮《と》られていた。五十代後半に見える同一男性が写し出されている。何者なのか。

別のメモリーの画像には、厚生労働省に出入りする五十年配の男が多く撮影されていた。被写体には見覚えがなかった。

「八神、デジカメの画像を観《み》てくれないか」

風見は、佳奈にデジタルカメラとメモリーをそっくり手渡した。佳奈がメモリーに登録されている画像を丹念に観察しはじめた。

「どちらかの顔に見覚えは？」

「厚労省の前で撮られてる男性は、およそ四年前まで薬事局審査課課長をやってたはずですよ。なんて名だったかな？」

「八神、思い出してくれ」

「えーと、確か高見沢博信《たかみざわひろのぶ》です。いま現在は五十七、八のはずです。わたしは担当ではなかったんですけど、日暮さんが高見沢を収賄容疑でずっと内偵してたんですよ」

「審査課課長だった高見沢は、『ヤマト薬品』から袖の下を使われてたんだな？」

風見は確かめた。

「ええ、そうです。高見沢は『ヤマト薬品』から千数百万円の現金を貰って、すでに出回っているアリセプトDやレミニールよりも薬効があるという触れ込みの新しい認知症治療薬の治験《ちけん》データ改ざんに目をつぶってやり、許認可の手続きをしかけてたんです。物証を固めた日暮さんによって、高見沢は逮捕されたんですよ」

「そうか。高見沢は長く審査課にいたんだな？」

「審査課の課長になったのは八、九年前だと思います。その前は、同じ薬務局の経済課の次長だったんです。経済課は新薬の値段を決めてるんで、製薬会社から毎晩のように接待を受けてたようですね」

「そうなら、『ヤマト薬品』と癒着《ゆちゃく》してたんだろうな。で、審査課の課長になると、高見沢は治験データ改ざんを咎《とが》めずに大胆にも新薬の許認可をしてやったんだ？」

「ええ。その謝礼としては千数百万円しか貰ってなかったようですが、高見沢はその前にさんざん講演で『ヤマト薬品』に稼がせてもらってたんでしょう。厚労省の厚生官僚たちは製薬メーカー各社にもっともらしい名目で講演を頼まれ、一回五十万円から百万円の講演料を貰ってるんですよ。講演の草稿はメーカーが用意してくれるんですから、おいしいアルバイトですよね」

「そうだな。新薬の開発研究費に何百億円もかかる製薬会社にすれば、厚生官僚に甘い汁を吸わせて、治験データの改ざんを見逃してもらえるなら、実に安いもんだ」

「そういうことになりますね。でも、危ない新薬を買わされる病人はたまりません」

「ああ、罪深い汚職だな。当然、高見沢は実刑判決を受けたんだろ?」

「ええ。エリートだった彼は懲戒免職になって、二年半ほど刑に服しました。もちろん、贈賄側の『ヤマト薬品』の担当部長も同じように実刑を喰《く》らいました」

「その部長の名前は?」

「なんて名だったかしら? 失念して、すぐには思い出せません。ですけど、捜二の捜査記録を調べれば、担当部長の名はわかるでしょう」

「そうだな」

「高見沢は、八神と同じ大学の出身なのか?」

「いいえ、京大卒だったと思います」

「そう。エリート役人も収賄罪で服役したんなら、まともにリセットすることはできないだろう。高見沢は出所してから、どこで何をしてるんだ?」

「それはわかりません。後で知能犯係の兼子主任に情報を提供してもらいましょうよ」

佳奈が言った。

「そうしよう。これは推測なんだが、前科《ホシ》をしょってしまった官僚は自暴自棄になって、何か非合法ビジネスで荒稼ぎしてるんじゃないだろうか。そのことを日暮克臣が何らかの形で知って、高見沢をまた刑務所に送り込んでやる気になった。そして、証拠固めをしている最中に……」

「高見沢が放った刺客に射殺されてしまったんですかね？」

「そう考えられるな。ただ、『ヤマト薬品』の担当部長だった奴も怪しいことは怪しいね。贈賄で実刑を喰らって、すっかり人生設計が狂ってしまったわけだろうから。日暮克臣を逆恨みしてた可能性はゼロじゃないだろうな」

「でしょうね。高見沢博信と『ヤマト薬品』の担当部長が現在、どんな暮らしをしてるか調べれば、疑惑の濃い人物はわかると思います」

「そうだな」

話が中断したとき、由里が風見に問いかけてきた。

「何か手がかりになりそうな物はありました？」

「ええ」

風見は、アメニティー・パウチに隠されていたデジタルカメラのメモリーの画像について詳しく語った。

「彼が隠し撮りしたのは、いつなんです？」

「およそ四年前です。おそらく内偵中に捜査用の予備として、自分のデジカメで盗み撮りしたんでしょう。この記録をずっと残していたのは、日暮さんが警察と縁が切れても、犯罪を憎む姿勢は変えなかったからだと思います。根っからの刑事《デカ》だったんでしょうね。無器用な熱血漢だっただろうが、好感度ナンバーワンですよ」

「そう言ってもらえると、彼も浮かばれると思うわ」

「郡司さん、故人が退職後に高見沢か『ヤマト薬品』の元部長を休日のときに調べ回ってた様子は?」

「わかりませんでした、わたしは」

「そうですか。日暮さんは、あなたにも危険が及ぶかもしれないと考えて、意図的に黙ってたんじゃないのかな」

「そうなのかしらね」

「そうにちがいありませんよ。このデジカメとメモリーをしばらく貸してもらいたいんですが、かまいませんか?」

「ええ、どうぞお持ちになってください」

由里が言って、後方を振り返った。

女店主の明美が大きな盆を捧《ささ》げ持ち、摺《す》り足でやってくる。由里が座卓を部屋の中央に据《す》えた。

「粗茶と駄菓子ですけど……」

明美が卓上に盆を置き、三人分の緑茶と菓子鉢を並べた。お茶請けは、一口最中《ひとくちもなか》だった。

「明美ちゃん、ありがとう。宿なしになったわたしのお客さんまでもてなしてくれて、感謝してるわ。わたし、明日から早起きして、煮物を担当させてもらう」

「妙な気は遣《つか》わなくていいの。あなたには一ヵ月ぐらい経《た》ってから、少しずつ店の手伝いをしてもらうつもりよ。それまで、のんびりとしてて。本気で惚れてた男性《ひと》に死なれてしまったんだから、まだまだ立ち直るには時間が必要だわ」

「明美ちゃんには迷惑ばかりかけて、わたし、悪いと思ってる。脚《あし》がちょっと不自由だから、どこまで力になれるかわからないけど、一所懸命に働くわ。だから、半年ぐらい居候させてね」

「そんなこと言わないで、ここにずっといなさいよ。一応、居室《きょしつ》が二つあるんだから、いつまでも住み込みで働いてくれればいいの」

「明美ちゃん……」

「そんな湿っぽい声を出さないで。わたしたちは昔からの仲間でしょ？　仲間が何かで困ってたら、さりげなく支える。踊り子時代はそうやって、みんなで貧乏を切り抜けてきたじゃないの。パンの耳だけ食べて、何日も過ごしたよね？　マーガリンを買うお金もなくて、砂糖をほんの少し付けてさ」

「そうだったね。貧しかったけど、まだ夢があったから、毎日が輝いてた」

「うん、そうね。夢見た通りには生きてこられなかったけど、青春時代に悔いはないわ。いい思い出があれば、まだまだ大丈夫だって。わたしたちはまだ四十代なんだから、人生を愉《たの》しもうよ。日暮さんのことは早く忘れて、新しい彼氏を見つけなさいな」

「彼はハンサムじゃなかったけど、好漢だったの。すぐに忘れたりしたら、罰《ばち》が当たるわ。わたしの心の中で、彼、日暮さんはいまも生きてるのよ」

「由里ちゃん、わたし、悪気はなかったの。あなたを力づけたくて、早く新しい彼氏を見つけろなんて言ってしまったけど……」

「わかってる。明美ちゃんの気持ちは、ちゃんとわかってるわよ」

「そう。とにかく、ここを自分の家と思ってちょうだい。わたしも、由里ちゃんとは家族のように接するから、妙な遠慮はしないで」

「ええ、そうさせてもらうわ」

　由里が明美の片方の腕を柔らかく摑んだ。明美が由里の手の甲に自分の掌《てのひら》をそっと重ね、ゆっくりと座卓から離れた。

女店主が階下に降りると、佳奈が由里に話しかけた。

「お二人の関係、とっても素敵ですね。べったりとした友人関係はどこか偽善臭さを感じてしまうけど、スタンドプレイじみたところは全然ありません。いい感じですよ」

「わたしたちの世代は、ドライになりきれないのよ。割り切った生き方ができれば、ある意味では楽なんでしょうけどね。でも、それでは精神的な充足感は得られないでしょ？」

「ええ、そう思います。人は誰も他者とつながっていなければ、孤独地獄で苦しむことになるんでしょうね」

「その通りなんじゃない？　人は、人によってしか救われないいんじゃないのかな。わたし、日暮さんと一緒に暮らして、そのことを実感したの」

「わたしたち、のろけられちゃってるんですかね？」

「あら、ごめんなさい」

由里が小娘のように、はじらった。ほほえましかった。

風見は頃合を計《はか》って、元ダンサーに日暮のことを改めて質問してみた。だが、特に得られるものはなかった。

日本茶を啜《すす》り終えると、暇《いとま》を告げた。女店主の明美に謝意を表し、相棒と一緒に惣菜屋を出る。

そのとき、動く人影があった。黒縁の眼鏡をかけた三十歳前後の男だった。

風見は、不審者が逃げ込んだ路地に走り入った。闇に紛《まぎ》れかけている男の後ろ姿は、堀純平巡査長に似ていた。

しかし、堀が自分たち二人の動きを探《さぐ》る理由には思い当たらない。後ろ姿が似ていると感じたのは、気のせいだろう。

風見は惣菜屋の前に戻った。

すると、佳奈がのっけに訊《たず》ねた。

「慌《あわ》てて路地に逃げ込んだ男、ちょっと堀巡査長に似てませんでした?」

「八神も、そう思ったか。おれも、そう感じたんだよ。しかし、堀君がおれたちの動きを気にしなければならない理由はないよな?」

「ええ、そうですね。体型はよく似てたけど、別人だったんだろうな。桜田門に戻って、捜二に行ってみませんか。多分、まだ兼子主任は退庁してないでしょう。高見沢絡《がら》みの汚職の捜査記録を見せてもらいましょうよ」

「そうしよう」

風見たちはスカイラインに乗り込んだ。

警視庁本部庁舎に着いたのは、三十数分後だった。地下車庫からエレベーターで四階に上がり、捜査二課の刑事部屋に入る。

知能犯係主任の兼子警部補は、自席で書類に目を通していた。円城寺修も本部事件ではシロだったんだってね？」

「七時過ぎに成島さんと一階の食堂で顔を合わせたんだ。円城寺修も本部事件ではシロだ
ったんだってね？」

「そうなんですよ」

風見は応じた。

「日暮を葬《ほうむ》ったのは、どこのどいつなんだろうか。早く犯人《タマ》がわかるといいね」

「疑わしい人物が何人かいたんで、われわれは迷走しちゃったんですよ。しかし、新たな容疑者かもしれない奴が捜査線上に浮かんできたんです。といっても、捜査本部はノーマークの人物なんでしょうがね」

「それは誰なの？」

「四年あまり前に汚職で日暮克臣に逮捕《パク》られた厚労省薬務局審査課元課長の高見沢博信が臭いんですが、贈賄側の『ヤマト薬品』の担当部長も怪しいですね。どっちも本部事件の被害者に汚職を摘発されたんで、人生を棒に振ることになってしまったからな」

「その贈収賄事件のことは、よく憶《おぼ》えてるよ。高見沢は千数百万円を貰って、『ヤマト薬品』の新薬の治験データ改ざんに目をつぶり、許認可を早めてやった事件だったな」

「ええ、そうです。贈賄側の担当者の名前も記憶してます?」

「ああ。販売促進部長だった筑波秀範《つくばひでのり》だよ。当時、五十六か七だったね。高見沢と筑波は、それぞれ二年半前後、服役したはずだ」

「出所後の二人の消息は?」

「そこまでは把握してないね。しかし、犯歴を消すことはできないから、どちらも堅い再就職口はなかったにちがいない。ひょっとしたら、高見沢も筑波も法に触《ふ》れるような仕事をしてるのかもしれないな」

「こっちも、そう推測したんですよ。何かダーティー・ビジネスであこぎに稼いでるとしても、二人ともずっと堅気だったわけですから、麻薬や銃器の密売、売春クラブ経営、秘密カジノなんかで荒稼ぎはしてないな」

「そうだろうね。考えられるのは、各種の経済犯罪だろう。投資詐欺の類《たぐい》をやってるのかもしれないな」

兼子が言った。

「ええ、おそらくね。高見沢か筑波のどちらかが非合法ビジネスで一般市民を苦しめてることを日暮克臣が知り、その立件材料を集めてた。それを二人のどちらかに気づかれ、ノーリンコ59で頭部を撃たれることになったんじゃないだろうか」

「その可能性はゼロじゃなさそうだね。日暮は熱血漢ぶったりしなかったけど、市民の治安を守ることが自分に与えられた使命と心得てたからな。彼は依願退職させられたんだが、その正義心を棄《す》てたとは思えない」

「ええ。東西警備保障で働きながら、悪質な不正に気づいたら、敢然と叩き潰《つぶ》す気になるでしょう」

風見は、民間人になっても刑事魂を失わなかった日暮に敬服していた。そうした警察OBは、めったにいない。気骨のあった人間を犬死にさせるわけにはいかないだろう。命懸けで、元刑事殺しの犯人を追いつめる覚悟をしなければならない。今度は自分が猟犬になる番だ。

「兼子主任、堀巡査長は何時ごろに退庁しました？」

佳奈が話に割り込んだ。

「胃痛がひどいんで早退《び》けさせてくれと言って、午後四時には待機寮に戻っていったよ。どうして、そのような質問をしたのかな？」

「わたしたちの聞き込み先の近くに、堀さんとよく似た人がいたんですよ。黒縁の眼鏡をかけてましたけどね、その彼は」

「そう。堀君も黒縁の伊達《だて》眼鏡を持ってるが、まさか本人じゃないだろう？　彼が、きみらの動きを探《さぐ》らなければならない理由はないからな」

「確かに、そうなんですが……」

「他人の空似だと思うよ」

「そうなんでしょうか」

「多分、そうだろう」

兼子が口を閉じた。風見は少し間《ま》を取ってから、主任に問いかけた。

「堀君、なんだか金回りがいいですね。ポール・スミスのスーツを着込んで、フランク・ミュラーの腕時計を嵌《は》めてた」

「実家は豊かではないはずだよ。ほかの贅沢《ぜいたく》は控えて、ブランド物を無理して買ったんじゃないのかな？」

「そうなんですかね。彼に関して、気になる噂話を小耳に挟んだことはありません？」

「そういえば、正月過ぎに堀君が高輪《たかなわ》にある高級賃貸マンションをプライベート・ルームにして、非番の日はそこで寛《くつろ》いでるなんて話を誰かから聞いたね。家賃は六十万以上らしいんだ。でも、ただのデマだろうな。堀君は同期の連中との飲み会に出席しないことが多くて、少し浮いた存在みたいなんだよ。それで、彼を快く思ってない連中に中傷やデマを飛ばされたんだろうね」

兼子主任が言った。

「そうなのかな。ところで、高見沢絡みの贈収賄事件の捜査記録は保存されてますよね？」

「保管室にあるはずだよ」

「われわれ二人に目を通させてもらえませんか？」

「別に問題ないだろう。よし、三人で保管室に行こう」

「よろしくお願いします」

風見は頭を下げ、半歩退《さ》がった。

4

灌木《かんぼく》の奥を覗き込む。

風見は新宿中央公園内を歩き回りながら、通称シゲやんという五十八歳の路上生活者《ホームレス》を捜していた。赤羽の惣菜屋を訪ねた翌日の午後三時過ぎである。

相棒の佳奈は、淀橋《よどばし》給水所のある南側の公園にいる。午前中から午後二時近くまで、風見は暴力団係刑事時代につき合いのあった情報屋たちに次々に電話をかけた。その結果、風元組員から気になる話を聞いた。

およそ一年半前、高見沢と年恰好《としかっこう》の似た男が新宿中央公園を塒《ねぐら》にしている〝シゲやん〟の戸籍謄本《とうほん》五通を百万円で買い取ったという。

成島班長の調べで、高見沢は服役中に妻と離婚していることが判明した。出所後の数カ月は母方の伯父宅に居候をしていたが、ある夜、忽然《こつぜん》と姿を消した。それ以来、高見沢は縁者、旧友、知人とも音信不通のままだ。

贈賄罪で刑に服した『ヤマト薬品』の元販売促進部長の筑波秀範は、出所して半年後に急性心不全で亡くなっていた。筑波が日暮克臣を逆恨みしていたとしても、射殺事件には関与していないだろう。

風見はそう判断して、ホームレスの戸籍謄本を買った男の正体を突き止めてみる気になったのだ。

遊歩道をたどっていると、路上生活者らしい六十年配の男がベンチに腰かけていた。六月だというのに、厚手の綿ネルシャツの上に穴の開いたパーカを羽織《はお》っている。

「おたく、ここで野宿《アオカン》してるんでしょ?」

風見は、六十絡みの男に話しかけた。

「うん、まあ。リーマン・ショックで、わたしのプレス工場がバンザイしちゃったんだよ。最盛期には工員が二十六人もいたんだけどさ」

「そう。ツイてないね」

「最悪だよ。まさか自分が路上生活者になるとは思わなかったよ。無一文になったら、周囲の人間たちは一斉に遠ざかった。実に冷たいもんさ。家族だって、頼りにならないね。喰うに困るようになりゃ、毎日、女房や子供たちと口喧嘩さ。だから、無責任だけど、わたしは世捨て人になったんだ」

「おたくの身の上話をゆっくりと聞いてあげたいんだが、のんびりとしていられないんですよ。シゲやんのことは知ってる？」

「ああ、何度か喋ったことはあるよ。いんちきな関西弁を使ってるけど、彼は信州人のはずだ。路上で暮らしてる連中は、みんな、素姓《すじょう》というか、前歴を他人に知られたくないんだよ。誰も初めっから宿なしだったわけじゃないからね。運に見放されるまで、それぞれが普通の生活をしてた。中には、社会的成功者だった男もいるんだよ」

「そうだろうね。ところで、シゲやんの段ボールハウスはどのへんにあるのかな？」

「以前は熊野《くまの》神社の近くにお城があったんだけど、都の職員が定期的に段ボールを撤去するんで、もっぱら西口広場の地下通路あたりで野宿《のじゅく》してるみたいだね。でも、昼間はこの公園でよく見かけるよ。だけど、いま彼がどこにいるかは知らないな」

「そう」

「これ、ある？　あったら、恵んでよ」

男が煙草を喫《す》う仕種《しぐさ》をした。風見は、キャビンをパッケージごと渡した。

「ライターは？」

「持ってるよ、道で拾った百円ライターだけどさ」

「そう。確かな情報じゃないんだが、シゲやんは自分の戸籍謄本五通を百万円で他人に売ったんだって？」

「いや、その話は知らないね。そうか、その手があったな。新宿には日本人になりすましたがってる不良中国人がたくさんいるみたいだから、戸籍ブローカーと接触できたら、わたしも自分の戸籍を売っちまうかな。コンビニの廃棄弁当やパンにありつけないときは、本当にひもじいからね。いい話を聞いたよ。煙草、まだ十本以上入ってるな。ありがとうよ」

男がキャビンを一本抓《つま》み出し、口にくわえた。

風見はベンチから離れた。数十メートル歩くと、官給の携帯電話が着信音を発した。電話をかけてきたのは佳奈だった。

「シゲやんと接触できました」

「いま、どこにいる？」

「南公園の噴水池の所にいます」

「わかった。すぐに行く」

風見はモバイルフォンの終了キーを押すと、勢いよく駆けはじめた。北公園を走り抜け、歩道橋の向こうの南公園に移る。

相棒は、噴水池のそばで五十八、九のパナマ帽を被った細身の男と立ち話をしていた。

相手は、シゲやんだろう。

「わし、捕まるん？」

男が、立ち止まった風見に問いかけてきた。

「捕まる？」

「あんたら、刑事やろ？　わし、一年四、五カ月前に自分の戸籍謄本五通を本籍地から取り寄せて、知らん男に売ってしもうたからな。それ、罪になるんやろ？」

「あなたをしょっ引く気はありません」

「ほんまに？」

「だから、本名を教えてほしいんですよ」

「言わなならんのやろうな」

「無理して関西人を装うことはないと思うな。堂々と長野県人だと明かすべきですよ」

「わしが松本におったこと、わかっとるんか!? 警察は怕《こわ》いな。ええわ、本名を教えたる。わしの名前は保科郁男《ほしないくお》や。五十九になったんや、先日な。誰も誕生祝いをくれんかったけど」

「戸籍謄本を売ったときのことを話してくれませんか」

「いいよ、話す」

保科が標準語で言った。

「戸籍ブローカーが間に入ってるのかな?」

「いや、そうじゃないんだ。わたしとほぼ同年代に見える男がこの公園にやってきて、いきなりわたしの戸籍謄本を四、五通売ってくれないかと話しかけてきたんだよ。一通二十万円で買いたいという話だった」

「そうですか」

「わたしは松本市内で杏《あんず》ジャムの製造をしてたんだが、商売がうまくいかなくなってね、廃業に追い込まれたんだ。家内は十年近く前に病死したんだけど、必死に二人の娘を男手で育て上げたんだよ。けど、甥《おい》っ子《こ》の運転するワンボックス・カーに同乗してた娘たちがダンプカーと正面衝突した際《さい》に事故死してしまったんだよ」

「甥っ子さんも亡くなられたのかな？」

「ああ。三人とも即死だったらしい。わたしは生きる張りを失ってね、青木ヶ原樹海で死のうと思ったんだ。しかし、自殺することはできなかった。で、なんとなく新宿に流れついたんだよ」

「そうなんですか」

「自分の戸籍を売ることには、もちろん抵抗はあったよ。でも、紙っぺら一枚が二十万円で売れるならと思って、相手に教えられた通りに本籍地の役所から私書箱宛に飛び飛びに五通の謄本を送ってもらったんだ」

「その私書箱は、買い手の男が用意してくれたんですね？」

佳奈が口を挟んだ。

「そうなんだ。相手はわたしの本名を聞き出して、予《あらかじ》め私書箱を用意してから、キーを渡してくれたんだよ」

「五通の謄本が届いた時点で、あなたが先方に連絡を取ったんですね？」

「いや、相手は名前も連絡先もわたしには教えてくれなかった。向こうが、この公園にやってきたんだよ。それで一緒に中野区内にある私書箱に行って、五通の戸籍謄本と百万円を交換したわけさ」

「その私書箱の正式名称と所在地を教えてもらえますか？」

「そこは、もう営業してないんだ。わたし、買い手の正体を突き止めておこうと思って、半月後に私書箱のあった雑居ビルに行ってみたんだよ。そうしたら、もう空き室になってた。それで、ビルの持ち主に私書箱運営会社のことを聞いたら、幽霊会社だったんだ。法人登記もされてない会社だったというんだよ」

「そうなんですか。そうなら、保科さんの戸籍謄本を買った男が何か悪さをする目的で、私書箱を設けたのかもしれないわね」

「そうなんだと思う。雑居ビルのオーナーの話だと、管理を任せてる不動産屋に詐欺の被害者たちから私書箱運営会社に関する問い合わせの電話が殺到したことがあるらしいんだよ」

「どういうことなんでしょう？」

「私書箱の多くは、非営利団体のボランティア組織名になってたというんだ。しかし、送られてくる寄附金の小切手や現金書留はそこから転送される仕組みになってたらしいんだよね。ひょっとしたら、私書箱運営会社が募金詐取の窓口として、短期間だけ架空のＮＰＯの私書箱を設けてたのかもしれないな」

「それ、考えられますね」

風見は手で佳奈を制し、先に応じた。

「だとしたら、わたしの名も悪用されるんだろうか。戸籍謄本を売ってくれと言った男は濡《ぬ》れ衣《ぎぬ》を着せられて二年半ほど刑務所に入れられたため、本名では生きにくくなったらしい。で、他人になりすまして、まともな働き口を見つけたいだけだと幾度も口にしてたんだが……」

「二年半ほど服役してたと言ってたんですね？」

「そう。役所で働いてたんだが、上司に収賄の罪を被せられたとか何とか言ってたな。でも、本当に濡れ衣を着せられたのかどうか怪しいね。他人の戸籍を買う気になるような人間が正直に生きてきたとは考えにくいからな」

「保科さんの言った通りなんだと思います。悪知恵の発達した奴が誰かに陥《おとしい》れられるとは思えない」

「そうだよな。あの男は保科郁男の名を騙《かた》って、何か悪さをする気なんだろう。くそっ、失敗したな。百万円に釣られて、ばかなことをしちまった。わたしの戸籍を買った奴を早く取っ捕まえてほしいな」

「相手は最後まで名前を明かさなかったんですね？」

「そうなんだ。でも、いつもは高見沢と名乗ってるようだよ。わたしと話をしてるとき、たまたま携帯に電話がかかってきたんだ。そのとき、彼は相手にそう応じてたから。本名か偽名かはわからないが、そういう姓を使ってたことは間違いないよ」

「話を元に戻しますが、私書箱が設けられてた雑居ビルは中野のどのあたりにあるんです？」

「中野坂上《なかのさかうえ》駅の近くにある粕谷《かすや》ビルだよ。オーナーは一階で洋品店を営《いとな》んでるとか言ってたな。えーと、ビルの家主の名は粕谷善行《よしゆき》だったと思う」

「そうですか。参考になる話を聞かせてもらって、ありがとうございました」

「いや、いや。とにかく、高見沢って名乗ってる男を早く見つけてくださいよ。わたしの名前で何か悪さをしてるにちがいないからさ」

保科が言って、風見と佳奈に背を向けた。少し離れた所にホームレス仲間がいた。

風見たちは新宿中央公園を出て、第一生命ビルの手前まで歩いた。スカイラインに乗り込み、中野坂上に向かう。数キロしか離れていない。

粕谷ビルは苦もなく見つかった。

風見たちは八階建ての雑居ビルの前に覆面パトカーを停め、一階の洋品店に入った。ビル・オーナーの粕谷善行は奥にいた。七十年配だった。白髪で、ダンディーな感じだ。

風見たちは刑事であることを明かし、私書箱運営会社の代表のことを訊いた。

「借り手は、日暮克臣という男ですよ」

「なんですって⁉」

佳奈が驚きの声をあげた。

「五十代後半で、知的な風貌だったな。しかし、どことなく尊大な感じだったね」

「その借り主は、他人の名を騙《かた》ったんだと思います。日暮克臣は元刑事で、五月十二日に渋谷で射殺されてます。享年四十六でした」

「やっぱり、偽名だったか。夜逃げするみたいに急に部屋を引き払ったんで、賃貸契約書に書かれた連絡先に電話したら、まったく関係のないお宅につながったんだ。日暮という名の男には一面識もないと言われてしまったよ」

「そうなんですか」

「私書箱運営会社をやってた正体不明の男は、もっともらしいNPOやNGOの私書箱を用意して、寄附金や募金詐欺をしてたみたいだね。東日本大震災絡みの義援金も全国から募《つの》って、そっくり騙し取ってたようだな。家主のわたしのとこや不動産屋に私書箱運営会社のことを教えろという電話が一年ぐらい前からちょくちょくかかってくるようになってたし、巨大地震の後《あと》は日に何十本もの問い合わせがあったんだよ。家賃こそ半月分しか踏み倒されなかったが、えらい迷惑だった。日暮と名乗ってた奴は、あちこちに私書箱を設置して、募金詐欺であこぎに稼いでたんだろうな。いや、募金詐欺だけではなく、あらゆる詐欺を重ねてたんだろう。日本も、ひどい国になったもんだ。嘆かわしいね」

粕谷が哀《かな》しげな表情になった。

風見たちはビル・オーナーに礼を言って、洋品店を出た。舗道で、佳奈が口を開いた。

「日暮さんの名を騙ったのは、高見沢博信と考えてもいいでしょうね」

「ああ。高見沢は出所後、まともな働き口がないんで、悪党に徹して楽に生きる道を選んだにちがいない。募金詐欺だけではなく、さまざまな方法で一般市民から金を詐取《さしゅ》してるんだろう」

「そのことを日暮さんに知られてしまったんで、誰かに……」

「おそらく犯罪のプロに日暮克臣を殺《や》らせたんだろう。狡《ずる》く立ち回って生きてきた元エリート官僚が直《じか》に手を汚すわけない」

「そうでしょうね。高見沢は出所後、複数の戸籍を手に入れて、その本人を装い、数々の悪事を重ねてきたんじゃないかしら？」

「そうなんだろう」

風見は相槌《あいづち》を打ちながら、白石たちネットカフェ難民や失業者たちに募金詐欺をさせていた黒崎という口髭の男を思い出していた。

あの男は、高見沢の仲間なのではないか。『春霞』の美人女将や板前たちは、自分たちの義援金が東北の被災地に届けられると疑ってもみなかっただろう。人の善意を踏みにじる者は、それこそ最低だ。卑《いや》しく、赦《ゆる》しがたい。ある意味では、殺人者よりも醜《みにく》いのではないだろうか。

「岩尾さんたち二人は、高見沢の元妻に聞き込みに行ったんですが、何か収穫があったのかしら？」

佳奈が独りごちたとき、風見の職務用電話が鳴った。発信者は岩尾だった。

「いま高見沢の元妻と別れたとこなんだが、先日、下の娘の誕生日に保科という送り主の名で、フランス製の高級バッグが届けられたというんだ。贈り主は、別れた旦那の高見沢なのではないかと言ってたが……」

「そうなんだと思うな。岩尾さん、高見沢は一年四、五カ月前に保科郁男というホームレスの戸籍謄本五通を百万円で買ってたんですよ」

風見は、経過をつぶさに話した。

「ならば、高見沢が偽名を使って、募金詐欺をはじめ各種の悪事を働いてると疑えるね」

「ほぼ間違いありませんよ。第三者に日暮克臣を始末させたのは、高見沢なんでしょう」

「日暮は高見沢の悪事に気づいて、持ち前の正義感を発揮したため、命を落とすことになったんだろうか」

「ええ、そうなんでしょう。元刑事は東日本大震災被災者救援募金を街頭で集めてる連中の行動を怪しんで、そいつらをマークしはじめたのかもしれないな。そして、募金詐欺グループの黒幕が高見沢とわかったんで……」

「射殺されることになったわけか」

「確証を得たわけじゃありませんが、これまでの状況証拠をベースにして推理を巡らせると、そういうストーリーになるんですよ」

「風見君が読みを大きく外すことは少ないから、大筋はその通りなんだろう。しかし、警察内部の協力者が見えてこないね。そいつがミスリード工作で、日暮が担当した立件できなかった捜査記録を抜いたんだろうな」

「そうなんだと思います。それはそうと、保科名で届けられた誕生祝いの贈り主の住所は伝票に記載されてたんですかね？」

「ああ、載《の》ってた。鳥居坂《とりいざか》にある超高級マンションに住んでるようだ、保科郁男は。マンション名は『鳥居坂グレースレジデンス』で、部屋は一二〇五号室だ。十二階だろうね」

「岩尾さんたちは、そのマンションに行ってみてください。おれと八神は、内部の裏切り者かもしれない男の動きを探《さぐ》ってみます」

「風見君は、犯人と通じてる奴に見当がついてるのか!? 人が悪いな。教えてくれよ」

「見当違いかもしれないんで、もう少し待ってください」

「わかった。見当違いだったら、人権問題に発展しかねないからね」

「そうなんですよ。岩尾さん、保科と称してるのが高見沢だったら、すぐ教えてください。おれたちも、すぐに鳥居坂の超高級マンションに向かいます」

「了解！」

岩尾が電話を切った。

「おれたちは桜田門に戻って、退庁後の堀純平の動きを探ろう」

「えっ!? 風見さんは、日暮さんの元の部下を疑ってるんですか。ブランド物の背広を着て、高い腕時計を嵌めてるから、怪しんだわけなのかな?」

「それだけじゃない。消失した捜査記録のことを持ち出したのは、堀本人だった。それに、高輪の高級賃貸マンションで非番の日に息抜きをしてるって噂話も気になってきたんだよ」

「だけど……」

「昔の同僚刑事を庇《かば》いたいんだろうが、とにかく堀純平に少し貼りついてみよう」

風見は覆面パトカーに歩み寄った。

5

退庁する人々の数が少なくなった。

午後八時半を回っていた。

風見はレンタカーの運転席から、本部庁舎の通用口に視線を注《そそ》いでいた。借りたアリオンは、有楽町線桜田門駅のそばに停めてある。

「堀さん、なかなか出てこないですね」

助手席で佳奈が言った。

「焦《じ》れるな。ひたすらマークした人物が動きだすのを待つ。それが鉄則なんだ」

「ええ、わかってます」

「成島さんが、まだ堀は庁舎内にいることを確認してくれたんだ。そのうち対象者《マルタイ》は通用口から出てくるさ」

風見は口を閉じた。

レンタカーの車体の色はグレイだった。目立つ色ではない。堀に張り込んでいるとは覚《さと》られないだろう。

捜査車輛で尾行をしたら、たちまち堀に気づかれてしまうにちがいない。それで、レンタカーを利用することにしたわけだ。

岩尾と佐竹は、『鳥居坂グレースレジデンス』の近くで張り込んでいる。

高見沢は正午過ぎに自宅マンションを出たまま、まだ戻っていないという。常駐管理人の証言によると、週に二、三度、口髭をたくわえた男が一二〇五号室を訪れているそうだ。風見はとっさに黒崎を思い浮かべた。やはり、義援金詐欺とつながっていたようだ。その確信を深めた。

その黒崎と思われる訪問者は、伊東《いとう》と称しているという話だった。どちらも偽名臭いが、ネットカフェ難民や失業者を街頭に立たせて募金詐欺をさせていた人物だろう。岩尾・佐竹班は超高級マンションに設置されている防犯ビデオの画像を観《み》せてもらって、保科郁男と自称している一二〇五号室の主が高見沢博信であることを確認済みだった。

厚労省の元エリート官僚が他人になりすまし、募金詐欺など悪事を重ねていることはもはや間違いないだろう。しかし、堀巡査長と高見沢がつながっているという裏付けは取れていない。

だが、消失した捜査記録を保管室から無断で持ち出したのは堀だと思われる。彼は、金の魔力に克《か》てなかったのか。警察官の俸給では、とても贅沢品は買えない。

「堀は見栄っ張りの性格なんだろうな」

「捜二で一緒に働いてたときは、そうは感じませんでしたけどね。でも、打ち上げで酔いが回ったときによく言ってたことがあります。一般警察官《ノンキャリア》はどんなに頑張っても、所詮、駒《こま》として使われるだけだという意味のことをくどくどと……」

「いまの若い奴らには、ほとんど出世欲はないんだがな」

「そうですね。上昇志向はあまりないですよ。身の丈《たけ》に合った生き方をしたほうがハッピーなんだと考えてますからね、二、三十代の多くは」

「そうだな。子供のころから景気がよくなかったし、親の世代みたいにバブル経済の恩恵に浴したこともないわけだから、金を求めても、そうたやすく得られないとわかってる。シンプルに生きるほうが、ストレスを感じなくても済むしな」

「ええ。でも、堀さんは男なら、名声か富を得なきゃ、価値がないと洩らしてましたね」

「なぜ、立身出世型になったんだろうか」

「よくわかりませんけど、堀さんの父親は中卒で転職を繰り返してたんで、どの職場でもどうも軽く見られてたようなんですよ。屈辱感を味わわされてもいたんでしょうね」

「そういう父親をずっと見てきた堀は、名声か富を手に入れなければ、周囲の人間に一目置かれたり、尊敬されないと思い込んでしまったのかもしれないな」

「そうなんですかね」

「しかし、警察は階級社会だ。八神のようなキャリアや準キャリが巨大組織をコントロールしてる。おれたち一般警察官《ノンキャリア》は、確かに駒だよな。しゃかりきになって職務に励んでも、警視になれたら、それこそ御の字だ。それだって、大企業のサラリーマンなら、せいぜい部長か次長だろう」

「ノンキャリアだって、優《すぐ》れた人はもっと上の職階に就かせるべきですよね」

「八神は本気でそう思ってるんだろうが、ほかの警察官僚の大半は一般警察官は単なる駒と考えてるにちがいない。野望のある若手は失望して、拝金主義者になっちまうんだろうな。堀は、職務に意欲も情熱も持てなくなったんだろう」

「そうだったとしても、先輩である日暮さんを殺したかもしれない高見沢に加担してたんだとしたら、堀さんは人間として下《げ》の下《げ》ですよ」

佳奈の声には、怒気《どき》が含まれていた。風見は何も言わなかったが、相棒と同質の憤《いきどお》りを覚えていた。

時間が虚《むな》しく流れた。

通用口から堀純平が現われたのは、九時四十分ごろだった。

「対象者《マルタイ》が地下鉄に乗るようだったら、レンタカーはここに置いておこう」

風見は佳奈に言って、堀の動きを目で追った。堀は地下鉄駅に通じる階段を下《くだ》らなかった。車道に寄り、通りかかったタクシーの空車を拾った。

風見は細心の注意を払いながら、堀を乗せた黄色いタクシーを尾《つ》けはじめた。

堀が尾行を覚《さと》った様子はうかがえない。

タクシーが停まったのは、赤坂の田町《たまち》通りにあるチャイニーズ・レストランの前だった。有名な上海料理店だ。

堀はタクシーを降りると、慌《あわ》ただしく店内に消えた。誰かと会う約束をしていたようだ。落ち合う相手は高見沢なのか。

風見は、レンタカーを上海料理店の数軒先の暗がりに入れた。店舗ビルの前だったが、シャッターは下《お》ろされていた。

「どうしましょう？　変装用の黒縁眼鏡をかけて、わたし、店の中に入ってもいいけど」

「そいつはまずいな。そっちと堀は以前、同僚同士だったんだ。伊達眼鏡をかけてても、すぐ見破られるだろう」

「そうでしょうね」

「もう少し経《た》ったら、おれが出入口から店の中を覗いてみるよ」

「そのほうがいいかな」

佳奈が口を結んだ。

風見は十数分を遣り過《や》ごしてから、レンタカーを降りた。

チャイニーズ・レストランの前にたたずみ、店に入る客を待つ。

五分ほど過ぎたころ、四人連れの中年男性がひと塊《かたまり》になって上海料理店に入っていった。風見はドアが開放されている間に、店の中を覗き込んだ。

堀は、中ほどの円卓に向かっていた。彼の前に坐っているのは、口髭をたくわえた男だった。黒崎とか伊東と名乗っている人物だ。

堀は、厚みのある封筒を手渡されたところだった。笑みを浮かべている。中身は札束なのではないか。

これで、二人に接点があることはわかった。問題は、堀と高見沢がつながっているかどうかだ。

それを確かめなければ、迂闊《うかつ》には動けない。風見は店内に躍《おど》り込みたい衝動を抑《おさ》えて、アリオンに戻った。運転席に坐ってから、相棒に黒崎のことを伝える。

「堀さんが現金を受け取ってたんだとしたら、例の捜査記録を盗み出してミスリード工作した謝礼なんですかね？」

「それは、とっくに貰ってると思うよ。堀は、詐欺集団の黒幕である高見沢を強請りつづけてるのかもしれないぜ。彼は各種の詐欺のことだけじゃなく、高見沢が誰かに日暮克臣を射殺させたことも知ってるんだろう。恐喝材料は一つじゃないと思うよ」

「弱みを知られた高見沢は、脅迫を撥《は》ねつけることはできなかった?」

「ああ、そうなんだろう」

「風見さんの推測にケチをつけるつもりはないんですが、高見沢は第三者に日暮さんを射殺させたと思われるんですよ。堀純平が際限《さいげん》なく自分を強請る気でいると知ったら、厚労省の元課長は殺し屋《プロ》に脅迫者を始末させるでしょ?」

「八神、成長したね。確かに、そうだよな。もしかしたら、高見沢はアンダーボスにすぎないのかもしれない」

「ということは、堀巡査長が詐欺集団の黒幕《ビッグボス》なんでしょうか?」

「その可能性もあるな。堀は高見沢が出所後、他人になりすまして、さまざまな詐欺を働いてることを知った。で、その犯罪組織を乗っ取ることを思いついた。堀は高見沢の単なる協力者と見せかけながら、実は裏で詐欺集団を支配してたんじゃないだろうか」

「そのことを日暮さんに知られてしまったとしたら……」

佳奈が呻くように言った。

「そうだったとしたら、捜査本部事件の首謀者は堀だったんだろうな」

「彼がノーリンコ59で、日暮さんを撃ち殺したんでしょうか。それとも、黒崎と称してる男に日暮さんを始末させたのかしら？　高見沢が実行犯とは思えませんので」

「高見沢が射殺犯でないことは確かだろう。元役人が、そこまで大胆な犯罪《ヤマ》は踏めないだろうからな」

「わたしも、そう思います」

「堀が組織の親玉なら、あいつがノーリンコ59を手に入れて、日暮克臣を撃ち殺したんだろう。第三者に殺《や》らせたら、そいつに弱みを握られることになる。刑事がそんな失敗《ドジ》は踏まないはずだ」

「そうでしょうね。堀巡査長が本部事件の真犯人《ホンボシ》だったら、わたし、彼を絶対に赦《ゆる》せないわ。日暮さんは先輩刑事だったんです。仕事面でいろいろ教わって世話になった先輩を射殺するなんて、冷血漢ですよ。たとえ自分の悪事を知られたからって、先輩の命を奪うなんて、人の道に外れてるわ」

「堀は非情に徹してでも、どうしても銭を摑みたかったんじゃないか。特別な才覚がなきゃ、なかなか名誉や権力は手に入れられない。しかし、開き直って悪知恵を絞れば、凡人でも大金は摑める」

「でも、汚れた金をたくさん稼いでも虚しいだけじゃないですか」

「そうだな。しかし、野望や強欲に引きずられると、自分を客観視できなくなっちまう。多くの犯罪者は同じ過ちを犯してる。堀も、なんとか金を手に入れたいと焦ってるうちに自分を失ってしまったんだろうな。あいつだけが特に愚かというんじゃなく、冴《さ》えない日々を送ってる平凡な人間はいつかそうして堕落しちまう危険性を常に孕《はら》んでる。人生は落とし穴だらけなんだろう」

「そうなんでしょうか」

「上海料理店の前で堀と口髭の男が別れるようだったら、八神は自称黒崎を尾行してくれ。おれは堀を追うよ」

「わかりました」

会話が途切れた。

堀たち二人がチャイニーズ・レストランから出てきたのは、十時半ごろだった。口髭を生やした男は、店の前でタクシーに乗り込んだ。

「しっかり尾行して、黒崎の塒《ねぐら》を突き止めてくれ」

風見は佳奈に言って、急いでアリオンの運転席から降りた。

堀は一《ひと》ツ木《ぎ》通り方向に進んでいる。

風見はアリオンが発進してから、早足に堀を追った。近くの酒場に行くつもりなのか。

巡査長の足取りは軽かった。

風見は軒灯に身を寄せながら、堀を尾《つ》けつづけた。

堀は、一ツ木通りの手前のみすじ通りに足を踏み入れた。五、六十メートル歩き、六階建ての雑居ビルの前で立ち止まった。あたりを見回してから、ビルの中に入っていく。

風見はエントランス・ホールが見える場所まで走った。

堀はエレベーター乗り場に立っていた。近くには誰もいなかった。じきに堀は函《ケージ》に乗り込んだ。エレベーターが上昇しはじめた。

風見はエレベーター乗り場まで駆けた。

階数表示盤を見上げる。ランプは五階で停止した。この雑居ビルの持ち主は、広域暴力団の中核組織だ。五階には、秘密カジノしかなかった気がする。

手入れを受けるたびに、数カ月間カジノは営業されない。しかし、いつの間にか、営業は再開されている。赤坂署生活安全課は定期的に手入れを行なっているはずだが、その効果はないようだ。

風見は組対《そたい》四課にいたころ、ある事件の被疑者をこの秘密カジノで逮捕したことがある。店内の造りは、昔とそれほど変わっていないだろう。

風見は五階に上がった。

ワンフロアをそっくり秘密カジノが使っている。出入口には、三台の防犯カメラが設置されていた。風見はエレベーター・ホールで十分ほど時間を潰《つぶ》し、秘密カジノのドアをノックした。

ややあって、ドアの向こうで男の声がした。

「お客さまの会員番号を教えていただけますか？」

「ルーレットやポーカーをやりにきたわけじゃないんだ。警視庁の者だよ」

「えっ!?」

「手入れじゃないから、安心しな。十分ほど前に中に入った捜二の堀巡査長に用があるんだ。呼んでくれ」

「警視庁の方など見えてませんが……」

「見張り《シキテン》やってるだけでも、罪になるんだぜ。なんなら、赤坂署の生安課の連中を呼ぼうか」

「ここは、ただのジェントル・バーですよ。非合法なカジノなんかじゃありません」

「防犯カメラを三台設置して、二重扉になってるジェントル・バーがどこにある？　ふざけんな。支配人を出せ！　出さなきゃ、ニューナンブでノブを撃ち砕くぞ」

「ま、待ってください。いま、支配人を呼んできますんで」

「早くしろ！」

風見はドアを思うさま蹴った。

五分待っても、扉は開かない。秘密カジノは、たいてい隠し通路から客を逃がす造りになっている。どうやら支配人は、堀を脱出させる気らしい。

風見は、エレベーター・ホールの反対側に階段があったことを忘れていなかった。そちらに回り込むと、踊り場の近くに大振りの観葉植物の鉢が置いてあった。

その鉢をずらす。と、壁の一部が潜《くぐ》り戸になっていた。同色で、気づきにくい。

風見は潜り戸の横の壁にへばりつき、息を殺した。

数分後、潜り戸の内錠が外された。潜り戸が開けられ、案の定《じょう》、堀純平が這《は》い出してきた。

「待ってたぜ」

風見はほくそ笑《え》み、堀の脇腹を蹴りつけた。

堀が呻いて、通路に転がった。転がりながら、ベルトの下からノーリンコ59を引き抜いた。

風見は狙いをすまして、堀の右腕にキックを見舞った。中国でパテント生産されているマカロフが通路を滑走した。

堀が芋虫《いもむし》のように這い進み、ノーリンコ59に片手を伸ばした。

風見は弾《はず》みをつけて、堀の背中に跳《と》び乗った。

堀が長く唸《うな》った。風見は通路に降り、拳銃を拾い上げた。撃鉄《ハンマー》を起こし、銃口を堀の後頭部に突きつける。

「おまえがこのハンドガンで、日暮克臣を射殺したんだなっ」

「自分じゃありません」

「それなら、誰が殺《や》ったんだ？　黒崎と名乗ってる口髭の男なのか？　それとも、高見沢が雇った殺し屋《プロ》なのかい？」

「わかりません。自分は日暮さんを慕ってたんですよ。殺すわけないじゃありませんかっ」

「本部事件の被害者は、同型の拳銃で射殺されてるんだ！　偶然の一致だと言うのかっ」

「そうなんでしょうね。その拳銃は数十分前に、足を洗いたがってる組員から預かっただけなんです。明日にでも、組対四課の人間に渡そうと思ってたんですよ」

「数十分前、おまえは自称黒崎と田町通りの上海料理店にいた。そっちは、札束で膨らんだ封筒を受け取ってたんだろうが！」

「えっ⁉」

「堀、もう諦めろ。おまえは出所後の高見沢が他人になりすまし、職のない男たちに募金詐欺をやらせてることを知って、厚労省の元課長の詐欺グループを乗っ取ったんだろうが？　日暮克臣は自分の名が募金詐欺に使われているのを知り、街頭で寄附金を集めてる連中を尾け、黒崎や高見沢が背後にいることを調べ上げた。さらに、おまえが高見沢の弱みにつけ込んで詐欺グループを乗っ取ったことを知った。だから、おまえは日暮克臣を亡き者にせざるを得なかった。そうなんだな？」

「自分は、いかなる犯罪にも関わってません。本当ですっ」

「白々しいな。あくまでシラを切るなら、暴発に見せかけて、おまえの頭《ペテン》を撃《ハジ》くぜ」

「ほ、本気なんですか!?」

堀の声は掠《かす》れていた。

「もちろん、威《おど》しなんかじゃない」

「…………」

「何か言い遺《のこ》したいことがあったら、言ってみろ。家族にでも、恋人にでもきちんと伝えてやるよ」

「自分、自分……」

「念仏でも唱《とな》えろ！」

「撃たないでください。自分、親父《おやじ》と同じような冴えない人生を送りたくなかったんですよ。キャリアを凌《しの》ぐことはできないわけですから、あとは金を追っかけなきゃ、人生を思いっきりエンジョイできないでしょ？」

「堀、おまえの考え方は歪《ゆが》んでるな。名声や富を得たからって、人生を愉《たの》しく過ごせるってもんじゃない。金や力に恵まれなくたって、気持ちの持ちようで、人生は輝くんじゃないのか？　おれは、そう思ってる」

「そうでしょうか」

「そもそも人生に勝ち負けなんかないんだ。限りある命だから、自分なりに生きることを愉しめばいいんだよ。権力や金欲しさに見苦しいことをやったら、人間の価値は下がる一方だぜ」

「ええ、そうなんですが……」

「高見沢は金の亡者になって数々の詐欺を重ね、超高級マンションを手に入れたようだが、それで誇れるのか？　人生の勝利者になったと思うか？」

「いいえ、そうは思いません。しかし、ハンディのある人間は少しぐらいダーティーなことをしなければ、いい思いはできません。自分も同じです。黒崎、いや、黒須滋《くろすしげる》だって、前科三犯ですから、まともな方法では大金を得られないでしょう。自分も、ただのノンキャリアですから、真面目に働いてるだけでは……」

「甘ったれたことを言ってると、本当に引き金を絞るぞ。まだ死にたくないんだったら、高見沢の犯罪を洗いざらい話して、おまえが悪銭を稼いで、日暮克臣を殺害したことを吐くんだな。おれは、元刑事の無念さを晴らしたいんだよ。そのためなら、自分の手を汚したっていい。日暮克臣は、おれたち法の番人の鑑《かがみ》だった。犬死になんかさせないぞ」

「イエスと言わなきゃ、撃つんですか……」

「高見沢は総額で、いくら詐欺で稼いだんだ？」

「十六億円は稼いだと思います」

「そのうち、おまえはいくら吐き出させた？」

「約十億です」

「その金は高輪の高級賃貸マンションに隠してあるんだろ？　そして非番の日にプライベート・ルームで札束を数えながら、にやついてたんだろうが！」

「ええ、まあ」

「薄汚い野郎だっ」

風見は銃把《グリップ》の底で堀の頭部を軽く叩き、ゆっくりと立ち上がった。

そのすぐあと、佳奈から電話がかかってきた。

「口髭を生やした男は、高見沢の部屋に入っていきました。岩尾さんの話では、高見沢は午後九時半ごろに自宅マンションに戻ったそうです。そちらに動きは？」

「少し前に、堀が日暮克臣を射殺したことを認めたよ。堀は高見沢の弱みにつけ込んで、約十億円を横奪《ど》りしたようだ。詐欺集団を乗っ取ったも同然だな」

「風見さんの読み通りだったんですね。不良だけど、決めるときは決めるんだ。また、見直しちゃいました」

「そんなことより、高見沢たち二人を見張りながら、後は捜査本部に任せたほうがいいな。岩尾さんにそう言っといてくれ。おれも、そうするつもりだよ」

風見は通話を切り上げ、堀を摑み起こした。


数日後の夕方である。

風見は三軒茶屋の写真館にいた。すでに自分は新郎の礼服をまとっている。捜査本部事件が解決し、晴れ晴れとした気分だった。

堀が全面自供したことで、高見沢と黒須も詐欺の事実を認めた。堀が犯行に使ったノーリンコ59は、黒須が刑務所仲間から入手した物だった。拳銃の売り主も、昨夕に逮捕されていた。汚れた金は、あらかた押収された。

スタジオに、純白のウエディング・ドレス姿の智沙が入ってきた。抱きつきたくなるほど美しい。思わず風見は口笛を吹いてしまった。

「綺麗だよ。そのへんの女優が裸足《はだし》で逃げ出しそうだ」

「ヨイショしすぎよ」

「写真だけじゃなく、きょう、婚約したくなったな。もたもたしてたら、ほかの男に智沙をさらわれそうだからさ」

「弾みで婚約したら、後で悔やむことになるかもしれないわよ。だから、じっくりと考えてから、結論を出して。とりあえず、花嫁衣裳姿のわたしの写真を入院中の母に見せたいだけだから」

「おふくろさん、きっと喜ぶよ」

「そうだといいんだけど……」

智沙が、風見のかたわらに立った。風見は智沙を抱き寄せたいと思いつつ、優しく笑いかけた。

「お二人の立ち位置を決めさせてくださいね」

撮影助手の青年が近寄ってきた。頭上のライトが灯《とも》された。レフ板も用意された。

風見はネクタイの結び目を気にしながら、背筋を伸ばした。

緊張感が心地よかった。

著者注・この作品はフィクションであり、登場する人物および団体名は、実在するものといっさい関係ありません。

一〇〇字書評

偽証（ガセネタ）

切・り・取・り・線

購買動機（新聞、雑誌名を記入するか、あるいは○をつけてください）	
□（　　　　　　　　　　　　　　　）の広告を見て	
□（　　　　　　　　　　　　　　　）の書評を見て	
□ 知人のすすめで	□ タイトルに惹かれて
□ カバーが良かったから	□ 内容が面白そうだから
□ 好きな作家だから	□ 好きな分野の本だから

・最近、最も感銘を受けた作品名をお書き下さい

・あなたのお好きな作家名をお書き下さい

・その他、ご要望がありましたらお書き下さい

住所	〒				
氏名		職業		年齢	
Eメール	※携帯には配信できません	新刊情報等のメール配信を 希望する・しない			

この本の感想を、編集部までお寄せいただけたらありがたく存じます。今後の企画の参考にさせていただきます。Eメールでも結構です。

いただいた「一〇〇字書評」は、新聞・雑誌等に紹介させていただくことがあります。その場合はお礼として特製図書カードを差し上げます。

前ページの原稿用紙に書評をお書きの上、切り取り、左記までお送り下さい。宛先の住所は不要です。

なお、ご記入いただいたお名前、ご住所等は、書評紹介の事前了解、謝礼のお届けのためだけに利用し、そのほかの目的のために利用することはありません。

〒一〇一－八七〇一
祥伝社文庫編集長　坂口芳和
電話　〇三（三二六五）二〇八〇

祥伝社ホームページの「ブックレビュー」からも、書き込めます。

http://www.shodensha.co.jp/bookreview/

祥伝社文庫

偽証《ガセネタ》　警視庁《けいしちょう》特命遊撃班《とくめいゆうげきはん》

平成23年 6 月20日　初版第 1 刷発行

著　者　南《みなみ》　英男《ひでお》
発行者　竹内和芳
発行所　祥伝社《しょうでんしゃ》
東京都千代田区神田神保町 3-3
〒101-8701
電話　03（3265）2081（販売部）
電話　03（3265）2080（編集部）
電話　03（3265）3622（業務部）
http://www.shodensha.co.jp/

印刷所　堀内印刷
製本所　積信堂
カバーフォーマットデザイン　芥　陽子

Printed in Japan ©2011, Hideo Minami ISBN978-4-396-33679-0 C0193

祥伝社文庫の好評既刊

南　英男　潜入刑事　凶悪同盟

その手がかりは、新宿でひっそりと殺されたロシア人ホステスが握っていた…。恐怖に陥れる外国人犯罪。

南　英男　潜入刑事　暴虐連鎖

甘い誘惑、有無を言わせぬ暴力、低賃金、重労働を強いられ、喰い物にされる日系ブラジル人たちを救え！

南　英男　刑事魂《デカだましい》　新宿署アウトロー派

不夜城・新宿から雪の舞う札幌へ…愛する女《ひと》を殺され、その容疑者となった生方《うぶかた》刑事の執念の捜査行！

南　英男　非常線　新宿署アウトロー派

自衛隊、広域暴力団の武器庫から大量の武器が盗まれた。生方猛警部の捜査に浮かぶ〝姿なきテロ組織〟！

南　英男　真犯人《ホンボシ》　新宿署アウトロー派

新宿で発生する複数の凶悪事件に共通する「真犯人《ホンボシ》」を炙《あぶ》り出す刑事魂とは！

南　英男　三年目の被疑者

元検察事務官刺殺事件。殉職した夫の敵を狙う女刑事の前に現われる予想外の男とは…。

祥伝社文庫　今月の新刊

内田康夫　還《かえ》らざる道
〈もう帰らないと決めていた〉最後の手紙が語るものは？

戸梶圭太　湾岸リベンジャー
孤独な走り屋たちの暴走が引き起こす驚愕の結末。

南　英男　偽証（ガセネタ）　警視庁特命遊撃班
元刑事の射殺事件を追う、人気沸騰のシリーズ第四弾。

夢枕　獏　新・魔獣狩り7　鬼門編
北の地で、何かが起こる！始皇帝に遡る秘密の鍵とは？

加治将一　幕末維新の暗号（上・下）
謎の古写真から、日本史の闇、明治政府のタブーを暴く！

佐伯泰英　覇者　密命・上覧剣術大試合〈巻之二十五〉
ついに対峙した金杉父子……戦いの果てに待つものは。

田中芳樹　天竺《てんじく》熱風録
こんな男が本当にいたのか！知られざる英雄を描く冒険譚。

聖　龍人　気まぐれ用心棒　深川日記
勝手気ままなのに頼りになる素浪人・伸十郎、見参！

鳥羽　亮　新装版　妖剣おぼろ返し　介錯人・野晒唐十郎
不可視の抜刀術、神速の太刀筋に唐十郎が挑む！

鳥羽　亮　新装版　鬼哭《きこく》霞飛燕《かすみひえん》　介錯人・野晒唐十郎
好敵手との再会、そして甦る、若き日の悲恋……

鳥羽　亮　新装版　怨刀《おんとう》鬼切丸　介錯人・野晒唐十郎
叔父、そして盟友が次々と斃れて…。動乱必死の第十弾。